Cuando besan las sombras

ALFAGUARA

© 2004, Germán Espinosa

© De esta edición:
2004, Distribuidora y Editora Aguilar, Altea, Taurus, Alfaguara, S. A.
Calle 80 N° 10-23
Teléfono (571) 6 39 60 00
Fax (571) 2 36 93 82
Bogotá - Colombia

• Aguilar, Altea, Taurus, Alfaguara S. A.
Beazley 3860. 1437 Buenos Aires. Argentina

• Aguilar, Altea, Taurus, Alfaguara S. A. de C. V.
Avda. Universidad, 767, Col. del Valle,
México, D.F. C. P. 03100. México

•Santillana Ediciones Generales, S. L.
Torrelaguna, 60. 28043. Madrid

ISBN: 958-704-228-X
Impreso en Colombia - *Printed in Colombia*

Primera edición en Colombia, octubre de 2004
Primera reimpresión, agosto de 2006

Diseño:
Proyecto de Enric Satué

© Fotografía de cubierta: *Curtains Flow*. Rim Light/Photolink.
PhotoDisc Vol. 15
© Diseño de cubierta: Nancy Cruz

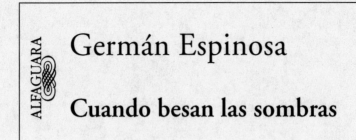

Germán Espinosa

Cuando besan las sombras

Contenido

A la memoria de
Antonio Espinosa García,
de su nobleza y generosidad.

PARTE I
Diario de Fernando Ayer

1

Mi nuevo estudio, donde hoy —día de navidad, día de bullicio infantil por las calles, pero de recogimiento momentáneo en las almas adultas— empiezo la redacción de este diario, permite el acceso, a través de una ventana con balaustres, a cierto suave tufillo de brisa de mar, lleno de un antiquísimo encanto afrodisíaco. Efluvio que me llega —apenas instalado frente al escritorio y el computador— no sin haber rondado un poco, como un intruso que curioseara o como un perro que olisqueara antes de otorgar su confianza, por el pequeño jardín, enclaustrado sólo por tres de sus extremos. La verdad es que el aliento marino, que en la azotea de la casa posee la tensión y la robustez de un músculo que se dilata, al descender en lenta espiral hacia el jardincillo, por el espacio desprovisto de muro, pierde su arrogancia y se hace juguetón e inofensivo, casi cortés, como si deseara galantear a la vegetación que lo habita.

No es un jardín muy grande, pero sí bastante holgado, y quienes lo cuidaron durante años se preocuparon por que albergara una rica variedad de vida. Dos arbustos de acacia, colmados de flores muy olorosas que cuelgan en generosos racimos, apuntalan su lucimiento desde estratégicas posiciones. Unido a la sal de la brisa, me llega al estudio el aroma excéntrico del azahar de la India, idéntico a aquél que mi madre dejaba que invadiera las estancias de nuestra casa del barrio de Manga, en los días de mi infancia. Las veraneras, enredadas en los balaustres de la ventana, ostentan con petulancia sus pétalos redondeados —aloques, amarillos o blancos— y sus largos pedúnculos. En la parte central, la flor de La Habana se deja rodear por jazmines, capachos, heliotropos y begonias y, en los límites del cuadrángulo, las campanillas blancas y el bonche carmesí permiten besar sus pies a los cortejos silvestres, con sus ingenuas florecillas albas o rosadas. Solitaria, al fondo, la amapola de flores purpúreas parece rebelarse con iracundia frente al injusto calificativo de «flor maldita» con que suelen adornarla los periodistas, desde el momento en que la delincuencia promovió su cultivo con el designio colocado en la obtención de heroína.

Me mudé con Marilyn a este inmueble, vetusto si los hay, hace apenas tres días, en medio de la juerga, mezclada con villancicos y con palabras piadosas, con que en estas tierras se conmemora el nacimiento de Jesús. Hubiéramos podido aguardar a que todo se calmara, para no dar a la agencia de mudanzas el pretexto que, en efecto, le dimos para cobrar el doble de su tarifa. Pero mi ansiedad no toleraba dilaciones. La casa fue desocupada el treinta de noviembre por cierta familia de aire lánguido y lejano, con una especie de miedo inveterado en los ojos, y debí darme prisa para llenar las formalidades requeridas y derrotar en forma limpia a los demás aspirantes, que eran media docena por lo menos. Para mí, resultaba imperativo tomarla en alquiler (el propietario se rehusaba a vendérmela) no bien la abandonaran los inquilinos del momento. Desde mi niñez, este caserón de la calle del Escudo me atrajo como con cebos hipnóticos, me dejó embeberme en la contemplación de su fachada con florido balconaje y con un escudo de armas en el portón de roble, para decirme en silencio de qué modo me reclamaban sus recovecos centenarios, de qué modo era imprescindible que la habitase algún día.

De niño, conocí su interior, gracias a la cercanía con su propietario, mi tío abuelo Cebrián Bustillo, un comerciante de abarrotes que, al parecer, sólo la habitó por un tiempo y la destinó luego al arrendamiento. Bustillo murió hace años y la casa la heredó, a falta de hijos, un sobrino político suyo, Baltasar Gutiérrez de Piñeres, hombre remiso y misterioso, que tampoco tuvo a bien habitarla y que prosiguió la tradición de alquilarla a personas más o menos acomodadas. En mi caso, el parentesco con su bienhechor no me eximió de las enojosas diligencias a que obligan los contratos de alquiler, entre ellas la de conseguirme un garante con suficiente sustentáculo. Se trata de una edificación colonial, construida según se dice en el siglo XVIII por un importador de ultramarinos, que la dotó no sólo de todas las comodidades propias de una mansión señorial, sino también de los requerimientos utilitarios de una casa de comercio. La fachada muestra una portada con pilastras lisas y un modillón que decora la clave del dintel, amén del escudo repujado en las hojas de la puerta. Hay, en las oficinas de la planta baja —una de las cuales he escogido como estudio— y en los entresuelos, rejas balaustradas de madera, y un amplio balcón intenta, arriba, prolongar la sala.

El zaguán es de alto puntal, muy espacioso, con techo sobre vigas y exhibe a ambos lados escaños de piedra. Lo atraviesa un corredor a manera de puente, que comunica los entresuelos de uno y otro lado y, a continuación, el vestíbulo da, a la derecha, arranque a la escalera y ostenta, a la izquierda, una ancha balconada. Posee el jardín crujías longitudinales, enclaustradas por arcos de medio punto, de curva alzada más allá del semicírculo, que reposan sobre columnas de fuste macizo con capiteles. Por uno de sus lados, corren las balconadas del piso superior, bajo las cuales se encuentra mi estudio; y, traspuesto ya ese espacio, aparecen las crujías en que, antaño, tenían sus habitaciones los sirvientes, más allá de las cuales se abre un vasto patio, repleto de árboles frutales.

Todo ello lo presiden, en la parte anterior de la planta baja, los locales de los antiguos almacenes y oficinas, hoy ocupados por comercios mediocres; todavía, de las vigas del vestíbulo, cuelgan las pesadas cadenas que sostenían la garrucha con que se izaban los fardos hasta los entresuelos, que eran depósitos. Ahora, esos entresuelos albergan la biblioteca piramidal y caótica que heredé de mi padre y de mi abuelo, y que yo mismo he ampliado en forma considerable. Allí, las ya frágiles o quebradizas ediciones príncipes de libros españoles, franceses, italianos, alemanes e ingleses se confunden en un remolino con Quijotes de Ibarra, con Dante y con La Fontaine ilustrados por Doré, con impresiones únicas de libros inconseguibles, con manuscritos recónditos de autores sibilinos o hieráticos proscritos por la Iglesia, con mamotretos de filósofos abstrusos jamás divulgados. Tal (sumada a la perspectiva que me ofrece la ventana) es la razón por la cual escogí, para trabajar, el cubículo frontero a la crujía del jardín, donde sólo me acompañan el computador, el escritorio y un piano vertical, que uso para comprobar y contrastar mis acordes.

A la planta alta se llega por una ancha escalera de peldaños de ladrillo, que defienden cintas de madera. Un vestíbulo de piso ajedrezado conduce a la sala —a cuyo mobiliario moderno se agrega un piano de cola y cuyo precioso artesonado mudéjar recuerda los de ciertas casonas de Cádiz— y a los corredores volados sobre el jardín. A éstos dan tres habitaciones que, junto con la recámara adyacente a la sala y con acceso al balcón, constituyen la parte íntima de una construcción concebida como habitación de una familia más o menos abundante. Mirando hacia el patio, un amplísimo comedor, al fondo, comunica con la cocina y con la escalera de caracol que asciende hasta la azotea, desde donde se divisan apretados conglomerados de techos de teja y, más allá, la pretina de murallas con torrecillas de fábrica y la maravilla color índigo revuelto del mar.

¿No es una casa excesiva para una pareja de amantes solitarios? Ya lo creo, sobre todo si se tiene en cuenta que, al menos una vez por semana, tendremos que emprender, entre los dos, el aseo de aquellas áreas mayormente expuestas a la vista de visitantes. Pero, como ya dije, algo imperioso en mi interior me exigía convertirme en el habitante ordinario de esta morada, cuya imagen vetusta, como la de un álbum de memoranzas, asedió las noches de mi niñez y de mi adolescencia. A tal punto, que muchas veces me vi en sueños penetrando por su rancio zaguán para asumir los escalones hacia la parte alta; momento en el cual la ilusión se desvanecía y volvía al orbe de la cognición con el sentimiento de haber perdido o bien un reino encantado, o bien algo inherente a mí como mi cuerpo o como el regazo de mi madre. No dejé de pensar que era una parábola —en los sueños abundan— de la forma como se pierden siempre los paraísos. Pero he escrito: «al orbe de la cognición», cual si no fueran las ensoñaciones también una forma de conocimiento. Lo digo porque, siendo muy niño, soñé varias veces con una ciudad perfecta, hecha de arquitecturas lapidarias, de correctas sobriedades. No es que la conociera luego en la realidad, sino que, hojeando mucho tiempo después *Las ciudades imaginarias*, uno de esos libros antológicos que se especializan en utopías arquitectónicas, di a boca de jarro con la ciudad de mi ensoñación, dulce, lenta, esquemática, en un grabado fantástico del siglo XIV, debido a un dogo veneciano de nombre Mocenigo, que me convidaba a penetrar en él y no regresar nunca al mundo exterior, tentación de la que, por fortuna, logré precaverme.

Un detalle casual. Cuando, hace tres días, llegamos a tomar posesión de la casa con los hombres de la mudanza, ignoro por qué motivo, al penetrar con pasos de usufructuario feliz en la recámara, irrumpió como de un golpe trémulo en mi memoria el verso de Emiliano Pérez Bonfante:

> …un largo fantasma cruza la habitación
> en tinieblas…

Es, por supuesto, un recuerdo de adolescencia. En aquel entonces, solía martirizar mi fantasía con imágenes acongojadas de espectros que vagaban por caserones añosos, incapaces de poner en regla, después de la muerte, la vida que dejaron tras ellos.

El verso que he citado me elevaba, pues, a alturas brumosas de goce estético, y una larga serpentina de hielo cruzaba, como el fantasma del poema, por mi columna vertebral. Pero aterricemos de nuevo.

Hace un rato, Marilyn y yo almorzamos con las sobras del pavo relleno a la italiana, acompañado con cuadraditos de hojaldre y mojado con un vino blanco de cosecha francesa, que cenamos a la madrugada, luego de asistir en la Catedral a la última novena de aguinaldos y a la misa del gallo. Ni mi mujer ni yo somos practicantes del catolicismo, pero sentimos una fascinación improcedente, vale decir del todo profana, por ciertas ceremonias religiosas.

2

La idea de escribir este diario me la dio la casa. No sé por qué, sentí que no era posible habitarla sin emprender la aventura literaria (o meramente plumífera) de un diario. Comprendo que se trata de un género semilírico, bueno para hospedar confesiones de carácter muy íntimo, lo cual lo inunda de cierto patetismo. Pero leí en mi adolescencia el famoso *Journal* de André Gide y me prometí que, si algún día me desplazaba hacia la literatura, aquél sería mi sola herramienta, el único género que me atrevería a abordar. Por cierto espontáneo contrasentido, lo he hecho en el momento en que debería dirigir todos mis desvelos a concluir mi *Sinfonía número uno*, esa composición instrumental para orquesta que ya reclaman, como necesaria afirmación, mis veintiocho años de vida. No es posible que, a esta edad, siga presentándome ante mis colegas tan solamente como el compositor de cinco piezas breves para piano y de dos pequeños juguetes para orquesta de cámara. Debo culminar mi primera sinfonía, en vez de gastar mis energías en una aventura literaria. Pero, al pensarlo de este modo, veo la casa, la casa de mis obsesiones opresoras; y el diario vuelve a imponerse como una obligación de tinte un poco ético.

Atesoré siempre la esperanza de que, al iniciar la escritura de este diario, los sucesos dignos de ser narrados, acaso como un gesto reverencial hacia la casa, comenzaran a perseguirme, como disputándose el honor de hacer parte de él. Pues bien. Anoche, uno de esos sucesos compareció ante Marilyn y ante mí, emplazado acaso por una de las magias que, por fuerza, debe poseer esta morada. Es lugar común, cuando se está ante una edificación centenaria como ésta de la calle del Escudo, postular en ella la posible presencia de un fantasma. La verdad es que, el día en que firmábamos el contrato de alquiler, el señor Gutiérrez de Piñeres frunció el ceño en forma muy fea cuando solté ante él el manoseado tópico. No le gustó nada que dijera que la casa merecía tener «fantasma propio». Y debí arrepentirme de decirlo, pues es lo que hubieran declarado, en son de guasa, cualquier Bouvard o cualquier Pécuchet de media petaca. Sí, sí, fue algo tan poco original como afirmar que «nadie muere la víspera» o que «cuando el río truena, piedras lleva». Pero la verdad es que, al parecer, el río tronó. No es nada improbable que la casa albergue un fantasma.

Si en verdad lo hay, éste se manifestó hacia las once de la noche, cuando Marilyn y yo acabábamos de recogernos en la recámara. Habíamos pasado la velada en la residencia, rumbosa por su arquitectura descabalada, llena del barullo de tres niños indomables y recatada tras una esbelta ringla de palmeras y bajo árboles copudos de caucho, que nuestros amigos Pablo y Estefanía Morales poseen en el barrio turístico de Bocagrande, esa zona de la ciudad donde se encuentran los hoteles más fastuosos, los más pomposos restaurantes y las playas más concurridas. Pablo —mismo a quien acudí para que me sirviese de fiador en el contrato del caserón colonial— es persona que ronda la cuarentena, pero que ya, en forma un tanto prematura, hace parte de la Academia local de la Historia, organismo no siempre decorado por la presencia de historiadores genuinos, lo cual hace que la de mi amigo implique un alto honor para ella. En el país es cosa reconocida que Pablo Morales se ha elevado a cotas formidables en su investigación del pretérito de la ciudad, un pretérito a menudo salpicado por esa espuma de leyenda que se resiste a sacramentar a otros conglomerados urbanos. Él, no obstante, se rehúsa a descender a esos niveles fantasmagóricos. Siguiendo la línea de historiógrafos contemporáneos como Fernand Braudel, prefiere investigar acerca de los índices de progreso demográfico, los altibajos del comercio, los modelos económicos, el tonelaje de las flotas, los alimentos más corrientes, el porcentaje de menesterosos, las rutas marítimas y otras minucias taxonómicas que van armonizándose para constituir la vida cotidiana de una urbe. No existe, pues, en su labor historiográfica, campo para alojar la presencia de duendes ni de aparecidos.

Fue una reunión poco sosegada, pues el escándalo de los niños impedía explayar ninguna plática con un mínimo de ilación. Estefanía intentó halagarme colocando en el equipo *La noche de navidad,* de Rimsky, tan a propósito para estos días, pero el desorden general hizo que el contrapunto de la canción rusa, muy marcado en esa ópera, naufragase entre el estrépito. Los seres humanos, sin duda, al contrario de lo que suele creerse, al llegar a la adultez nos hallamos mucho más lejos del cielo que cuando éramos niños. Ello nos veda el poder compartir, a menos que seamos sus padres, esa alegría estruendosa del amor que, según creo recordar en algún fragmento de Novalis, se ha hecho materia visible. A menudo, aquella fanfarria no obedece, en los pequeños, a nada más que al deseo de ser tomados en cuenta. Y a veces pienso que los niños adivinan qué personas los aman y cuáles no, y se esmeran mucho en mortificar a estas últimas. Lo digo porque sé que Marilyn se turba y se aturde cuando hay niños presentes. Y es infalible que los pequeños traten de aturrullarla con todo género de piruetas y de aspavientos.

Cuando por fin los vástagos turbulentos accedieron, gracias a una orden conclusiva de Estefanía, a irse a la cama, logré poner en orden mis ideas y comprender lo que Pablo venía encareciéndome hacía como dos horas: que se ocupaba, de unos meses a esta parte, en escribir un libro sobre los asesinatos cometidos a todo lo largo de la historia de la ciudad, desde aquéllos debidos a meros lances de estoque en tiempos de la Colonia, hasta los fusilamientos de la Independencia y de la Reconquista, para llegar hasta los más oscuros y siniestros de épocas más recientes. En cierto momento, su rostro asumió un matiz macabro, totalmente chancero desde luego, para advertirme que, si lograba acceder a ciertos documentos, podría ponerme al tanto de dos asesinatos perpetrados muy probablemente, muchísimos años atrás, en la famosa casa del escudo que había dado yo en la flor de tomar en arriendo. La información no me causó ninguna gracia y él así lo comprendió, razón por la cual se apresuró a añadir que, aunque el tono de su revelación hubiese parecido zumbón, el asunto iba por completo en serio. No recuerdo a qué broma apelé para encubrir mi inquietud.

Una hora más tarde, luego de zigzaguear en un taxi por entre las cumbiambas y los coros de villancicos, Marilyn y yo nos desvestimos en la suntuosa recámara de la casa en donde, según mi amigo, habían sobrevenido tales horripilaciones. Procedimos a tendernos sobre el lecho —un lecho moderno, no concordante acaso con la arquitectura que nos rodeaba, pero a la postre el mismo que había acogido nuestros casi dos años de exaltado amor— para dar comienzo a esa otra ceremonia, llena de relámpagos de religiosidad, que es el rito del sexo. Cubrí su cuerpo con el mío y la penetré en la semioscuridad. Con mi amiga estadounidense me ocurre lo que con ninguna otra de las amantes que acopié a partir de mis primeras, maravillantes experiencias eróticas: me refiero al perfecto acoplamiento de nuestros cuerpos, a la certidumbre de haber sido hechos el uno para el otro. Nos besábamos a fondo en la penumbra, rítmicas ya nuestras anatomías, cuando empezaron a oírse los gemidos. Debo confesar que, al comienzo, imaginé que era ella quien gemía de placer, como solía hacerlo, sólo que ya un tanto más avanzada la cópula. Pronto, sin embargo, pareció evidente que los gemidos provenían de fuera de la recámara, acaso de la sala o del vestíbulo. Marilyn los percibía por igual, pues suspendió sus movimientos acompasados e hizo un gesto atónito de prestar atención.

Traté, pese a cierta aprensión —que empezó a borbollonearme en el pecho al recuerdo de la historia contada por Morales—, de sugerirle no hacer caso y no poner oídos a ese acento quejumbroso que bien podía proceder de la calle. Pero el metal de aquel lamento parecía muy cercano, casi íntimo. Era como una ola tenaz que, al romper contra la roca una y otra vez, se fuese haciendo más corrosiva, más invasora. Se imponía averiguar su naturaleza y su fuente. A ratos, pensé, en estas casas antiguas las tuberías, arruinadas por la obsolescencia, producen ruidos que pueden llegar a semejar emisiones humanas o animales. Resultaba obvio, sin embargo, que las de esta casa se encontraban muy lejos de la recámara y los aparentes gemidos, en cambio, aportaban una clara sensación de proximidad. Saltamos de la cama, nos cubrimos a medias e irrumpimos en la sala. La tiniebla, en aquel ámbito, nos inundó de esa certidumbre de soledad que, por fuerza, hacía más inquietantes aquellos sonidos que, ahora, daban la impresión de haberse trasladado al vestíbulo.

Hacia él nos dirigimos casi con zozobra. Pero el efecto fue el mismo no bien nos encontramos en medio de ese recinto y pudimos escuchar con nitidez el tictac del reloj de largo péndulo que habíamos colocado junto a la puerta que daba a la escalera. Ahora, los gemidos parecían provenir del fondo de la casa, tal vez del comedor. Nos encaminamos en esa dirección. Tampoco allí dimos con la fuente de las sostenidas quejumbres, que entonces simularon emerger de abajo, del jardín. Marilyn me seguía como presa de un hechizo y en sus ojos dorados se reflejaba la tensión que todo aquello le inspiraba. Por último, en un perfecto arrebato, me di como chiflado a encender todas las luces del caserón, cual si con ellas pudiese conjurar ese algo innominable. Y el milagro ocurrió. Al influjo de la iluminación, los gemidos cesaron de un golpe enfático, sin dejar un eco siquiera, tal como cuando apagamos la radio o la televisión o colocamos la mano en la copa de una campana o como cuando el director ordena a la orquesta mutismo instantáneo.

Ya un tanto tranquilizados, mientras nos preparábamos un café en la cocina, Marilyn y yo logramos desanudar nuestras voces, que al parecer habían decidido permanecer sujetas a unas trabas oscuras, y nos interrogamos sobre el posible origen del fenómeno. Lo primero que ella se apresuró a señalar fue el cariz femenino de aquel quejido inexplicable. Sin rasgos de duda, era de la garganta de una mujer de donde habían brotado aquellas imploraciones destempladas. De una mujer, por algún motivo, incapaz de articular verdaderas palabras, sino sólo un gimoteo ahogado, cual si se hallase amordazada o, quizás, agonizante y devastada por un rabioso dolor. Conmovido todavía, sólo por decir algo, me di a memorar de qué modo en la casa de mi niñez, en el barrio de Manga, una casa de estilo virginiano más bien adormecida en una especie de candidez ingénita, se produjo cierta noche un fenómeno que jamás pudimos explicarnos ni mis padres, ni mi hermana, ni yo. Mientras pasábamos la velada con unos amigos en la sala, de un cuarto de estar frontero empezó a llegarnos un barullo fenomenal, como si en él se celebrase una juerga. Se oían risas de personas indudablemente ebrias, voces que acompañaban una música inquieta, ruido de pasos de baile. Mi padre dio un salto desde su sillón y corrió a abrir la puerta que nos separaba de aquel recinto. Lo hizo con ademán brusco, pero, no bien tuvimos el cuarto ante nuestros ojos, todo el barullo cesó como acallado por un súbito sortilegio. Al encender la luz, percibimos la habitación vacía, sin nada que perturbara su mansedumbre habitual. Luego, pasaron los días y los años y jamás volvió a repetirse el suceso perverso.

Por su parte, Marilyn evocó algunas historias de su infancia, referentes a casas que se suponían encantadas, en las afueras de la pequeña población de Tennessee donde había nacido. En varias ocasiones, fue en compañía de condiscípulos a investigar las probables manifestaciones de ultratumba en aquellas viejas moradas. Jamás consiguieron ver nada extraño. Las edificaciones, siniestras de aspecto, parecían tan apacibles, a la postre, como el resto del contorno. Así, consumidas las tazas de café, resolvimos regresar a la recámara y tratar de conciliar el sueño, sin interrogarnos más sobre lo que acabábamos de percibir. Nos faltaron alientos, dicho sea en honor a la verdad, para reanudar el acto amoroso que habíamos interrumpido. Si algo consigue suprimir el deseo sensual de un tajo, sin misericordia, son las aparentes manifestaciones sobrenaturales. En este punto, carne y espíritu (o espíritus) se rechazan como sustancias incompatibles.

3

A lo largo del día de ayer y de todo lo que va corrido de hoy, he podido constatar cómo resultó Marilyn mucho más afectada que yo por el asunto de los gemidos. La verdad es que ayer en la mañana, al despertar, preferí pensar en todo ello como en un mal sueño que no volverá a repetirse. Alguna razonable explicación —me dije— habrá que hallar, con un poco de averiguación. Quizá debiera mandar a revisar los caños e instalaciones del agua… En fin, trabajé hasta el mediodía en la sinfonía, que aspiro a culminar en enero o febrero, y sólo en la tarde, cuando me apronté a redactar los párrafos correspondientes del diario, traje de nuevo a la memoria el espectral episodio. No está de más consignar en este texto cómo, superadas las excitaciones mórbidas de la adolescencia, me he esforzado en forjarme una imagen realista del universo, ajena a temores ultraterrenos. Mi padre tuvo mucho que ver en tal actitud, ya que asimismo trató de permanecer siempre todo lo agnóstico que fuera posible.

A lo que parece, Marilyn es más dada a alentar aquellos temores. Yo, de niño, viví la experiencia que antes relaté; y, sin embargo, descreo de los espectros. Ella jamás ha vivido nada parecido y, empero, he notado que la oscuridad la inquieta, cual si al ser apagadas las luces todo se colmara de presencias vituperables. No es que me haya comentado nada sobre el particular, pero hay cosas que se adivinan sin mucho esfuerzo. Por lo demás, aunque se rehúsa a practicar religión alguna, posee fuertes convicciones acerca de la existencia de un más allá, donde habitan los difuntos. Cuando recién vivíamos juntos, me confesó que, al encontrarse sola, acostumbraba entablar largas conversaciones con sus difuntos queridos. Es costumbre, me parece, que practican muchas más personas de las que suponemos. San Francisco de Asís —el inventor de los pesebres navideños que, en estos días, pululan por toda la ciudad— aseguraba que, en su retiro monacal, solía platicar con Dios. Al enterarme por una biografía de semejante circunstancia, reí para mis adentros imaginando a hombre tan esclarecido en el acto de conversar mentalmente consigo mismo y creer estar haciéndolo con el Sumo Hacedor. También es práctica más corriente de lo que suponemos. Pero que una mujer tan civilizada y moderna como Marilyn Shanley incurra en tales desvaríos de la esperanza, me resulta del todo estrambótico.

Se me preguntará cómo supe que el episodio de los gemidos la había afectado en tal forma. No lo sé a ciencia cabal. Acaso por cierta risita inmotivada y nerviosa. Acaso porque no ha querido separarse de mí, ni ayer ni hoy, en ningún momento, al extremo de hallarse ahora mismo aquí, en el estudio, sentada al piano vertical, inventando acordes estrafalarios. Yo me pregunto: ¿no les teme a los espectros cuando platica con ellos largamente, y sí en cambio cuando la emisión de su aparato fonador se plasma en el mundo real y no tan sólo bajo la traza de sonidos mentales? En todo ser humano conviven, con la lógica cotidiana de la vida, absurdos palmarios. Por lo que a mí concierne, recuerdo haber hablado con mi difunto padre, pero en sueños. Unos tres o cuatro días después de su sepelio, lo soñé sentado bajo el sol meridiano, en una silla de mimbre, en la mitad del jardín de nuestra casa de Manga. Fue una ensoñación muy breve, pues él sólo alcanzó, mirándome de modo profundo, a decirme que se encontraba en un lugar de purgación, purificándose de sus pecados, que ignoro si fueron muchos o si fueron pocos. Allí mismo desperté, y sin poder remediarlo, sentándome en el lecho, rompí a llorar copiosamente. Cuando narré a mi madre la visión, ella pareció conmovida y poseo la certeza de que, no bien pudo recatarse a mis miradas, desató asimismo el llanto. Ello significa que, tanto ella como yo, de alguna inconsciente manera, dimos crédito a la ensoñación. Pasado todo este tiempo, sin embargo, me parece que aquel sueño sólo reflejó, como tal vez lo habría diagnosticado Freud, temores que me acompañaban desde el día del funeral. Shakespeare, en *Hamlet*, dijo que podría él hallarse encerrado en una cáscara de nuez, y todavía se consideraría rey del universo, a no ser por sus malos ensueños. Pero quizás son los malos ensueños los que, en el mundo real, nos permiten apropiarnos el universo, porque fundan un modo de catarsis.

Diciembre 29, domingo

A Marilyn Shanley la conocí en Nueva York, en el verano de 2000, cuando viajé con mi madre y con mi hermana, que a partir de entonces se residenciaron allá en forma permanente. El encuentro fue casual, ya que ella trabajaba en una empresa de decoración de interiores, a la cual acudimos para que hiciese amable el ambiente en el nuevo apartamento de mamá. Las oficinas de aquella empresa se encontraban en una de las famosas Torres Gemelas, que entonces eran uno de los emblemas de la ciudad y que un año más tarde habrían de ser pulverizadas en un atentado terrorista. Es posible que la chica y yo simpatizáramos a primera vista; lo cierto fue que me aceptó una invitación a cenar. En el restaurante, donde compartimos (nunca lo olvidaré) un fricasé de caracoles en concha de cebolla, descubrimos cómo, sutilmente, nos unía la pasión por la música. Ambos éramos irrestrictos de esa página de Mahler, en el tercer movimiento de la *Sinfonía Titán*, que se basa en aquella canción llamada por los alemanes *Bruder Martin* y por los franceses *Frère Jacques*, y que adopta allí la forma de una marcha fúnebre. Dos horas más tarde, uníamos nuestras anatomías por primera vez en una habitación de motel. Me parece que el idilio que entablamos, al impulsarla a renunciar al empleo y venirse conmigo para Cartagena de Indias, salvó su vida. De otro modo, hay alta posibilidad de que hubiera resultado una de las víctimas de aquel atroz once de septiembre.

Mas no era ése el solo peligro que sobre ella se cernía. La verdad es que venía sosteniendo una relación malsana (único adjetivo que parece convenirle) con un californiano mayor de cincuenta años, que al parecer había iniciado una especie de maratón mística por los tiempos en que el hippismo intentaba apoderarse del planeta, y ahora militaba en algo

denominado Movimiento del Potencial Humano.
Freddy Prescott ejercía sobre Marilyn un poder siniestro. Aunque poco inclinada a prácticas religiosas, la muchacha, que apenas cumplía los veintidós años, había sido iniciada por su familia en ciertas morbideces emotivas emanadas de los libros del obispo Fulton Sheen y de las prédicas de ese otro cultor del sentimentalismo barato que fue Norman Vincent Peale, principalmente por lo que atañe a la posibilidad de explotar energías latentes y de liberar sentimientos reprimidos. El californiano aprovechó aquel mantillo espiritual para introducirla en experiencias psicoterapéuticas, en el vegetarianismo, en ciertos aspectos de la medicina alternativa, en la visualización, en el yoga y en el zen, pero, ante todo, en el uso de las llamadas drogas psicodélicas.

El Movimiento del Potencial Humano pretende, según tengo entendido, capacitar a las personas para lograr grados más encumbrados de autoconciencia, de autodesarrollo y de autodominio, así como también para desplegar al máximo las capacidades individuales a que, según sus caudillos, tienen derecho. En ciertas vertientes, esta corriente —conocida por estos días como de la Nueva Era— da una impresión de humanismo cabal; en otras, tiende hacia lo claramente religioso. Su figura cimera parece haber sido George Ivanovich Gurdjiev, aquel pseudofilósofo armenio que, sobrevenida la Revolución Soviética, huyó de San Petersburgo y fundó en el castillo de Prieuré, en Fontainebleau, el llamado Instituto para el Desarrollo Armónico del Hombre, con la intención de conjugar las ideas filosóficas de Oriente con las de Occidente. No obstante, su afloración definitiva tuvo lugar en California en el decenio de 1960, es decir, en forma casi simultánea con la del hippismo. Entre sus ideas, las hay de una extravagancia peripatética, como aquélla —predicada por el grupo californiano «Esalen»— de lograr un renacimiento personal mediante una pretensa re-experimentación del propio parto. El cincuentón californiano, que mantenía a Marilyn bajo una suerte de esclavitud hipnótica, le hizo creer que, en efecto, había vuelto a ser alumbrada en un plano incógnito del universo. La ilusión fue posible merced al empleo de la dietilamida del ácido lisérgico.

Nunca he consumido estupefacientes: siento terror por caer en la dependencia. Alguna vez, probé la marihuana —extendida hace tiempos en mi país—, mas los efectos fueron la antípoda de aquéllos que esperaba. En vez de sentirme estimulado, experimenté una imperiosa necesidad de evacuar. Me instalé, pues, en el sanitario y, con alarma creciente, percibí cómo se trataba de una evacuación infinita, como si mi organismo estuviese excretándose todo por vía anal. Aquello demoró alrededor de diez minutos, que para mí —trastrocada por el cáñamo la noción del tiempo— dieron la sensación de largas horas. Excretaba y excretaba sin cesar. Cuando, por fin, sentí que podía alzarme de la taza, volví los ojos hacia ésta por ver qué cantidad de materias fecales había brotado de mí. Para mi asombro, el sanitario se hallaba perfectamente vacío y reluciente, tal como cuando me disponía a ocuparlo. A partir de aquel momento, un efecto de debilidad extrema cundió por mi organismo, al punto que debí acostarme, para quedar dormido en profundidad. Al despertar, no deseé, pues, prolongar el experimento, del cual me aparté en lo sucesivo. Aparentemente, Marilyn logró, en cambio, experiencias sugestivas con la droga que Prescott le proporcionaba: según ella, al consumirla, los objetos de todos los días se transmutaban en color y belleza rutilantes, el tiempo desaparecía y el bien y el mal se entremezclaban, dentro de su mente, para aportar la clave perfecta del universo. Si ello era así, admiro la voluntad con la cual, una vez establecida la relación conmigo, consiguió abstenerse por completo de aquellos estímulos. Creo que, de hecho, su rescate se efectuó justísimo a tiempo.

Un rescate que no fue fácil del todo. Como era apenas de esperarse, el corruptor californiano estuvo lejos de resignarse a perderla de la noche a la mañana. Sus amenazas prometían una venganza apocalíptica. Me vi obligado —yo, que aborrezco toda forma de violencia o de coerción— a amenazarlo a mi turno con notificar a la policía. El hombre, complicado hacía tiempos con las mafias de la droga heroica, prefirió batirse en retirada. A Cartagena viajamos cuando ya el otoño empezaba a cernir sus helajes sobre Nueva York. Hasta hace unos días, habitamos un pequeño apartamento en Bocagrande, pues mi madre vendió la casa de Manga a contrapelo de mis consejos. Me lastimó en extremo aquella venta. Dicen que menos del veinte por ciento de los diamantes en bruto se convierten en joyas; pues bien, menos del diez por ciento de esas casas virginianas construidas a comienzos del siglo XX llegan a ser consideradas joyas arquitectónicas. La nuestra lo fue, por decreto de la alcaldía que la declaró intocable. Pero un aspecto provechoso surgió de esa enajenación: a no ser por ella, nos habríamos acomedido a ocupar por largo tiempo la mansión de mis padres; en cambio, ahora habito la casa de mis sueños, la casa de la calle

del Escudo, donde aspiro a que Marilyn se enseño-
ree como una deidad del vitalismo y de la creación
tranquila.

4

Tuve anoche uno de esos sueños inquietantes, cuya impresión nos acompaña como un regusto amargo todo el resto del día. El escenario fue esta casa y, en él, experimentaba un rencor espantable hacia Marilyn, por alguna presunta infidelidad. No me resulta muy claro qué género de traición me había infligido, pero recuerdo que mi despecho era simplemente atroz y mi sed de venganza, innumerable. Al comienzo, me limitaba a reñir con ella en la recámara, tratando de encarecerle lo mucho que la había amado y la lealtad que hacia ella había demostrado desde los inicios de nuestra relación. Luego, mi cólera fue subiendo de punto. De una gaveta del velador extraje una pistola (que jamás he poseído) y con ella apunté hacia mi pobre amante que, por supuesto, trató de huir hacia la sala. Salí en su persecución y, de ese modo, atravesamos el vestíbulo, donde reposaba admonitorio el reloj de largo péndulo, para tomar la crujía que conduce al comedor. Ya en éste, vi cómo Marilyn se descolgaba de la barandilla que da al jardín, donde iba a caer medio aturdida. Entonces, viéndola escapar desesperada hacia el zaguán, hice fuego y percibí cómo la bala la abatía justamente al frente del estudio. Entonces pareció asistirme una suerte de lucidez tardía. Repleto de arrepentimiento, bajé aprisa y traté de socorrerla, sólo para comprobar que había expirado.

En ese punto desperté. Serían las seis de la mañana. Al verla a mi lado, respirando con placidez, sentí un alivio que no me eximía, sin embargo, del sentimiento de culpa. Sin alterar su reposo, besé sus sienes tibias y débilmente la estreché contra mí. Luego, a lo largo de la mañana, he tratado de reflexionar acerca de las posibles raíces de la visión. Por una parte, creo que la información proporcionada por Pablo Morales sobre posible comisión de asesinatos, antaño, en esta casa, me predispuso a armar, en mi inconsciente, esa entelequia abominable, en la cual era yo el asesino y la mujer que amo, la víctima. Por otra, me parece que hay una coincidencia curiosa en lo que concierne al escenario: el sueño reprodujo todos los pasos que dimos la noche en que escuchamos los inexplicables gemidos. Fue como si Marilyn, al escapar de mí, reasumiera toda aquella trayectoria, de la recámara al comedor y al jardín. Todavía a esta hora en que escribo, cinco y media de la tarde, no he logrado deshacerme de la sensación de culpabilidad que me dejó la ensoñación, acaso porque se presentó en imágenes tan vívidas que resulta trabajoso convencernos de que no había en ellas algo de la irrefragable realidad del mundo. En cierto modo, *yo asesiné* a Marilyn en ese sueño, y en mi inconsciente ello pesará para siempre como un pecado inalterable. Por supuesto, me he abstenido de relatarlo a ella, en quien sin duda podría incubar alguna forma de recelo o de fantasía paranoica.

Hoy, día postrero de este mohíno 2002, he visto por fin con claridad lo que debe ser mi *Sinfonía número uno*. Como en Nielsen, como en Mahler, será preciso renunciar en ella a la unidad tonal, para desplazarme hacia la llamada tonalidad evolutiva, que consiste, por lo pronto, en terminar el primer movimiento —en el cual me debato— en una coloración diferente de aquélla con la que se inició. La breve introducción, que habrá de reaparecer más tarde, es sucedida por un *Moderato* escrito en un compás de 6/8, que —según la concepción que ha irrumpido en mi mente— habrá de evolucionar de si menor a si mayor. Ello me sugiere intentar después un *Scherzo* en 3/4, muy rítmico y también muy amplio, compuesto en la tonalidad de si bemol mayor, en el cual el oboe dejará oír un tema secundario. A continuación, callarán las cuerdas y llenará el ambiente un *Poco moderato* en 6/8, tras el cual tornará a escucharse íntegro el *Scherzo*.

Proyecto, de momento, proseguir con un *Largo* en 3/2, que constituya una marcha fúnebre en honor de los muertos incalculables que ha acarreado la guerra en que hace años vive sumido mi país. Pero esta última idea puede no ser muy brillante: siempre he preferido que los hechos rutinarios —y esta guerra de más de cuarenta años es ya uno de ellos— no contaminen mi música.

5

Esta madrugada, el sobresalto volvió a hacer presa de nosotros, pero ahora magnificado hasta el espanto. Habíamos pasado la nochevieja en el Hotel Santa Clara, cercano a nuestra vivienda, donde nos agenciamos una mesa junto a la piscina que devolvía, en la noche, reflejos glaucos y dorados como un crisol que fundiera la luz metálica de los reflectores con el azófar de la luna. Cenamos un excelente ceviche de camarones, acompañado de arroz con coco y también de guacamole a la mexicana. Bebimos un vino blanco francés y, tras la cena, consumimos cada cual dos copas de brandy. Nada más. De resto, bailamos un poco al son de una orquesta tropical (que interpretó más que todo esa música vernácula tan carente de matices y que, sin embargo, extasía a mis compatriotas tanto como a innumerables extranjeros); pero que, a ratos, condescendió a algunos ritmos cubanos. He de aclarar aquí que, pese a ser un compositor sinfónico, me encuentro lejos de desdeñar la música popular. En realidad, de ésta brota la casi totalidad de la inventiva melódica de que han hecho gala los grandes compositores. Todo, desde luego, tiene sus límites, porque, lejos de provenir de la inspiración espontánea del pueblo llano —suma genitora de la gaya ciencia—, gran parte del acervo, llamado popular, que tiene hoy éxito en el mundo procede de una fabricación en serie, torpe e insípida, patrocinada sin pudor alguno y de un modo artificial por las disqueras más preponderantes.

Pero vamos con el episodio macabro. Regresamos a eso de la una y media a casa. Hicimos a pie el trayecto desde el hotel, en medio de un tráfago atolondrado de gentes que saludaban el año nuevo cual si se hubiese operado en el universo una mutación o metamorfosis trascendental. Por un momento, cuando quisimos abrir el portón, pensé que la cerradura se había trabado, mas fue suficiente un poco de maña para que cediera con suavidad. Encendimos la luz de la escalera y ganamos el vestíbulo. No sé por qué, creí intuir algo funesto —por decirlo de alguna manera— en la forma como la casa nos recibía. De improviso, todo, incluidos nuestros muebles de fabricación moderna, parecía tocado por algo inmaterial, saturado por una especie de fluido maligno. Marilyn y yo nos miramos como interrogándonos, pero, pensando ambos de fijo que el otro no percibía lo mismo, preferimos guardar silencio y procedimos hacia la recámara, donde traté de apurar —traía una sed casi febril— un vaso de agua, que serví de la jarra depositada sobre el velador. Desde el primer sorbo, comprendí que el líquido era tan vicioso como todo lo que nos rodeaba.

Me abstuve de seguir bebiéndolo y me concentré, tras apagar la luz, en despojarme de la ropa. Marilyn hacía lo mismo frente al espejo de su tocador, iluminada sólo ahora por el resplandor que llegaba de la calle. Cuando estuvimos desnudos, nos estrechamos y juntamos nuestros labios en un beso que aspiraba a la condición sagrada. Entonces, sentí que mi brazo derecho era tironeado fuertemente desde atrás. Casi de modo simultáneo, un quejido impresionante envolvió toda la casa, como si procediera de cada uno de sus rincones, de cada milímetro de sus muros. Giré por ver quién o qué cosa me había tironeado, y no vi nada detrás de mí. Temblé y experimenté un escalofrío extremo al oír que Marilyn, aterrorizada por el quejido, ahora repetido por aquella maldita garganta invisible, prorrumpía en un alarido descompasado, que compendiaba todo el horror que la estremecía desde cuando entendió que aquello era la manifestación de algo sobrenatural, la lamentación de un ser ignoto encadenado a la casa, opreso por aquellas paredes como alguien a quien agobian los escombros de un terremoto.

Traté de serenarla, mas no era fácil si se piensa que la causa del sobresalto inicial se prolongaba en una quejumbre insistente, tan sonora como si la propagase un altavoz, tan lastimera como si nos requiriese para librarla de quién sabe qué cadenas antiguas. Marilyn se apretó a mí y se puso a sollozar, temblando su humanidad como si acabara de salir de una ducha gélida o como si toda ella fuese un pendón fustigado por el viento. Noté que la temperatura de su cuerpo se había enfriado. Los lamentos proseguían en un tenor de impotencia y resultaba evidente que procedían de labios femeninos: era, no cabía duda, una mujer quien nos notificaba así de su suplicio. Me pregunté qué diablos hacer; ahora no podía dudar de la índole fantasmal del fenómeno. Un detalle emergió en mi discernimiento: en ambas ocasiones, el gemido había hecho aparición en momentos en que mi amante y yo nos aproximábamos sexualmente. ¿Podría tratarse en alguna forma, Dios mío, de un ataque de celos? ¿Un ataque de celos sobrevenido en ultratumba? ¿O acaso el espectro (se imponía llamarlo así) censuraba algún aspecto de nuestra relación? De una cosa podía estar seguro: el espectro era ínsito a la casa, se confundía con ella, emanaba de ella. No de otro modo se explicaba el que no se hubiese manifestado sino una vez nos mudamos aquí. Pero ¿le importaría en realidad a aquel ser de ultratumba quiénes eran Fernando Ayer y su amante Marilyn Shanley? ¿No prodigaría aquellos gemidos para cualquiera que habitase la casa de la calle del Escudo? ¿Habría atemorizado de este modo a los habitantes anteriores? ¿O, más explicablemente, habría intentado así atraer su atención para que lo libraran de la coyunda que lo uncía a quién sabe qué espantoso yugo?

Todas estas preguntas atravesaron mi cerebro mientras trataba de calmar a Marilyn, que se debatía en un paroxismo nervioso. Pero ¿cómo calmarla, si aquellos gemidos no daban tregua, si colmaban toda la casa como si fuesen la concreción de aquel fluido maligno que percibimos al llegar? De repente, comprendí que, sin explicación alguna, había hecho en esta ocasión caso omiso de la manera como había alejado los gemidos en la noche del viernes pasado. ¡Si se trataba tan sólo de encender las luces! Susurré a Marilyn al oído: «Quédate aquí. No te muevas». Y me abalancé sobre el interruptor de la recámara. Se hizo, claro, la luz, pero no se mitigaron los gemidos, que parecían retumbar por toda la casa. Lleno de pánico y también de desesperación, me precipité en la sala y manipulé asimismo el pulsador. La gran lámpara del rosetón del techo irradió toda su majestuosa luminosidad, sin que los lamentos cesaran. Corrí hacia el vestíbulo y repetí la operación; luego hacia el comedor, hacia la cocina. Nada logré. De pronto, vi que Marilyn, totalmente desnuda y aterrada al haber quedado sola, venía desalada por la crujía. «¡No me abandones, no me abandones!», gritaba. Fui a su encuentro y torné a cobijarla en mis brazos. Los gemidos desafiaban la luz, como seres avérnicos que se expusieran sin miedo al resplandor del empíreo.

Pronto no necesitaron seguir haciéndolo. En un fragmento de segundo, toda la luz de la casa cesó, como sofocada en una asfixia súbita, y una tiniebla pesada y viscosa, que parecía poder cortarse con un cuchillo, nos rodeó y nos afrentó. Ignoro si fue ello obra del espectro o si, tan sólo, falló la energía en la ciudad como ocurre tan a menudo. El hecho fue que nos sentimos desamparados en medio de la crujía, cual un par de náufragos en un océano de lobreguez. Marilyn empezó a dar patadas al piso, primero con un pie y luego con el otro, con movimientos muy rápidos. Temí que el viejo corredor se desmoronara y nos precipitara en la planta baja. La alcé, pues, en vilo y corrí con ella hacia el balcón. Hubo que abrir las sólidas puertas que lo comunicaban con la sala y, perseguido por aquellos gemidos obstinados, me puse lerdo y me costó trabajo manipular los picaportes. Luego, salimos al aire de la noche y, por fortuna, vimos solitaria abajo la calle, libre ya de fiesteros, pues nos hallábamos enteramente desnudos. Dije a Marilyn que nos tendiéramos en el suelo. Había comprobado cómo, al balcón, las lamentaciones llegaban más tenues, casi incorpóreas. Lo hicimos y, poco a poco, los lúgubres sonidos dejaron de escucharse.

Temíamos, sin embargo, regresar al interior. Lo hicimos de modo gradual, tanteando primero si la sala estaba libre así fuera de murmullos. Penetramos por fin en la alcoba y nos precipitamos sobre el lecho, llenos de una fatiga al tiempo física y psíquica. Allí permanecimos todas las horas necesarias para que despuntara el sol, sin dirigirnos una palabra, acezantes, estúpidos de miedo. La electricidad no volvió sino a eso de las cinco y media, y recordamos que todas las lámparas se encontraban encendidas. No hicimos caso. Aún después de clarear, las dejamos así, pues sólo entonces conseguimos que el sueño nos arropara.

Dormimos hasta el mediodía. Cuando al fin se animó a preparar el almuerzo, Marilyn me suplicó que, a despecho del contrato que por el plazo mínimo de un año habíamos firmado, abandonáramos la casa. Le respondí que había soñado toda mi vida con habitarla y que unos meros ruidos no iban a hacerme desistir. Esto la hizo sollozar. La verdad —pienso ahora— es que la luz del sol nos envalentona en punto a apariciones. Pero ¿llegada la noche? No sé, no sé. Si hoy no fuese uno de enero, trataría de buscar explicaciones con el propietario, de quien no tengo sino el teléfono de la oficina. Sé por experiencia que el de su residencia no figura en la guía. No conozco tampoco el nombre de los habitantes anteriores. Hacia las tres de la tarde, llamé a mi madre a Nueva York, por ver si, a través de su difunto marido, supo alguna vez la historia de esta edificación, que podría arrojar luz sobre el fenómeno espectral. Al fin y al cabo, mi padre pertenecía a la familia de Cebrián Bustillo y debió poseer noticias sobre ese pasado. Con mucha vaguedad, me respondió que, en efecto, algunos ancestros de mi padre habían ocupado alguna vez, como solar de la familia, la casa de la calle del Escudo. Pero debía yo recordar que su marido había sido, ante todo, un Ayer, y que vivió siempre como desasido de su rama Bustillo. Esto, claro, lo sabía sin que ella me lo refrescara. Mi abuelo paterno, que casó con una hermana de don Cebrián, fue abandonado recién nacido en el orfanato de una pequeña población del condado de Middlesex, en Massachusetts, bautizada Ayer. Al adquirir uso de razón, adoptó ese toponímico por apellido. Por supuesto, la pronunciación inglesa difiere de la nuestra. Aquí, mi apellido posee una connotación de pretérito que, en inglés, está lejos de albergar. Pero prefiero su articulación española, porque me hace sentir inmemorial.

Toda su vida, mi padre se sintió más Ayer que Bustillo. Por eso no exploró en los antecedentes de la familia de su madre, que era de antigua estirpe cartagenera. Las dos noches macabras que he vivido en esta casa me obligan a reparar esa omisión. Trataré, en efecto, de investigar todo lo que me sea posible sobre la familia Bustillo. Entretanto, tendré que convencer a Marilyn de que no es cosa de abandonar la morada. Cuando puse al corriente a mi madre de los episodios vividos en la noche del veintiocho y en la madrugada del primero, soltó una carcajada procera y me dijo que, si tomaba en serio esa fantasmagoría, producto sólo de los nervios, o si lo que deseaba era tranquilizar a Marilyn, fuera donde el párroco de la Catedral o de Santo Toribio y le pidiera bendecir la casa. Que se trataba de una ceremonia muy sencilla y que solía alejar a los aparecidos. Al fin y al cabo, ¿no era yo tan afecto a las ceremonias?

Tal como me fue indicado, el párroco de la Catedral vino esta tarde y bendijo la casa. Se paseó por toda ella esparciendo agua bendita con un manojo de ramas a modo de hisopo y recitando lentas oraciones execratorias. Luego, le ofrecí una copa de vino en la sala e indagué si, en verdad, creía en los aparecidos. Me respondió que, cuando Jesús anduvo sobre las olas, la noche siguiente a la primera multiplicación de los panes, sus discípulos, que navegaban por el lago de Genesaret, prorrumpieron en aullidos de pavor, imaginando que se tratase de un espectro. El que los apóstoles reaccionaran de ese modo parecía prueba acabada de que entre los hebreos se creyese en las apariciones de ultratumba. Por lo demás, ya en el Antiguo Testamento el espíritu del difunto Samuel había sido invocado por la pitonisa de Endor a pedido ilícito del rey Saúl. Todo esto lo memoró con una sonrisa difusa que, acaso, quisiera darme a entender que creía tanto en ese género de testimonios bíblicos como en los cuentos de viejas.

Por lo demás, desde las horas matinales me puse en contacto, en su oficina, con Baltasar Gutiérrez de Piñeres. Éste, a mis inquisiciones, asumió un ceño nefasto para comunicarme que jamás había tenido noticia de acontecimientos extraños en su propiedad. Demandé si podría suministrarme los nombres de los anteriores ocupantes, por ver si sabían algo, y me notificó que aquella familia se había residenciado en Venezuela y que no había sentido ni siquiera la curiosidad de indagar en qué ciudad. No obstante, con uno de mis vecinos conseguí averiguar que, en efecto, los señores Fandiño Arteaga se quejaban a menudo de presencias chocantes en el ámbito de la casa. No, no hablaron nunca de gemidos; más bien de bultos escurridizos y blancos y de algo así como resonancias espectrales. Me explicó que ahora se hallaban en Maracaibo y me suministró las señas de su correo electrónico. Hacia el mediodía les disparé un mensaje, en el cual expuse en detalle los sucesos que nos desazonaban e inquirí si ellos, durante su larga residencia en el caserón, habrían vivido experiencias similares. Hasta el momento no he recibido respuesta.

Tampoco el espectro gimiente ha vuelto a manifestarse.

6

Esta mañana recibí contestación a mi correo electrónico. El señor Luis Eduardo Fandiño, desde Maracaibo, me comenta que, en efecto, durante sus cinco años de residencia en la casa de la calle del Escudo tanto él como su mujer y sus hijos vislumbraron la existencia de presencias misteriosas. Dice que, en términos generales, hubiera preferido no tener que hablar del asunto, pero se manifiesta alarmado sinceramente por los episodios que le detallé en mi mensaje, los cuales, según asegura, exceden con creces lo que ellos tuvieron que sufrir.

La verdad, según afirma, es que durante aquel quinquenio se percibieron en la casa ruidos inexplicables, procedentes de lugares que sabían solitarios. Sobre todo en la cocina, se producían en la noche rumores de trajín casero, sin que nadie hubiera en ella. En dos o tres ocasiones, una albura gaseosa atravesó, a eso de la medianoche, la sala. En otra oportunidad, se escuchó un disparo en el comedor o en el jardín, sin que se lograse jamás averiguar su origen. Este último pormenor me trajo a la memoria, por supuesto, mi sueño de unas noches atrás, en el cual disparaba yo a Marilyn, que se hallaba en el jardín, justamente desde el comedor. Y ello me ha obligado a pensar en alguna abscóndita relación entre los dos fenómenos,

el fantasmal y el onírico: de algún modo, mi ensoñación se vincula con la casa… o con su pasado.

Enero 4, sábado

Marilyn ha continuado insistiéndome en que
abandonemos esta morada. Todos los atardeceres,
tan pronto invade el mundo la penumbra, sus nervios
parecen zozobrar y toda ella se atiranta como si fuese inminente la irrupción de los gemidos. Me resulta
curioso, entretanto, que éstos hayan hecho aparición
tan sólo cuando empecé a habitar el inmueble. El ti-
rón que sentí en el brazo en la noche de San Silves-
tre, cuando besaba a mi amante, pudiera indicar a las
claras una conexión entre el fantasma y lo que haga
yo en esta vida.

Son, a la sazón, nulos los avances que he logrado acerca del pasado de la casa. Por razón del año
nuevo, los investigadores de las tradiciones cartageneras —casi todos ellos concentrados en la Academia
de la Historia— se encuentran fuera de la ciudad, ya
sea en Miami o en Europa o en fincas circunvecinas.
Ello incluye a Pablo Morales, que al parecer se trasladó a Bogotá con el fin de visitar a sus padres. En las
bibliotecas públicas, pudiera consultar periódicos de
diversas épocas, pero ¿cómo situar los años exactos
que necesitaría examinar? Lo mejor será, pues, darme
un compás de espera.

Además, es preciso que no descuide el progreso de mi *Sinfonía número uno,* cuyo estreno me gustaría hacer en la capital, a más tardar, en junio próximo. Por estos días, el Ministerio de Cultura ordenó
una reestructuración de la Orquesta Sinfónica, que

acaso tarde algún tiempo, pero tengo la oferta de la Filarmónica de Bogotá, proverbialmente generosa conmigo. No es que por razones pecuniarias esté urgido de estrenar: a los compositores de este país nuestra música no nos reporta ganancias. Casi todos viven de sus cátedras en los conservatorios. Por mi parte, la herencia de mi padre me permite consagrarme por entero a la creación. No obstante, me perturba la idea de haber cumplido ya veintiocho años sin poner a mi haber una primera sinfonía. Comprendo que otros compositores han tardado más en producirla, pero considérese que fui juzgado, desde mi niñez, una especie de niño prodigio en el piano, y que, a los dieciséis años, estrené mi primer preludio para ese instrumento, quizá demasiado vicario de las suites de Debussy, pero pletórico de inventiva melódica. Mi tardanza en producir una obra de más envergadura coloca, en labios de mis envidiosos, palabras deletéreas. Me urge propinarles un apropiado tapaboca.

Enero 5, domingo

De nuevo, un sueño ha venido a ofuscarme. En él, me veo galopando a toda prisa, sobre un húmedo alazán color terroso, por una línea de costa ondeada de dunas, en un ocaso que arroja sobre el horizonte del mar raudales de púrpura y de amarillo leonado intenso, ansiosos de devorar las nubes amoratadas. Cabalgo de sur a norte y aquel sol, casi a punto de desplomarse en el agua cargada de laminillas rutilantes y excitada como si presintiera algo inminente, parece querer reprimir aun más su exiguo fuego, a fin de permitir que la tiniebla cubra y proteja por fin mi fuga.

Sé que me persigue una tropilla de gente, a caballo también, y a una distancia que no puedo medir. Vuelvo la cara y no los veo, pero poseo la certeza de que muy pronto se hallarán a mi vista, reduciendo el trecho que nos separa. Me asiste la conciencia de haber perpetrado una acción abominable, sin que, empero, consiga dilucidar en qué ha consistido. Me mortifica pensar que pueda haber atentado contra la vida de mis padres, o incurrido en un quehacer aun más perverso. De todos modos, soy un prófugo que intenta llegar quién sabe adónde, en una tarde imprecisa desde el punto de vista del calendario, pues me veo vestido con ropas atípicas, propias quizás de hace un siglo, con un enorme jipijapa de paja fina y suave, muy alón, apto apenas para defender mis ojos del viento vivaracho que trata de enturbiarlos con una arena menuda.

Entro de sopetón en un caserío de pescadores, con chamizos hechos de tablones y techo de palma, cuya única calle recorro al vuelo, temeroso de que residan en él autoridades a las cuales haya notificado alguien, por telégrafo, de mi huida. Mas, cuando estoy a punto de abandonarlo, mi cabalgadura resbala en un cargamento de pescado fresco depositado en el suelo y, derrumbándose hacia el lado derecho, aprisiona una de mis piernas bajo su peso. Los pobladores intentan auxiliarme. En ese instante, mis perseguidores entran al poblacho y me rodean como perros de presa. Despierto cubierto de sudor y con el pánico rebulléndose en mi pecho como el gorgoteo de un gas al burbujear a través de un líquido. Me cuesta trabajo respirar. Observo a Marilyn, que duerme apacible a mi lado, y su semblante y la rubia madeja de sus cabellos, tan familiares, logran apaciguarme un tanto, mientras me sirvo de la jarra y apuro un ma- numisor vaso de agua.

7

Enero 6, lunes

En este feriado de Reyes, Marilyn y yo decidimos airear un poco la mente y fuimos a almorzar a un restaurante de Bocagrande. Nos acomodamos en la terraza, frente al mar, desde donde podíamos admirar el rutinario romper de las olas contra el terraplén, saltando al aire para multiplicarse en cientos de ondinas acróbatas. Paseándose orondas por entre las mesas, las mariamulatas parecían desafiar todo temor y hallar migajas microscópicas aquí y allá. Como ambos, por no plantearnos más disyuntivas, comemos siempre el mismo plato, esta vez escogimos un pargo achicharronado con vegetales orientales, que resultó en realidad un pequeño manjar rodeado de un cúmulo impresionante de papas fritas. Se habrá notado ya lo poco que frecuentamos la carne de res, acaso por seguir la corriente a Rousseau, para quien los grandes consumidores de carne son, en general, más crueles y feroces que los demás hombres, pensamiento que llevó a Robespierre a no probarla jamás (lo cual, claro, no obstó para que llegase a ser uno de los seres más crueles y feroces que recuerde la historia).

Desde una mesa vecina, cuando casi concluíamos la pitanza, nos llegó la voz clara y alegre de Sebastián Corredor, un viejo poeta de la ciudad (no muy descubierto en el resto del país), que acababa de ingresar al establecimiento y nos reconoció no bien se hubo instalado. Corredor publicó, en sus años mozos, una especie de breviario sobre leyendas cartageneras, que en otros tiempos fue muy leído y comentado. Un impulso instantáneo me condujo a sugerirle que se trasladara a nuestra mesa. Lo hizo sin aprensiones, ya que mi padre, al parecer, lo tuvo entre sus mejores amigos. No está de más consignar aquí que Beremundo Ayer Bustillo fue uno de los mecenas más pródigos en sus tiempos. En nuestra casa, durante mi niñez, se reunía la tertulia artística más distinguida de la ciudad.

El poeta se encontraba de un talante más que jocundo. Nos informó que había quedado finalista en un borroso concurso en España. El libro con el que participó, según dijo, será publicado este año por la municipalidad de Copóns, una villa del partido judicial de Igualada, en Barcelona. Lo felicité sinceramente, aunque desconfío de esos premios provincianos españoles, con los cuales intentan deslumbrar numerosos escritores vernáculos. Luego de la ronda sacramental de generalidades con que se inicia toda conversación, me las arreglé para conducirla hacia las viejas leyendas de la ciudad. Le informé de mi actual residencia en la casa de la calle del Escudo e inquirí si sobre ese inmueble giraba alguna de esas consejas.

Hizo el gesto de hurgar en su mente y, por último, memoró:

—Me parece recordar algo relacionado con un músico. Tú, que eres músico, deberías saberlo. Si no estoy mal, me lo contó el maestro Adolfo Mejía por los tiempos de la tertulia del «Metropol». Hablo de los años cincuenta, así que hazte cargo... La memoria me traiciona. No, no creo haberlo incluido en mi libro, porque éste era sólo de leyendas. Y lo ocurrido en esa casa pertenece a la vida real. Un asesinato, sí. Pero no sé si fue el músico el que lo cometió o si fue él a quien asesinaron. De repente, me llega la memoria de un uxoricidio. Pero no, no fue un músico, sino un médico.

—¿Sabes en qué época ocurrió? —le pregunté.

—Bueno, me imagino que a finales del siglo XIX o a comienzos del pasado. No, nunca presté mucha atención a esa historia.

Una idea me dio vueltas en la cabeza.

—¿Sabes si en tu biblioteca personal habrá forma de encontrar alguna referencia?

—Es posible, sí, muy posible. Mi padre vivía en aquellos tiempos y llevaba buena nota de los sucesos de la ciudad. En sus apuntes debe haber algo. Pero mi biblioteca es un caos. Sabrá Dios dónde están esos apuntes.

—Si los encontraras, ¿me avisarías?

—Claro, claro… Tendría que ponerme a buscarlos. La casa donde vivo me resulta cada vez más estrecha. Mi biblioteca desborda las habitaciones.

—Mucho sabría agradecerte si me informas.

Con ello, pasamos a otros temas, como el muy palpitante de la clonación de seres humanos. Al poeta poco lo inquietaba el aspecto moral de ese procedimiento, pero pensaba que, de clonar hombres, sería mejor hacerlo con los grandes genios, Dante, Beethoven… Le advertí que, según todo parecía indicarlo, el bebé clonado traía al mundo las enfermedades y el deterioro celular que hubiese desarrollado aquél de quien heredase el ácido desoxirribonucleico.

A más tardar a los treinta años, sería un anciano. Corredor lamentó aquella circunstancia y así la conversación se fue diluyendo en temas de actualidad. A eso de las tres de la tarde, nos separamos en la puerta del establecimiento. Antes de abordar el taxi que nos devolvería al centro amurallado, me cuidé de recordarle:

—No eches en saco roto lo de los apuntes de tu padre.

—Es una promesa —contestó.

Enero 7, martes

Ahora no sé qué pensar. Lo sucedido anoche colma la medida de nuestras fuerzas. Marilyn no quiere creer lo que vio y yo... yo pienso que hemos desarrollado una de esas locuras que los psiquiatras llaman *folies à deux*, esto es, compartidas, sufridas por partida doble.

Tras el almuerzo en el restaurante de Bocagrande y la conversación con el poeta Sebastián Corredor, tomamos un café en la terraza del Hotel Santa Teresa y luego, a pie, por las añosas callejas de Cartagena, volvimos a casa. Mi mujer, que desde el asunto de los gemidos ha preferido, en lo posible, no separarse de mi lado, se quedó conmigo en el estudio y, un poco en broma, para trastornarme y sacarme de la enajenación en que me sume mi sinfonía, ejecutó en el piano vertical ese delicioso vals de Dimitri Shostakovich que ha popularizado André Rieu en los últimos tiempos y que fue el causante inicial de su éxito. Aquello me puso de buen humor y comencé a besuquearla de tal manera que, un rato después, hacíamos el amor de un modo desaprensivo sobre el pequeño sofá que hay en el vestíbulo.

No hubo sobresaltos en aquel glorioso concúbito. Vestidos ya de nuevo, abandoné la sinfonía y me consagré a registrar, en este diario, los hechos del día de Reyes. A eso de las ocho de la noche, sugerí a Marilyn que fuéramos a cine. Aceptó con alegría. Nos largamos, pues, a contemplar con ojos de niños la última película de Harry Potter. El mundo maravilloso que los efectos especiales —logrados a través de computadores— son capaces de engendrar en estos días, libera el ánimo y lava la memoria. Es un curioso reemplazo de la antigua orgía, si se piensa que de ella surgieron, como sucedáneos, tragedia y comedia. Un reemplazo candoroso, inofensivo. Thomas Browne dijo alguna vez que, cuando no podía satisfacer a su razón, le agradaba secundar a su fantasía. Y éste era nuestro caso. El niño Potter, con sus peripecias, nos permitió recluir por un tiempo la inquietud latente en nuestros cerebros y en nuestros corazones por el asunto de los gemidos.

A eso de la medianoche, purificados como estábamos, tornamos a casa. No nos pasó por la mente, al ascender la escalera, la idea de nuevas irrupciones sobrenaturales. De alguna manera, creíamos que aquellos horrores iban a quedar para siempre en el pasado. Atravesamos el vestíbulo y la sala sin ninguna aprensión. Al llegar a la recámara y mover el pulsador de la luz, el corazón nos dio un tumbo. Sentada en la banqueta del tocador, peinando ante el espejo una copiosa cabellera rubia, vestida con una especie de túnica muy blanca de anchísimas mangas, una mujer larga, delgada, indolente, desafiaba toda conjetura e introducía de improviso aquella habitación en el ámbito del espanto. No, no era al favor de la bombilla eléctrica como la veíamos. Irradiaba una luz interna, que le permitía cobrar entidad ante nuestros ojos. Era vaporosa, pero también resplandeciente. De momento, quedamos estáticos contemplándola y demandándonos, en nuestras mentes ya despavoridas, si podría tratarse de alguna persona de la calle, de una loca que, sin explicación posible, hubiese logrado acceso a la casa. Pero la túnica hacía descartar aquella hipótesis. No se trataba, en modo alguno, de una indumentaria que se pudiera vestir en público sin atraer la atención de la policía, pues transparentaba por completo su cuerpo, un cuerpo de éter y de sutilidad; dejaba a la vista las curvas de sus senos, de sus caderas y de sus piernas, en tanto adoptaba una postura laxa sobre la banqueta.

El miedo nos extenuó, al extremo de no atinar a pronunciar palabra. Tal como en esos sueños en que, llenos de pavura, nos cuesta trabajo la articulación sonora, intenté por último preguntarle quién era, pero mi voz salió átona y trémula de mi garganta. La mujer —a todas luces joven, pero de tez exangüe— volvió el rostro hacia nosotros, con expresión muy grave. Nos miró con reprobadora fijeza. De repente, comprendí que, pese a su ceño luctuoso y al horror de su presencia, era hermosa como un ramillete de bruma, era pura como una lágrima. Después, se irguió de la banqueta y, sin vernos ya, cruzó, blanca y lenta, la habitación, con una especie de parsimonia despectiva, llena de un aire de certeza y aun de majestad, para ir a desvanecerse traspasando la pared del fondo.

Marilyn se apoyó en mí, aturdida y desmoralizada. El pavor la hacía flaquear de pies a cabeza.

En un susurro, le dije que se sosegara, que ya había pasado todo. Me dijo que no, que ahora se hallaba persuadida de que el asunto apenas comenzaba y de que fuerzas del más allá se conjuraban contra nosotros. «No somos nosotros: es la casa», le aseguré, todavía con el corazón al galope. «Vámonos de aquí —me suplicó, sollozando—. Vámonos de esta casa monstruosa». En ese instante, sonó el teléfono. Acudimos juntos, pero fue ella quien alzó el auricular. Era mi madre, desde Nueva York; había llamado también en navidad y en año nuevo, y en este día de Reyes, según informó, lo había hecho casi toda la noche, sin obtener contestación. Marilyn le explicó que nos encontrábamos en cine, pero a continuación desató su llanto y declaró, en tono sollozante: «Emma, acabamos de ver en la recámara a una mujer horrible». Disentí de la expresión en lo profundo: no, no era con exactitud horrible, más bien amenazante, impositiva, pero también, de algún modo, hermosa y augusta. Podía imaginar las palabras de mi madre, tratando de tranquilizarla y de convencerla de que era sólo producto de nuestra fantasía. «Dile a mamá que no estamos locos», le sugerí, aunque en mi interior me repitiera que, a lo mejor, lo estábamos.

Cuando colgamos, luego de transmitir a mi madre con pormenores la visión y de poner oídos a sus comentarios apaciguadores (entre los cuales no se escatimó la posibilidad de que acudiéramos a un psiquiatra), Marilyn me imploró que nos fuésemos a dormir a un hotel. Le recordé que los hoteles, por razón de la alta temporada, se hallaban de bote en bote, y la insté a no preocuparse: al fin y al cabo, los espectros metían mucho susto, pero no solían hacer daño. Le prometí que la protegería contra cualquier improbable agresión del más allá. Se resignó por último, mas no quiso pernoctar en la recámara. Pese a insistirle en que toda la casa era presa de aquellos espíritus (¿de qué otro modo llamarlos?), prefirió que lo hiciéramos en el sofá del vestíbulo, donde esa tarde habíamos copulado.

Hubiera querido introducirme, desde esta misma mañana, en periódicos de finales del XIX y principios del XX, a la busca de los episodios que, según Pablo Morales y también vagamente según Sebastián Corredor, pudieron haber perturbado este caserón de la calle del Escudo. Pero hallé cerrada la hemeroteca de la universidad por razón de las vacaciones. Todo, me he dicho, parece confabularse para que no pueda penetrar el enigma de este inmueble, linajudo de familias y de fantasmas.

8

En la biblioteca desperdigada por los entresuelos, he logrado encontrar uno de los libros más raros entre aquéllos que mi abuelo Francis Ayer, de algún furtivo modo, adquirió en sus tiempos, y que recuerdo haber hojeado, sin poder leerlo todavía, cuando no contaba más de dieciséis años. Está en bajo latín y se titula *Relación de muertos*. Su autor, un irlandés, fue uno de esos vates o *fili* que eran adivinos y conservadores de la tradición, anteriores al surgimiento de los bardos hereditarios. Hemos perdido su nombre, pero el libro —en edición londinense de 1847— sigue aquí, dándonos testimonio de las preocupaciones que absorbían al siglo XI. Fue escrito en verso, como casi todos en la época.

No me propongo agobiar este diario con citas de su enjundia vigorosa, sino tan sólo señalar tres acápites en los cuales he creído entrever una explicación a algunas de las ocurrencias que me han sobrevenido no bien me trasladé a esta casa. En primer lugar, asegura el vate céltico que, al mudarnos a una edificación con un pasado muy añejo y que fue habitada por gentes diversas, no es extraño que soñemos con ese pasado e, incluso, que vivamos en el sueño experiencias propias de sus antiguos habitantes. En otro parágrafo, dice que, si se escuchan gemidos en una casa antañona, ello obedece a la condición cautiva de los espíritus que la habitan. Pero afirma por otra parte que, cuando el fantasma de una casa no pertenece a las categorías execrables de los espectros, sino que es un espectro benigno, los ritos de exorcismo que haga la religión propenden más bien a fortalecerlo, a liberarlo y a permitirle una manifestación más desembarazada y directa. No es conducente, pues, temerles ni tratar de ahuyentarlos: algo nos quieren expresar y se impone prestarles toda nuestra atención.

Me he preocupado por transmitir a Marilyn todo lo anterior, pero ella, bajo el influjo de mi madre, insiste en la necesidad de acudir a un psiquiatra. Le he sugerido que, en vez de horrorizarnos ante la presencia del espectro, tratemos de aproximarnos a él y averiguar qué quiere. Todo ha sido en vano. Esta tarde me he visto obligado a convenir una cita con el doctor Juan Ramón Navarro, uno de los psiquiatras más celebrados de la ciudad. Nos ha convocado para mañana en la mañana.

Por lo demás, recibí —esta tarde también— una llamada telefónica del poeta Sebastián Corredor. Al parecer, tomó muy a pecho mi solicitud del pasado lunes, pues ha encontrado ya, en las notas de su padre, una referencia a los sucesos acaecidos otrora en la casa. Le rogué me la transmitiera por fax y he aquí lo que he obtenido: «Otro duelo atroz —dice el cronista— ha sobrecogido a la familia Rimbaldi, que ocupa hace muchos años la casa del escudo. Esta vez ha sido el hijo, a quien se acusa por igual de un crimen espantoso. Recuerdo que papá apreciaba mucho al doctor Rimbaldi, que era un médico pundonoroso; él también, sin embargo, padeció deshonor. Su hijo es algo así como un poeta o músico, quizás un tanto alocado y bohemio, como todos los poetas y músicos; no obstante, pude conocerlo en una reunión social y sus modales me resultaron impecables, los de todo un caballero. Ojalá pueda librarse de la acusación de que lo hace objeto la justicia».

Eso es todo. No hay fecha, pero el apunte pertenece a las notas correspondientes a 1915. Debo, pues, investigar quiénes fueron aquellos Rimbaldi, cuya mención me parece recordar con vaguedad en labios de mi padre.

Enero 9, jueves

Hemos acudido, en efecto, a la cita con el psiquiatra. A las diez de la mañana, comparecimos en el consultorio, situado en el sector de La Matuna, un área inmediata al centro amurallado, asfixiada por un trafagar humano y de rugidores y aturdidos vehículos, atiborrada de vendedores de rosquillas, bollos, cigarrillos y bagatelas, repleta de un olor untuoso a multitud y abrasada por masas inmóviles de aire caliente. La sala de espera, llena de diplomas y de retratos de Freud, de Adler, de Jung y de un extenso elenco de psicólogos del siglo XX, trata de estar ambientada, además, con muebles de un plástico innoble, de aspecto displicente y pintados en un tono de manteca de cacao. No fue preciso, por fortuna, demorar demasiado en aquel recibidor, antes que se nos hiciese pasar. El doctor Juan Ramón Navarro es un sujeto maduro, de barba gris, cuya mirada agrandan unos anteojos de considerable espesor y cuyo cuello rollizo recuerda el de una hicotea. Luego de radiografiarnos con la mirada, nos invitó a sentarnos frente a su mesa de trabajo, exornada en una de sus zonas por varios pequeños modelos de automóviles, y nos invitó a exponerle nuestro problema.

Luego de narrarle los episodios extravagantes vividos en la casa de la calle del Escudo, me animé a transmitirle mi teoría acerca de una probable *folie à deux*. Me observó con sorna, seguro de que se las había con uno de esos aficionados que, de la noche a la mañana y por lecturas apresuradas, se sienten capaces de producir un diagnóstico psiquiátrico. No por ello dejó de reconocer que la característica esencial del proceso era la de un «contagio de locura», tal como Ideler lo había definido desde 1838, o la de una «psicosis influida», como Gordon la había descrito en 1925. No obstante, lo que ante todo se imponía averiguar era cuál de los dos, Marilyn o yo, podía haber sido el agente transmisor, esto es, la persona en quien surgió originalmente el desarreglo.

Ambos a una le explicamos que, en nuestro caso, la alucinación (no me gustaba llamarla así, pero qué remedio: estábamos ante un hombre de ciencia) había germinado en forma simultánea, sin que nunca antes ninguno de los dos hubiese experimentado ese género de fantasías. Omití deliberadamente referirme a la experiencia que padecí cuando niño, en compañía de mis padres y de un nutrido grupo de personas, y que ya relaté. Parecía evidente, por lo demás, que Navarro había advertido en Marilyn alguna facies reveladora. Indagó en primer lugar por sus años infantiles, que ella pormenorizó dejando entrever a una madre en extremo despótica y a un padre de carácter débil, sometido por su mujer. He de aclarar que me hallé presente en aquel interrogatorio, dado que, si nuestro padecimiento podía diagnosticarse efectivamente como una locura recíproca, convenía no separarnos a lo largo del tratamiento. Sobre sus primeras vivencias sexuales, mi amante narró una serie de experiencias táctiles durante sus días del colegio, seguidas de la entrega que, por último, hizo de su cuerpo a un clásico adolescente machista que, en lo sucesivo, la despreció. El psiquiatra inquirió entonces si había consumido algún tipo de estupefaciente en cualquier período de su vida. Marilyn asintió y detalló a continuación sus prácticas con la dietilamida del ácido lisérgico, en unión con Freddy Prescott.

—El uso de esa sustancia —dictaminó Navarro—, aunque sea suspendido en determinado momento, puede inducir alucinaciones a posteriori. Si en verdad son ustedes víctimas de una *folie à deux*, ésta podría haberse iniciado con fantasías recurrentes. Pero no lo veo muy claro. Para que éstas se hubiesen transmitido a usted —se refería a mí, desde luego—, hubiera sido necesario un proceso, que en este caso no se dio, ya que ambos empezaron a oír los quejidos al mismo tiempo. Claro que Tuke, en los cinco modos de locura doble que describió desde el siglo XIX, incluye uno en el cual dos o más personas se tornan psicóticas de manera simultánea, en respuesta a una misma causa. Pero esta ocurrencia no suele presentarse, o al menos así se deduce de los rarísimos casos clínicos conocidos, sino en mellizos.

Corrigió la posición de sus anteojos antes de continuar:

—Según Gralnick —dijo—, los factores ambientales y culturales explican la aparición de la locura doble en hermanas. Que conste que hablo de mujeres, porque es un mal que no suele presentarse sino rara vez en varones. Decía él que los factores culturales resultantes de la escasa libertad de acción que, en otros tiempos, se concedía a las personas del sexo femenino, producían una psicología pasiva, fácilmente sugestionable y pronta a depender de una persona dominadora. El ambiente familiar era muy buen caldo de cultivo para estas psicopatías. La incidencia de esta locura en parejas cohabitantes se dejó ver muy, pero muy débilmente a lo largo del siglo XX. Además, parecía una constante el que la locura se transmitiera de marido a mujer y no por la vía inversa. En el mundo actual, la liberación femenina ha pincelado de otro modo el paisaje. La *folie à deux* exigía dependencias que hoy son en extremo insólitas y, por tanto, se manifiesta sólo en reductos demasiado aferrados a la tradición. No creo que sea el caso de ustedes.

—No lo es —aprobé, para borrar cualquier duda.

—Considero muy improbable —opinó— que Marilyn haya sido capaz de transferirle a usted una alucinación recurrente, resaca de la dietilamida del ácido lisérgico.

Nos quedamos mirándolo con desconcierto. Parecía inminente que, en lo sucesivo, concentrara su atención en mí. Todo me señalaba, a ojos vistas, como el agente inductor. La idea me causaba cierta irritación, pues resultaba palmario que se trataba, en el caso de que la padeciéramos, de una enfermedad propia de caracteres endebles, no importa cuál de los dos fuese su gestor original. Pero el doctor Navarro era muchísimo más sagaz de lo que hubiéramos imaginado. Poseía eso que, en otros tiempos, se llamaba *ojo clínico*, es decir, una capacidad ingénita para conocer de un vistazo al enfermo mental. Se quedó pensativo unos segundos, antes de adoptar una sonrisa astuta y declarar:

—Me han hablado de un fenómeno que ambos percibieron en forma simultánea. Un fenómeno, en apariencia, improcedente y disparatado. Dentro de un profesionalismo clásico o, dicho de otra manera, sujeto a los cánones oficiales de la psiquiatría, tendría yo que dictaminar en ustedes un desarreglo psicótico, que muy probablemente el uno ha transmitido al otro. Usted, Marilyn, tiene antecedentes de drogomanía. Usted, Fernando, es un artista, lo cual equivale a decir una persona en quien la fantasía prevalece sobre la razón. El diagnóstico exacto no resulta fácil, aunque la presencia de una *folie à deux* pudiera tenerse casi por axiomática. En términos corrientes, deberían ustedes someterse a un tratamiento prolongado. Pero, créanme…

Hizo en este punto una pausa, que nos inundó de ansiedad.

—Créanme —prosiguió al fin— que estoy lejos de ser un alma académica ni un espíritu estrecho. Antes de ordenarles un tratamiento, prefiero descartar una posibilidad.

—¿Cuál? —indagué, ante otro silencio del facultativo.

Pero éste se prolongó. El hombre se alzó de su silla giratoria y se desplazó hasta un ventanal, desde donde se dominaba el Parque del Centenario, con su obelisco rematado en un águila.

—Me refiero —articuló por último, con lentitud— a la posibilidad de que, en verdad, hayan percibido ustedes una manifestación fantasmal.

—¿Quiere decir —le pregunté— que no han sido alucinaciones las que nos trajeron aquí, sino en verdad fenómenos sobrenaturales?

Pasó la mano por su cabellera gris, alisándola, antes de responder:

—No existen fenómenos sobrenaturales. Sólo parafenómenos. El universo recata secretos múltiples que no por extraños y poco estudiados deben parecernos ajenos a la física material. Desde luego, es sólo una posibilidad que debe investigarse. No he diagnosticado todavía, en ustedes, una sanidad mental. Pero, si nos es posible, descartemos ante todo las posibilidades en contrario.

—Y usted, ¿qué sugiere? —indagó Marilyn.

—Como saben, hay una ciencia que se ocupa de los fenómenos paranormales. Algunos la creen una superchería. Otros, tenemos constancia de los progresos que ha logrado en menos de cien años o, más aún, desde los tiempos de la metapsíquica. Me refiero, desde luego, a la parapsicología.

Miré al sesgo a mi mujer y ella me miró de idéntico modo. Nos hallábamos en un trance anguloso de perplejidad. Luego, hundimos en el psiquiatra los ojos interrogantes.

—En meses recientes —avanzó éste, como si respondiese a una pregunta explícita—, se ha establecido en Cartagena, proveniente de Nueva York, una parapsicóloga de toda mi confianza. Aludo a Desdémona von der Becke. Se trata de una mujer que, incluso, colaboró en ciertos experimentos del Pentágono sobre telepatía, esos mismos que inauguró Rhine hará cincuenta o sesenta años. Si ustedes lo quieren, puedo proporcionarles su dirección. También puedo hablarle sobre el caso.

—¿Cree que pueda ser de verdadera utilidad? —inquirí, un tanto amoscado por la celeridad con que Navarro había pasado de constituir algo así como el paradigma del racionalismo a erigirse en un propagandista caluroso de la franja lunática.

El hombre sonrió antes de contestar.

—Se trata sólo de eliminar una contingencia. En ciertos casos, los parapsicólogos llegan, si no al meollo, sí a raspar un poco la corteza de los llamados *fenómenos psi*. En otros, claro, su estupefacción puede superar a la nuestra. Poseen instrumentos muy modernos y muy delicados para su investigación. No es posible garantizar nada, pero si en la casa del escudo se presentan en realidad fenómenos paranormales, resulta muy posible que logren ellos precisar su naturaleza y aconsejar la mejor forma de conjurarlos.

Cuando salimos del consultorio, traíamos con nosotros la dirección y el teléfono de la doctora von der Becke.

9

A despecho de la insistencia de Marilyn, me he abstenido de llamar a la parapsicóloga. ¿Cómo puedo aceptar que, a los veintiocho años, luego de una vida tutelada por el agnosticismo que mi padre me inculcó, vaya a entregarme, atado de pies y manos, en poder de una bruja que puede haber impresionado incluso al Pentágono de Washington, pero que a mí no podría dejar de antojárseme un ser ridículo, una charlatana?

Hubiera deseado, en cambio, intentar alguna investigación acerca de esa familia Rimbaldi a la cual alude en sus notas el padre de Sebastián Corredor. No ha sido posible, por el mismo impedimento que ya he señalado. El propio Corredor, con quien tomamos un café en la plaza de San Pedro Claver al mediodía, me informó que el principal periódico de la ciudad, en 1915, era el diario *La Unión Comercial*, vocero del republicanismo y dirigido por el poeta Luis C. López. Supongo que en él habrá un registro de aquel escándalo sugerido borrosamente por el padre del poeta.

Enero 11, sábado

He vuelto a trabajar ardientemente en mi sinfonía. Ahora, he decidido que el final lo constituirá un *Allegro non troppo* en 2/4, luego en 3/4 y 6/8, que habrá de evolucionar de sol menor a si bemol mayor y adoptar la manera de un rondó. Debo discurrir, por lo demás, una coda triunfal en *sempre più vivo*, que haga resplandecer la tonalidad de si bemol mayor.

Enero 12, domingo

Anoche, cuando volvíamos de cenar en un restaurante italiano de Bocagrande, al abrir el portón de la casa, en contraste con la temperatura tibia que, en consonancia con este enero de alisios, predominaba en la calle, un ramalazo glacial hendió nuestros rostros. Vimos entonces que la mujer se encontraba, al frente y por encima de nosotros, en el corredor a modo de puente que comunica los entresuelos. Nos miraba cejijunta, como invitándonos a asumirla de una manera grave. Vestía la misma túnica vaporosa con que la vimos la primera vez. Ahora, saqué fuerzas de mi enervación para preguntarle a gritos quién era e inquirirle por lo que deseaba. Si lo afirmado en la *Relación de muertos* corresponde a alguna verdad, el espectro debió replicar de algún modo a aquellos requerimientos. No lo hizo, sin embargo. Por el contrario, optó por dirigirnos un mohín de desdén y avanzó por el puente hasta perderse, traspasándola, por la puerta del entresuelo de la derecha. Una última ráfaga de frío sobrecogió nuestros cuerpos y, con trémula sacudida, el aire retornó a su temple normal.

Por supuesto, Marilyn ingresó en otra crisis de nervios. Debí solicitar por teléfono a la botica un frasco del mejor barbitúrico, por ver si lograba dormir. Lo hizo, por fortuna; mas fue un sueño letárgico, poco reparador acaso. En la mañana de hoy, me insistió con lágrimas en que nos comunicáramos con la doctora von der Becke. Ello no será posible, claro, hasta mañana lunes.

Enero 13, lunes

La noticia del regreso de Pablo Morales me colmó anoche de una espaciosa esperanza. Hablé con él por teléfono y me comunicó haber investigado en forma prolija, en la Biblioteca Nacional de Bogotá, todo lo relacionado con los asesinatos cometidos en la casa. Le sugerí que almorzáramos en algún restaurante cercano a su residencia y así lo hemos hecho, con resultados fructuosos.

Asistieron, por supuesto, Marilyn y Estefanía. Nos instalamos en un traspatio lleno de mesas, más allá de cuyo blanco paredón el mar parecía acompasarse en un rumor soporífero, como el ronquido tenue de una fiera en reposo. Nos rodeaban árboles de tamarindo, con sus copas abiertas, su tronco grueso, su parda corteza. Antes de afrontar el tema que nos interesaba, Pablo comentó cómo era preciso distinguir entre esta especie del Caribe, introducida quizás en el siglo XVI desde algún lugar del Asia, cuyos frutos son cortos; y la especie índica, que es de fruto alargado. Muy pronto, desde luego, lo urgí a ocuparnos del asunto de los asesinatos.

Desplegó ante mí algunas fotocopias precisamente de *La Unión Comercial*. Su credencial de investigador le había permitido obtenerlas en la biblioteca bogotana, a la cual no hubiera tenido acceso yo. Tampoco lo hubiera logrado, según me dijo, a ésta de la Universidad de Cartagena. Recibí aquellos recortes con manos temblorosas y leí con avidez. Sin duda, el acontecimiento de 1915 había significado un escándalo mayúsculo para una ciudad tan pacífica como por entonces lo era la villa de Pedro de Heredia.

Tal como solía hacerse en aquella época, la noticia había sido redactada en un lenguaje lacónico y comedido, muy alejado del realce espectacular que dan hoy los periódicos a este género de sucesos. En sobrias palabras, daba cuenta del asesinato de la súbdita argentina Daniela Morán por su marido, el compositor Arturo Rimbaldi, en la noche del treinta de abril de 1915, a la entrada del jardín de la casa del escudo. En el texto, se indicaba que, aunque en un comienzo Rimbaldi tratara de escapar, cuando se encontró ya en poder de la policía aceptó haber perpetrado el homicidio e intentó justificarlo asegurando que había vengado de ese modo un adulterio.

El cadáver de Daniela Morán fue encontrado por las autoridades, gracias al aviso de un vecino que escuchó el disparo, con una bala en el pulmón derecho, disparada por la espalda —cuando ella huía— desde la barandilla del piso superior. No necesito recalcar la similitud con mi sueño del veintinueve de diciembre. Arturo Rimbaldi permanecía en un calabozo, mientras aguardaba la acción de la justicia. En un lenguaje muy nebuloso, se trataba de recordar a renglón seguido que el compositor (y también poeta) había casado el año anterior, en París, con la mujer asesinada. Los Rimbaldi, se aseguraba, provenían de una estirpe italiana, de probable procedencia francesa. El primero en establecerse en Cartagena había sido el padre de Arturo, esto es, el médico Ottorino Rimbaldi, un cirujano que se suicidó en prisión, después de haber sido condenado asimismo por el asesinato de su esposa, la súbdita inglesa Celeste Goldwin. Arturo era su hijo mayor y había otra hija, Celeste Rimbaldi, casada con un miembro de la alta clase social cartagenera. El segundo recorte se remonta a 1916 e informaba sobre el fallo del tribunal en el caso Rimbaldi, indicando que había sido condenado a diez años de prisión.

Pablo Morales me interrogaba con la mirada, como inquiriendo si era o no un acucioso investigador.

—Como ves —dijo— no era broma aquello de los dos asesinatos en la casa del escudo.

—Pero, en fin, ¿qué más has podido averiguar sobre los Rimbaldi? —inquirí.

—No te contentas con poco —me reprochó—. No, por ahora nada más, aunque estoy sobre otras pistas mucho más promisorias. Si miras bien, hay otro recorte con un poema de Rimbaldi, publicado en un semanario para mujeres de 1905. Como verás, es una poesía del tipo afrancesado que se estilaba por entonces. Pero, por la preeminencia que le da la revista, que es puertorriqueña, puede colegirse que Arturo Rimbaldi era en sus tiempos un poeta de muchas campanillas, apreciado entre el gremio literario.

Leí la pieza con cierta aprensión. Pero debí convencerme de que denunciaba a un poeta de excelentes recursos. En ese momento, pasó por mi mente la vanidad del trabajo artístico, que aun a aventajados creadores los va recluyendo con los años en el olvido. Séneca nos pedía, en cualquier menester que emprendiéramos, tener presente la muerte. A mí, a esta altura de mi vida, se me antoja más imperioso el deber de no olvidar el olvido, esto es, saber que tarde o temprano esa obra, grande o pequeña, huirá de la memoria de los hombres como ave que navega hacia el crepúsculo. Y allí, frente a Pablo Morales y a nuestras mujeres, pensé que el olvido es una segunda muerte, a la cual deberíamos temer más que a la primera. Rimbaldi, como este poema lo demostraba, se había esforzado por violentar la sonrisa de la posteridad. Y ahora —salvo por esta investigación, que en Morales era un tanto diletante— ni siquiera se le memoraba como asesino.

Enero 14, martes

Ayer tarde me comuniqué con la doctora Desdémona von der Becke, quien se apresuró a darnos una cita. La visitamos en un local destartalado del barrio de San Diego, en el cual campea un acopio desordenado de instrumentos y de artilugios extraños. Incluso en su pequeño despacho, donde trabaja tras una mesa derrengada, abrumada de libros y papeles, aquellos aparatos dificultan la libre movilización. Debo decir que, cuando el doctor Navarro nos habló de esta mujer, imaginé a una rubia alemana u holandesa, o bien a una criolla hija de alemanes u holandeses, lejana de trato, pagadísima de su profesión estrambótica. Me he encontrado, en cambio, con una negra de estatura monumental, de rostro acre pero manso, con unas anchísimas caderas que contonea al andar y unas manos gruesas y regordetas que dan la impresión de ir a arruinar cuanto tocan. Su trato es sencillo y su talante, aproximativo y colaborador.

En palabras breves, le exponemos lo que nos ocurre. No se manifiesta sorprendida y, en cambio, parece muy atraída por la alteración de temperatura operada durante la aparición del zaguán. A menudo, cuando insistimos en ciertos detalles, aprueba con la cabeza y toma apuntes en una libreta. Nos pregunta si estamos dispuestos a tolerar en casa la presencia de su equipo.

—¿Cuántos son? —indago, temeroso de que una tropa incontable invada nuestra morada y termine por estropear aun más los nervios de mi mujer.

—Seremos únicamente tres —responde, y acto seguido hace llamar a su par de ayudantes, a quienes nos presenta sin mucho protocolo. Se trata de dos muchachos simpáticos y saludables, muy alejados de esa facha de empleados de pompas fúnebres que llegué a imaginar. Desdémona nos informa que son egresados de psicología de la Universidad de Berkeley, pero que se especializaron en investigaciones parapsicológicas en West Coast. Además, debieron realizar cursos especiales de fotografía y de manejo de los instrumentos y medidores. En varias oportunidades, lograron fotografiar espectros en casas de Nueva York, donde ella trabajó largos años. De hecho, nos muestra una imagen en la cual, en uno de los extremos de una habitación amueblada con viejos Chippendales, ricos en formas chinas, góticas y rococós, pero también con dibujos sobrios de tiempos de la reina Ana, puede advertirse una masa gaseosa, blanca y brillante, de la cual parten una serie de finísimas estrías luminosas, como ésas que aparecen en algunas frutas o conchas. Imperturbable, nos dice que aquella aparición, que perturbó por años a cierta acaudalada familia, fue registrada en un lujoso apartamento de la Quinta Avenida.

Los ayudantes se llaman Edgar Gándara y Ángel Zeledón. El primero es un mocetón blanco, de cabello ensortijado, que viste pantalones de mezclilla y fuma en forma incesante. En ello encuentro el primer reparo, ya que ni Marilyn ni yo fumamos, y odiamos que la casa se envilezca con el humo astringente de sus cigarrillos negros. Interrogado, nos dice ser oriundo de Barranquilla, aunque ha vivido la mayor parte de su vida en la América del Norte. Zeledón es un mulato de pelo apretado y labios belfos, de unos treinta años, metido en un overol de mezclilla que proyecta sus tirantes por encima de una camisa floreada y chillona. Nació en la isla de Providencia y se interesó en los estudios parapsicológicos, una vez graduado en psicología, por influencia de un escritor de *science fiction*, llamado René Rebetez y más conocido como «El Capitán», que fue a vivir sus últimos años en ese rincón del Caribe. Los dos parecen profesar hacia la señora von der Becke una admiración insondable.

Ésta, en cambio, es una criatura local, cartagenera hasta la médula, cuyo apellido proviene de su primer matrimonio. Frisará en los cincuenta años. Aunque es médica y psiquiatra graduada, la parapsicología la arrobó desde sus experiencias juveniles con el doctor Ian Stevenson, en la Universidad de Virginia, sobre reencarnación. Varias veces acompañó a Stevenson a Alaska, a Sri Lanka y a Tailandia en pos de niños orientales que pareciesen poseer recuerdos sobre su vida anterior. En 1989, publicó en inglés una memoria científica resumiendo las características de los casos típicos de reencarnación y postulando la erección de esta última en factor suplementario de la ciencia genética y de los análisis psiquiátricos de la personalidad. Según me dijo, fue condiscípula del doctor Juan Ramón Navarro en Virginia y él le fue de mucha ayuda cuando montó su laboratorio en Nueva York.

Varias veces me advierte que, de aceptar Marilyn y yo su intervención en la casa del escudo, deberemos, a pesar del equipo que será necesario desplegar por toda la morada, proseguir nuestra rutina diaria como si nadie hubiese en torno de nosotros. Yo compondré, escribiré este diario; mi mujer leerá, oirá música, preparará los alimentos; y ambos cenaremos y haremos el amor con idéntica naturalidad que en días normales. La idea nos resulta chocante, pero luego de una rápida deliberación a solas, convenimos en que será la única manera de librarnos de las largas y tediosas sesiones que nos aguardarían con el doctor Navarro si se persiste en la idea de la *folie à deux*.

Por último, acordamos que el equipo se haga presente esta misma noche en la casa de la calle del Escudo.

10

Enero 15, miércoles

Ante todo, la doctora von der Becke instaló, en lugares estratégicos, equipos de termovisión, susceptibles de detectar una presencia invisible para el ojo humano por los cambios térmicos que suscita en el ambiente. Asimismo, dispersó por toda la casa, tanto en el piso superior como en la planta baja, monitores y detectores sensoriales, así como grabadoras que trabajan mediante el sistema de longitud de ondas. Amén de otra serie de complicados artefactos, los que más parecían abundar eran los contadores de concentración iónica, aptos para registrar el proceso mediante el cual uno o varios átomos o moléculas neutros se convierten en átomos o moléculas cargados de electricidad. Por regla general, la ionización del aire es debida al paso de partículas cargadas, lo bastante rápidas, o a una radiación lo bastante energética.

A las veinte horas de ayer, los equipos habían sido instalados por completo y tanto la doctora como sus ayudantes se movían entre ellos como felinos silenciosos o como fantasmas ellos mismos. Trataban, por todos los medios a su alcance, de que lográramos abstraernos de su presencia y actuar del modo más hogareño y natural. Marilyn, a eso de las nueve, se sentó frente al piano de cola y acometió los acordes de la *Sonata opus* 35 de Chopin, cuyas notas recuerdan aquella frase de Liszt según la cual el compositor polaco algo tenía de ángel y de hada. Desdémona me llamó para que comprobara cómo aquellas notas mágicas ponían en acción los medidores y producían variantes en la temperatura de la casa. Mirándome con ojos risueños pero imperiosos, me preguntó si no me parecía evidente el desconocimiento en que nos hallamos del ambiente que nos rodea y de las mudanzas que podemos crear en él. Tuve, pues, que asentir, aunque para mi capa me preguntaba si muchas alteraciones atribuidas a espectros no eran producto más bien de circunstancias perfectamente normales.

Edgar Gándara y Ángel Zeledón se ajetreaban, entretanto, en manipular los medidores y termovisores. Casi en susurros, lanzaban comentarios entre sí, que me hubiera gustado poder descifrar. Habían dejado las cámaras fotográficas con los obturadores abiertos. Rodeados de aquel dispositivo, cenamos a las diez con unos emparedados de queso y jamón, de los cuales participaron también nuestros huéspedes. Luego, procedimos a recogernos en la recámara, que era enfocada desde la sala, a través del vano de la puerta, por los ojos de la tecnología espiritista. Se imponía —así el pudor no lo aconsejara— que hiciésemos el amor. Era aquél, según todos los indicios, el cebo indicado para atraer a la mujer o a los gemidos. Nos comenzamos a desnudar, en efecto, tal como solíamos hacerlo para aquella ceremonia inmemorial. Obedientes al consejo de Desdémona, lo hicimos como si nadie nos observara. Pero no resulta fácil sostener una farsa tan palmaria. Cuando estuvo en interiores, Marilyn se negó a seguir despojándose de sus prendas y dijo que todo aquello se le antojaba una payasada suprema.

Fieles a lo prometido, ni la doctora ni sus ayudantes pronunciaron palabra y, más bien, trataron de contener la respiración. Como lo supimos más tarde, en el momento en que nos desnudábamos se experimentaron, según los instrumentos, cambios en la atmósfera electromagnética y termoiónica de la casa. Una masa informe blanqueó en el vestíbulo y, poco después, la visitante de ultratumba fue cobrando su silueta de sílfide volátil. Gándara y Zeledón se aseguraron de que las cámaras estuviesen bien enfocadas hacia ella. Al hacerlo, sintieron como si los envolviera una mole de aire polar. Entretanto, Marilyn y yo, que habíamos desistido del acto sexual pues nos desanimaba la presencia de terceros, ingerimos sendas dosis de barbitúricos y nos aprontamos a dormir. Al parecer, caímos en sueño profundo, pues sólo a las cinco de la mañana recobré el conocimiento y me movilicé tambaleante hacia el baño. Mi mujer durmió hasta pasadas las ocho. No obstante, la actividad fantasmal no cesó ni un segundo en toda la noche. Se desplazaba por la casa como una oleada y ora descendía hasta el jardín, ora llegaba incluso a intentar el ascenso a la azotea por la escalera de caracol. Esto último no fue posible. Algo detenía al espectro antes de llegar al aire libre.

En opinión de Desdémona —después de pasar la noche realizando mediciones y rastreos—, el espectro no abandona jamás la casa; sólo que, por una parte, no siempre es enteramente visible, salvo para sus instrumentos, y cuando lo es, no siempre se encuentra en los lugares en donde nos hallamos. De hecho, aunque ni Marilyn ni yo alcanzáramos a verlo, la mujer se manifestó anoche, tal como aconteció en otras ocasiones en que iniciábamos el acto sexual. En el instante en que lo hizo, una tormenta de energía psíquica fue registrada en los medidores. No cabe, pues, la menor duda: nuestras visiones nada tienen que ver con la *folie à deux*. En la casa mora efectivamente un fantasma. Y algo más: es muy probable, por la enorme actividad termoiónica, que lleve muchos años prisionero en ella.

Lo primero en pasar por mi mente tan pronto se me dio noticia de lo anterior, fue averiguar el resultado de los registros fotográficos. Gándara —que, según pude comprobarlo, no fumaba durante los experimentos, por miedo a perturbar el medio ambiente— me alargó la lámina de plástico que guardaba con celo todo el tiempo en que hablé con su jefa. El examen de la fotografía hizo rebrotar íntegro, en mí, el pánico que las apariciones me habían infundido. Allí estaba, no muy bien definida, pero vagamente reconocible, la mujer. Destacaban, sobre la totalidad de su continente, hecho como de humo, como de piltrafas de niebla, unos ojos abarrotados de angustia, ojos implorantes a pesar del frunce del ceño y de la expresión de desafío. Sus manos parecían evaporarse a partir de la primera falange de los dedos. Su cuerpo se veía sugerido bajo la túnica, mas no había en él la pulsación de la vida; sólo algo así como el movimiento periódico de un fluido, una superposición de ondas que fuesen formando la figura humana. Discurrí que era imperativo ocultar esta impresión fotográfica a Marilyn; no soportaría su vista. Luego pensé: «En esta casa fueron asesinadas dos mujeres. El fantasma ha de ser una de ellas, o bien Celeste Goldwin o bien Daniela Morán. Para saberlo, bastaría obtener fotografías de ambas, en tiempos en que habitaban el orbe de los vivientes. Puede que sea ésta otra labor para Pablo Morales».

Entonces he caído en la cuenta de que jamás hablé a Pablo Morales de las apariciones. Sin duda, algo en mi inconsciente me ha dicho que su sola reacción consistiría en una homérica carcajada. Sí; por eso me he abstenido de hacerlo. Pero, si deseo satisfacer mis inquietudes, deberé afrontar sus sarcasmos. Hoy mismo le hablaré de la cuestión.

Enero 16, jueves

Lo hice en la noche, por teléfono. Al informarle que un equipo de parapsicólogos había explorado mi casa, sufrió un ataque de risa. Cuando logré silenciarlo, le hablé de la fotografía tomada al espectro. Contestó que tendría que verla, mas dijo estar seguro de que, al hallar algún retrato de las mujeres asesinadas, ninguna de ellas se parecería en lo más leve a esa imagen obtenida quién sabe mediante qué truco por la maga que había introducido en mi hogar. A la postre aceptó, sin embargo, colocarse sobre la pista de aquellas efigies.

He conversado largo esta mañana, en su laboratorio, con Desdémona von der Becke. La parapsicóloga me indicó que la casa de la calle del Escudo se hallaba cargada de electricidad, al extremo de haberle hecho erizar los cabellos. Ello significaba que, de haber en ella únicamente un espectro, éste poseía mucha fuerza y, de hecho, largamente había habitado allí. Me indicó que, a más de la fotografía que mostraba a la mujer, se habían obtenido, utilizando rayos infrarrojos, otras en las que se registraban auras luminosas rodeando determinadas áreas.

—El experimento de anteanoche —agregó— sólo nos prueba que, en efecto, existe en la casa una presencia extraña. Pero nada nos indica sobre su origen. En algunos casos, los espectros constituyen entidades psíquicas proyectadas en el espacio, es decir, que pueden proceder de las zonas reprimidas del inconsciente de alguna persona. Usted me ha dicho que también los ocupantes anteriores percibían fenómenos anormales. Pues bien, esos fenómenos bien pueden haber sido producto de las cavilaciones de algún perturbado mental. No necesariamente los espectros son manifestaciones de personas difuntas. Una cavilación obsesiva puede tornarse somática y ser percibida por terceros.

Exhaló un suspiro largo de su prominente pecho de negra antes de proseguir.

—Usted, con todo derecho, me preguntará qué puedo hacer para suprimir esa anomalía. En algunas investigaciones, se ha tratado de atrapar a un fantasma cubriéndole de helio supercongelado. Pero no creo que sea esto lo que usted persigue. Usted desea sólo conjurarlo. En Inglaterra, alguna vez, bastó podar las ramas de cierto árbol para desterrar a un espectro que se instalaba todas las tardes junto a una ventana a hacer labor de punto. Pero, claro, ese fantasma era apenas una retención luminosa permitida por aquellas ramas, que daban sobre la ventana. Nuestro caso es distinto. Desterrar la aparición no es algo que pueda yo prometerle. Para intentarlo, habría que actuar meses enteros sobre la casa y, tal vez, inútilmente.

De un modo ambiguo, le sugerí que no se preocupara, que me encontraba sobre la pista de la procedencia del espectro y que, por ahora, lo único que me interesaba era la certeza de no ser ni Marilyn ni yo las fuentes gestoras del fenómeno.

Anoche, me visitó otro sueño sospechoso. Me vi rodeado por una ciudad espléndida (creo ahora reconocer a París) y también por grupos de personas que escrutaban el firmamento. Puedo asegurar que todo ocurría por allá a comienzos del siglo XX, mas no sabría fijar una fecha. Sé que me acompañaba una joven vestida con un traje sastre, sin que pueda aventurar hipótesis alguna sobre su identidad. De pronto, me vi a mi turno atraído por las alturas. Sobre la ciudad campeaba, haciendo a ratos *loopings* y otras veces amagando con vomitar sobre ella el fuego de sus ametralladoras, un avión de bandera germana, con su nombre de bautizo visible en el fuselaje: *Taube*, lo cual, en alemán, quiere decir *paloma*. Mas no era precisamente la paloma que llevó a Noé la rama de olivo. Se trataba de un avión enemigo. A pesar de ello, las gentes que había a mi lado lo observaban con bromas y con cierta alegría nerviosa. Lo recibían tan sólo al modo de una novedad.

Enero 17, viernes

Muy temprano, el poeta Sebastián Corredor me telefoneó presa de un regocijo colosal. Dijo que me tenía una mayúscula sorpresa, pero advirtió que sólo me la daría a conocer si almorzábamos juntos en un restaurante del centro, cuyas señas me proporcionó. Ya habíamos comido allí algunas veces. Se encuentra en el claustro de una casa colonial, que para efectos comerciales ha sido pintorreada, como las obras de ciertos escritores o de ciertos músicos, con los colores más estridentes concebidos en la naturaleza. Toda la nobleza de los alarifes de la Colonia se

pierde así, y el resultado sólo puede calificarse de lu-
panario. Posee, sin embargo, una inconfundible sazón del Caribe, que lo canoniza.

Marilyn y yo llegamos con cierta anticipación
y nos atendió una muchacha cubierta con un delan-
tal color magenta. Pedimos un par de cafés y nos dimos a imaginar qué podría traer entre manos el *poète
méconnu*. Éste acudió puntual, lleno del mismo jú-
bilo que había dejado traslucir a través de la línea telefónica. Como para refrendar su alborozo, pidió un
trago de whisky. Luego, se aprestó a transmitirnos
la buena nueva. Ante todo, recordó cómo, en otros
tiempos, había estrechado una amistad fraternal con
mi tío Lope de Ayer. Quizá sea necesario incluir aquí
unas líneas sobre este personaje, hermano mayor de
mi padre, fallecido hará ya once años.

Lope de Ayer, al igual que Sebastián Corredor, alimentó la ilusión de hacerse con un nombre en
el mundo de la poesía hispanoamericana. Por allá
a mediados del decenio de 1950, publicó dos o tres libros que merecieron comentarios resonantes en la
prensa de la ciudad, pero que no conmovieron para
nada a los pontífices que, desde Bogotá, regían con
mano de hierro los destinos del parnaso nacional. Su
poesía, que alcancé a conocer aún en vida de él, representaba un cruce de la cerebralidad y la tiniebla
de Eliot con el imaginismo de Ezra Pound. No era
la poesía que toleraban los críticos de moda —cuya
directriz radicaba en imponer al país la imitación de
la generación española de 1927— y, por consiguiente, mi tío sólo cosechó indiferencia o desdén. Había
casado, desde 1952, con una escultora cubana, con
quien lo unía una especie de amor huracanado. Se la
pasaban riñendo en público, pero no conseguían vi-

vir el uno sin el otro. Lleno de estoicismo y de resignación, Lope de Ayer se conformó con el débil prestigio de que disfrutaba en Cartagena, y se consagró a sacar avante el arte de su mujer, que por esculpir abstracciones sin contenido se había granjeado el elogio de la crítica Marta Traba, papisa de la plástica en el altiplano y la única que sentenciaba quién podía y quién no hacer pintura o escultura en el país.

Era mi tío, como mi familia en general, hombre adinerado y ello le permitía ocupar todo su tiempo en organizar las numerosas exposiciones que la cubana realizaba en todo el continente, de Nueva York a Buenos Aires. Hacia 1990, se les veía ya como una pareja de ancianos gloriosos y, en Cartagena, no se encontraban ausentes en ningún ágape social. El ángel de la fortuna les dirigía guiños paradisíacos. Fue entonces cuando, durante un viaje por carretera a Santa Marta, en el cual por puro azar no la acompañó su marido, ella cayó en poder de la guerrilla, que se comunicó con mi tío y exigió millones de dólares por su rescate. Aunque la suma superaba inmensamente el monto de sus recursos, Lope de Ayer, desesperado, vendió todas sus propiedades y, apelando a la generosidad de mi padre y de otros amigos, logró reunir el capital. La guerrilla recibió, pues, lo solicitado, pero pasaban los meses y no se tenía noticia de la escultora. Una mañana de navidad, justamente cuando esperaba algún ademán dadivoso por parte de los secuestradores, la policía trajo a mi tío la noticia de que el cadáver de su esposa había sido hallado, con signos horripilantes de tortura, arrojado en un basurero de las afueras de la ciudad. A partir de entonces, Lope de Ayer se entregó al alcohol y a la droga heroica, para morir malamente en una cantina de extramuros. No dejó hijos, gracias a Dios.

Corredor juzgó oportuno, como preámbulo a la sorpresa que nos tenía deparada, realizar una evocación bastante tórrida de su amigo fallecido. Hasta llegó a musitar, con palmaria reverencia, algunos versos suyos, que en mí renovaron el cariño que siempre me inspiró ese tío desorbitado, sobre todo después de su tragedia. Memoró luego el día de 1967 en que Lope de Ayer, no inclinado por regla general a ese género de nostalgias, dio en la flor de referirse a sus ancestros por la vía Bustillo, sin duda los que en verdad lo arraigaban en esta tierra a la cual amaba. Ya nadie en la ciudad conservaba el recuerdo de aquella prosapia. De suerte que, un tanto molesto por la ignorancia de sus amigos, mi tío prometió entregarles completo, en el plazo de una semana, el árbol genealógico de su rama materna, a la cual veneraba como a una casta de hidalgos. Así, unos días más tarde se apareció con el plano de su linaje, que Corredor conservó en su poder, pero que había olvidado con los años. Revolviendo en sus papeles lo había encontrado y, con alborozo, vio que —dadas mis inquietudes por los asesinatos cometidos en la casa de la calle del Escudo— nos reservaba a todos sorpresas conmovedoras. Me lo extendió y, en efecto, mi asombro fue cimero, en especial por el hecho de partir el árbol genealógico... ¡de Ottorino Rimbaldi!

Un párrafo más adelante detallaré esa, para mí, asombrosa genealogía. (Ya escribí antes que conservaba cierto recuerdo vago del apellido Rimbaldi en labios de mi padre. Pero saber que soy descendiente de aquel médico uxoricida rebasa todo lo que hubiese podido imaginar. ¡Era el padre de una de mis tatarabuelas! El saberlo me ha conmovido, no sé si en una forma grata o incómoda.) De momento, debo consignar aquí el desagrado que, a pesar de la buena nueva que me trajo, me produjo la conducta del poeta Corredor en el restaurante. Una vez consumido el almuerzo, un sabroso menú caribeño, nos retuvo toda la tarde con la excusa de que deseaba beber whisky y no le gustaba hacerlo solo. La verdad fue que se aplicó una tranca de padre y señor mío, durante la cual importunó a toda la clientela del establecimiento, insultó a los empleados, orinó en público y se desmadejó por último a tal punto, que debimos acompañarlo en un taxi a su lugar de residencia, una casita modesta del barrio de Rodríguez Torices. Me pregunto por qué la fauna literaria abunda en esta clase de situaciones. Sólo una explicación encuentro: en todo literato criollo, dada la poca importancia que en este país se les otorga, hay oculto un temible resentido social. Es triste. Y peligroso.

Ya en casa, Marilyn y yo hemos examinado el documento con toda la minucia que es deseable en estos casos. Según él, el cirujano italiano (1827-1875) arribó a Cartagena de Indias en 1858, a la edad de treinta y un años. Unos meses después, contrajo matrimonio en la Iglesia Catedral de esta ciudad con la súbdita británica Celeste Goldwin (1841-1872), de quien tuvo dos hijos: Arturo Rimbaldi (1860-1920) y Celeste Rimbaldi (1862-1935). El árbol no se ocupa en absoluto de los hechos vitales de los reseñados y mucho menos de la causa de sus muertes. Es frío como un instrumento público. Arturo Rimbaldi casó en 1914 con la súbdita argentina Daniela Morán (1895-1915), de quien no tuvo hijos. Por su parte, Celeste Rimbaldi se unió en 1883 a Efrén Bustillo (1851-1917), hijo de un inmigrante español, y tuvieron tres hijos: Tomasa Bustillo Rimbaldi (1884-1953), que

· murió soltera; Gaspar Bustillo Rimbaldi (1885-1950),
de quien procede otro linaje; y Nepomuceno Bustillo Rimbaldi (1886-1961), que contrajo matrimonio
con Catalina Suárez (1891-1973). De ellos nacieron
Cebrián Bustillo Suárez (1909-1995), que heredó la
casa de la calle del Escudo, y Flora Bustillo Suárez
(1910-1963). Don Cebrián casó con Ada Gutiérrez de
Piñeres, tía del actual propietario de la casa. Y doña
Flora con el erudito bibliómano Francis Ayer (1898-
1985), de quien sí estoy en capacidad de dar una breve noticia: era un muchacho de Massachusetts, que
había sido abandonado en un orfanato por su proge-
nitora; en su adolescencia, trabajó en una librería de
Cambridge, frecuentada por alumnos y profesores
de Harvard; allí se aficionó a los manuscritos y libros
raros; antes de cumplir treinta años, por azares de la
vida, estableció su propio negocio en Colombia, donde se ganó la amistad y la confianza de los Bustillo,
y donde dedicó el resto de su vida a amasar una fortuna y a coleccionar para sí mismo rarezas bibliográ-
ficas. De Flora y Francis nacieron mi tío Jacinto Ayer
Bustillo (1930-1991), que trocó el nombre por el de
Lope de Ayer, y mi padre, Beremundo Ayer Bustillo (1931-1997), que se unió a mi madre, Emma Rosales de Ayer, nacida en 1949, y engendró con ella a
mi hermana Águeda, nacida en 1973, y a mí, que
nací un año después.

11

Enero 18, sábado

Acaso la fascinación que la casa del escudo me infundió desde los días de mi niñez sea de transmisión genética.

Enero 19, domingo

Releyendo lo que llevo escrito de este diario, observo con alarma que su protagonista no soy yo, sino la casa. Pero también que me hallo lejos de haber expresado con suficiencia la medida de lo que la casa es. Quizás logre aproximarme a esa desiderata si digo que, día a día, Marilyn insiste en que la abandonemos. Y cada día más, en cambio, me aferro yo a ella, como si fuera parte de mi organismo, como si el alma de la casa y la mía fuesen una sola, como si formáramos una entidad inseparable.

Ahora no cabe duda de que la habita por lo menos un espectro. Pero espectros... ¿no somos todos? Milton, en el *Paraíso perdido*, escribió que millones de espíritus cruzan invisibles por la tierra, ora cuando estamos despiertos, ora cuando dormimos. ¿En qué se diferencian, pienso yo, de nosotros? Acaso únicamente en que nosotros padecemos más necesidades que ellos. Necesidad de dinero, de alimentos, de amor, de placeres. No sé si he dado a estas palabras el orden conveniente. Imagino, por ejemplo, a un ave en su nido, a una rata en su cubil: ¿cuál de esos dos es la imagen verdadera de mi espíritu?

Enero 20, lunes

Un nuevo sueño misterioso vino a mí en la noche pasada. Digo *misterioso* porque, en él, tanto yo como las personas que lo pueblan, llevan vestiduras propias de hará un siglo. Me veo en la cubierta de un trasatlántico, con un canotié sobre mi alborotada cabeza, en compañía de una joven cuya identidad ignoro y de un caballero, joven también, que me habla con acento acaso antillano y cuyas palabras no logro discernir. Lo más extraño es la forma nítida como veo el buque e, incluso, su nombre escrito por todas partes, sin que ahora pueda recordar cuál es. De pronto, con un esfuerzo, recuerdo verlo en un salvavidas y es… es… me parece que corresponde al apellido de un compositor italiano. Bueno… En compositores ando pensando yo la mayor parte de mi tiempo. Pero el sueño no fue el episodio culminante de la noche, sino el regreso del espectro.

Aunque la visión del trasatlántico fuese apacible, volví de ella a la plena conciencia con una sacudida. Entonces, vi a la mujer plantada frente a los pies de la cama, mirándome como si no acabara de decidirse a manifestarme algo, algo capital. Sentí acelerarse mis latidos cardíacos, pero traté de mantenerme sereno. Detallé la belleza celeste de sus ojos, el fino dibujo de su cara. De improviso, la vi entreabrir los labios. ¡Quería decirme algo! Tornó a cerrarlos, sin embargo, y dando vuelta a su cuerpo y a su mirada, se esfumó en un parpadeo.

He preferido no informar a Marilyn sobre esta aparición.

Enero 21, martes

Pablo Morales me telefoneó anoche con una noticia que puede llegar a ser tanto o más importante que el árbol genealógico levantado por mi tío Lope de Ayer. Dice que, escudriñando en los viejos, enmarañados y polvorientos archivos de la Academia de la Historia, halló, en un recorte de prensa, una referencia a Arturo Rimbaldi. Es posterior a su muerte, acaecida en 1920, en poco más de cinco años. Se refiere al prestigio ganado por el compositor en otros países, donde su música es ejecutada por las orquestas sinfónicas, en tanto aquí se le ha olvidado en una forma inepta.

Pero no es esto lo importante. En desarrollo del comentario, el periodista anónimo alude a una serie de crónicas publicadas en un diario de San Juan de Puerto Rico, en las cuales se pormenoriza la trágica vida de Rimbaldi. Por fortuna, Pablo posee un corresponsal en ese país, al cual se ha apresurado a enviar un correo electrónico solicitándole que pesquise el fundamento de esa alusión, mediante la confrontación de toda la prensa puertorriqueña entre 1920 y 1925. La noticia me ha colmado de alegría. Si he de ser franco, la figura de ese compositor cartagenero empieza a inspirarme tanta fascinación como la casa de la calle del Escudo. Cartagena disfruta de una estupenda tradición musical, pero no en música sinfónica. Ésta la abordó sólo el gran Adolfo Mejía, con obras como la *Pequeña suite* y el poema sinfónico *América*. Pero Mejía, aunque él mismo se considerase, conforme me cuentan quienes lo conocieron, cartagenero hasta la zeta, había nacido en un poblacho cercano. Arturo Rimbaldi, en cambio, tuvo su cuna en la ciudad. ¿Qué pudiera hacerse para rescatar su música? ¿Dónde podrán hallarse, si existen, aquellas partituras?

De momento, aguardemos con paciencia la llegada de esas crónicas preciosas, con las cuales podremos aclarar, ojalá en numerosos aspectos, la vida de ese hombre cuyo padre asesinó a su madre y quien, tal vez siguiendo aquel ejemplo, asimismo mató a su esposa años más tarde.

Enero 22, miércoles

Una nueva llamada de Sebastián Corredor me llenó en principio, por el recuerdo de sus *boutades* en el restaurante, de fastidio. No obstante, una vez hubo explicado sus motivos, hizo reverdecer aún más en mí las expectativas. El poeta ha continuado con sus averiguaciones, lo cual compromete mi gratitud. Esta vez, se ha puesto sobre la pista de algo que los familiares de Lope de Ayer desdeñamos por los días de su fallecimiento: los papeles y pertenencias que dejó en la casa de pensión donde, arruinado y devastado por el vicio, pasó sus años finales. Habitaba mi tío un desván o chiribitil de aquel inmueble, situado en un barrio de esa clase media que sigue aparentando serlo a expensas del puchero. Según Corredor, la pensionista, transcurridos tantos años, no había osado tocar esas pertenencias, pues sentía por el occiso una admiración hiperbólica, de ésas que uno jamás llega a explicarse, colindante acaso con el amor.

Dejé a Marilyn en casa de Estefanía y de Pablo (no se atrevería a permanecer sola en la del escudo) y me reuní con el poeta en vecindades del castillo de San Felipe de Barajas. El hombre penaba de vergüenza por sus insensateces del viernes, por lo cual debí infundirle alientos, no sin aconsejarle abstenerse del alcohol, si éste lo conducía hacia aquellos precipicios. Quizás esa amonestación fue audaz en extremo, pues no estoy yo para impartírselas a un sujeto de más de setenta años. La escuchó, sin embargo, con devoción.

La casa de pensión es una construcción casi desmantelada por el tiempo y por la incuria, de muros desconchados y puertas y ventanas despintadas y decrépitas. La pensionista, en cambio, una de esas mulatas, bastante veterana ya, que inspiran una simpatía espontánea, por cierta vis cómica en su rostro y cierto desparpajo elemental que excita nuestra confianza. Ella misma nos condujo hasta el desván, donde nos golpeó las fosas nasales un aroma agrio a cosas viejas y guardadas y, aunque todo pareciera mantenerse en cierto orden, nos laceró la fantasía el imaginar, sin poder evitarlo, el caos que debió reinar allí en vida de Lope de Ayer. En lo íntimo, experimenté tristeza al pensar en lo hondo que había caído aquel caballero impecable, que antes brillaba en las reuniones y deslumbraba por la elegancia de su continente.

El desván contenía solamente una cama de resortes con un colchón hecho hilachas, un velador melancólico donde había quedado depositado desde su muerte el reloj de pulsera del tío, un par de astrosas babuchas en el piso, un espejo minúsculo adosado a la cuarteada pared y un armario pesado, de cedro, único lujo de que podía preciarse. La pensionista nos reveló que este último había sido traído desde la antigua casa, como solitario y nostálgico haber. En él se concentró, desde luego, nuestra atención; la mujer lo abrió con una sólida llave que llevaba, junto con otro manojo, atada a la cintura. Frente a nuestros ojos se extendió un universo de cosas recónditas, aprisionadas por el mueble como arcanas reservas en una ladronera. Hallamos, por ejemplo, una discreta suma de dinero, que el hombre debía mantener allí en previsión de alguna emergencia. Debidamente colgada o doblada, la ropa que lo había acompañado en sus días postreros de esplendor. Una serie de estampas que representaban diversas advocaciones de la Virgen María. Un revólver de cañón corto, que ignoro por qué conservaba, quizás a la espera de cobrar valor para pegarse un tiro. Una colección de la revista *Mundial Magazine*, que se publicaba en París a comienzos del siglo pasado. Unos pocos libros que debió preservar cuando vendió su maravillosa biblioteca para reunir el dinero del rescate; entre ellos, cierta colección de los sermones del beato Tomás de Kempis y un ejemplar de *El hombre mediocre*, de José Ingenieros. Y lo que más excitó nuestra curiosidad: un pequeño envoltorio en el cual, por instinto, supusimos que habría papeles íntimos. Estaba atado con un cordel y procedimos a abrirlo.

Ante todo, contenía cartas de amor, cruzadas entre él y la escultora cubana por los años de su noviazgo. Además, una baraja española, una pequeña lupa y dos garzas labradas en semilla de tagua. Luego, un atado bastante considerable de fotografías; algunas de ellas, muy pálidas y amarillentas ya, debían remontarse al siglo XIX. Un detalle me esperanzó: al reverso de cada una, venían escritos, en una tinta tan macilenta como el retrato mismo, el nombre de los fotografiados y la fecha correspondiente. A vuelo de pájaro, calculé que habría allí más de ochenta fotografías. Sería menester, pues, un examen detenido e intensivo. Di el dinero a la pensionista, me eché el atado al bolsillo y me pregunté qué hacer con el revólver. Nunca en mi vida he cargado ni poseído un arma, y menos un arma de fuego. A la postre, sin embargo, lo deslicé también en un bolsillo de los pantalones.

Todavía exploré un poco en busca de nuevas sorpresas. Este último registro sólo arrojó como resultado un buen acopio de poemas sin terminar, el plano de un aparato misterioso y copias de unos memoriales dirigidos al gobierno. Sobre una hoja de papel que venía con los poemas, en letra gruesa y desahogada, el tío había asentado esta frase turbadora: «Sólo las grandes locuras entrañan una verdad». Pero ¿en qué locuras podía pensar él en ese ocaso indigente de su vida? La pregunta me ha rondado durante horas.

12

Arturo Rimbaldi, en 1910, es un caballero de cincuenta años, con unas sienes entrecanas bajo el oportuno canotié, un porte a la Brummell y un traje de lino de corte exquisito, que en la fotografía —de un mate desteñido— posa, a la salida del túnel que conduce al fuerte de la Tenaza, al lado de su hermana Celeste y de su cuñado Efrén Bustillo. Sonríen los tres, mientras la brisa del mar revuelve sus cabelleras y sus atuendos. El retrato, según consta en el anverso, fue captado por Tomasa Bustillo Rimbaldi. Celeste es allí una mujer de cuarenta y ocho años, con un pelo trigueño que flota a pesar del sombrero de muselina y el rostro de una delicadeza de camafeo de Fontenay, con una nariz recta de estatua griega y unos labios de dóciles líneas, como dibujados por Puvis de Chavannes.

Es ésta la estampa que mejor pregona, quizás, la apostura y la prestancia de la familia y, desde luego, del músico y poeta, que aún a esa edad permanecía soltero. Pero hay algunas otras, elegidas de entre las nueve que se ocupan de aquella época de nuestro linaje. En alguna, aparece el doctor Ottorino Rimbaldi, en un sillón forrado de terciopelo, y de pie, a su lado, su esposa inglesa, cuyo parecido con sus hijos y esos ojos claros (matizados de azul por el fotógrafo y que parte de mis ancestros siguieron heredando) me han conmovido en extremo. El retrato es de 1861 y fue tomado por un artista local de apellido Figueroa. Anterior a éste, hay uno en que Celeste Goldwin aparece con sus hijos, en un recodo del jardín de la casa del escudo. La escena es placentera y nos ofrece la medida de un amor imponente y plácido entre los constituyentes de aquel hogar. La falda de la inglesa se explaya por el suelo y, sobre ella, están aposentados los niños, que observan la cámara con aire confiado.

Una fotografía en particular ha logrado producirme un estremecimiento. Se ve también allí a Arturo Rimbaldi, en 1914, con la mano apoyada en el hombro derecho de su flamante esposa Daniela Morán. Asimismo, luce él un canotié de rasgos sutiles y ambos visten ropas deportivas. Hay algo, sin embargo, que me ha sobresaltado: se encuentran en la cubierta de un buque y, tras ellos, un salvavidas muestra el nombre de la nave, que no es otro que «Donizetti», en honor del (un tanto banal y chapucero) autor de *L'elisir d'amore*. La estampa fue lograda, según la anotación al anverso, por un individuo de nombre Norberto Méndez.

No necesito explicar la razón de mi sobresalto. Se trata del buque de mi sueño, en el cual era yo quien portaba ese correcto canotié. El nombre «Donizetti» se me escapaba, pero sabía que era el de algún compositor italiano. ¿Por ventura esos sueños misteriosos, de que he dado noticia ya en este diario, reviven de algún modo la existencia de Arturo Rimbaldi? ¿No lo indica con claridad el primero de ellos, en el cual creía asesinar a Marilyn luego de perseguirla por toda la casa? ¿Qué relación tendría ello con los gemidos y con las apariciones? Claro que no es hacedero atribuir a memorias genéticas la semejanza entre mis visiones nocturnas y lo vivido por el músico uxoricida: éste no tuvo descendencia. Tal vez resulte más atinado recordar lo dicho por la *Relación de muertos* en punto a soñar con el pretérito de una casa antañona.

Mi siguiente inquietud ha consistido, por supuesto, en examinar con mucha atención las facciones tanto de Celeste Goldwin como de Daniela Morán, por descifrar cuál de ellas podría corresponderse con la fotografía que el equipo de parapsicólogos hizo en la noche del catorce al quince de este mes. Ambas, a lo que parece, tenían azul la mirada, como pude discernirlo en el fantasma durante su más reciente aparición. En el siglo XIX, la fotografía en colores aún no se había experimentado, pero los rostros, las ropas, el paisaje eran iluminados por el artista, con tintas muy tenues, conforme los había visto en el mundo real. La iluminación persiste, a pesar de los años, en las estampas que guardaba mi tío. He de confesar que este escrutinio me ha inspirado un asombro suplementario: comparándolas de uno a otro retrato... ¡Celeste Goldwin y Daniela Morán eran inmensamente parecidas! Se me ocurre pensar que Arturo Rimbaldi, por un fenómeno, quizás, como aquél que Sigmund Freud denominó «complejo de Edipo», ansió sin darse cuenta casar con una mujer que le recordara a su madre. Al menos, no es idea que pueda descartarse de un plumazo, máxime si se piensa que Ottorino asesinó a Celeste y que es posible que Arturo quisiera matar a Ottorino y poseer a Celeste en su inconsciente, tal como el doctor vienés creyó verlo en latencia y bajo las trazas de una elemental manifestación erótica.

Sigue en pie, pues, el asunto principal: ¿cuál de las dos esposas asesinadas es la que espanta en la casa de la calle del Escudo? Comparo sus retratos con el del espectro y me trastorna el *embarras du choix*. No sé por cuál decidirme. Ambas murieron en forma intempestiva y dejaron cuestiones pendientes en este mundo. Hay otras cinco fotografías a las cuales remitirse. Una de ellas muestra a Celeste Goldwin, de unos quince años, o sea, antes de su matrimonio con el cirujano. Según la anotación, fue tomada al norte del Támesis y a orillas del Mar del Norte, en un criadero de ostras del condado de Essex. Otras dos, a Daniela en Buenos Aires, en un callejón que se abría desde la calle Díaz Vélez hacia unos baldíos, y en el antiguo Puente Alsina. Una mirada desaprensiva diría, con la mayor espontaneidad, que se trata de la misma persona. ¿Cómo pudieron los Rimbaldi abolir tanta perfección, tanta gracia ligera, así aquellas mujeres les hubiesen sido infieles? Las dos fotografías restantes dejan ver a Arturo Rimbaldi en París, la una frente a la puerta de un establecimiento llamado «A la Vieille Rose», en cuya vidriera hay un recipiente con pececillos, y la otra en la plaza de la Estrella, con el Arco del Triunfo al fondo. Ambas fueron captadas por el ya mencionado señor Norberto Méndez.

Enero 24, viernes

Al parecer, el espectro no desea ahora ser visto por Marilyn, sino sólo por mí. Lo deduzco de la circunstancia de haber hecho aparición anoche de modo idéntico a como lo hizo hace cuatro días, es decir, en momentos en que ella dormía y en que era yo el único que podía percibirlo.

En efecto, recuerdo haber sufrido una confusa pesadilla, en la que me veía aguardando el fallo de una especie de tribunal formado por hombres con aspecto de gatos monteses. Al despertar con un respingo, la mujer estaba allí, a los pies de la cama, y de nuevo parecía querer decirme algo. No sentí miedo; volví a detallar su rostro evanescente y a comprobar que podía ser cualquiera de las dos, Celeste o Daniela. Sus labios se entreabrieron como para hablar. Por último, lo hizo.

—Por Dios te lo juro —musitó, con voz muy distante, con voz que daba la sensación de tener que romper infinitos obstáculos para llegar hasta mí—. Jamás te fui infiel.

En su mirada había algo más que una tristeza metafísica. Se advertía un intenso ademán amoroso, el deseo de que todo pudiera borrarse y retornar al estado primitivo. No pude menos que experimentar hacia ella una exaltada piedad. Por un instante, anhelé poder estrecharla y rescatarla del frío cósmico en que se debatía, para proporcionarle calor entre mis brazos. Sí, sí; se trataba de una criatura desvalida, extraviada en el limbo de un más allá inclemente, un pajarillo herido que, como en el verso de Juan Ramón Jiménez, nos mira por si algo pudiéramos hacer. Dios mío, me dije, esto no es un juego, esto no es el mero pasatiempo o la licencia de una difunta que desea asustarnos, sino algo trascendente y dramático: es un pedido de justicia.

Pero, por lo demás, ¿por qué ese pedido de justicia se dirigía a mi persona, cual si tuviese yo injerencia, de algún modo, en sus sufrimientos? Sin duda, la mujer, la pobre alma en pena me confundía con alguien de su pasado lejano, me dirigía un reclamo que, en realidad, debía presentar ante otro. Otro que, ahora, se hallaba tan difunto como ella y a quien, de hecho, debía buscar en aquella dimensión en la que se encontraba y no en el orbe de los vivientes. De pronto, una luz surgió en mi mente: ¡es la casa —me dije—, es al habitante de la casa, el cual supone ella el mismo de siempre, a quien dirige ese pedido! ¿Cómo sacarla de esa trágica equivocación?

La mujer seguía mirándome con la instancia en los ojos amargos. En tono muy balbuciente, realizando un esfuerzo crítico para articular las palabras, le susurré también:

—No soy quien crees que soy. ¿Quién eres tú?

Emitió entonces un sollozo sobrenatural y, como si la derrota extinguiera sus fuerzas para seguir manifestándose, poco a poco se fue difumando en el aire.

He vivido un día ansioso y atribulado. No he querido transmitir a Marilyn lo sucedido, ya que ello la perturbaría en extremo. Tampoco veo la forma de apelar a nadie más. Debo sufrir a solas esta congoja de saber que el espectro padece de modo insondable, en virtud de una pura equivocación, y que es nada lo que puedo hacer yo.

Enero 25, sábado

A través de todos estos días, he ocultado a Pablo Morales la ayuda prestada por Sebastián Corredor en lo atinente a las fotografías y al árbol genealógico, tal vez por una coquetería caprichosa o, más bien, por el deseo de hacerle creer que soy un investigador comparable con él. Mas la verdad es que Pablo ha dado un paso muy decisivo, al obtener por correo electrónico las crónicas puertorriqueñas sobre la vida de Arturo Rimbaldi.

Éstas llegaron ayer y, tan pronto las hubo recibido, el historiador me telefoneó a casa invitándonos a Marilyn y a mí a pasar la velada en la suya, para así hacerme entrega del preciado documento. Como de costumbre, la algarabía de los niños —rebeldes a ir a la cama, pues querían hacerse notar de las visitas— me aturdió durante las primeras horas. Sólo cuando se recogieron pudo Pablo darme noticia adecuada acerca de la índole de aquellos escritos y de su autor.

Una sorpresa traían aparejada aquellos papeles. El nombre del periodista no me era desconocido: se trataba de aquel Norberto Méndez que fotografió a Rimbaldi en París y, más tarde, en el buque con su esposa flamante. Méndez, según información complementaria del corresponsal, había sido uno de los cronistas más sobresalientes de Puerto Rico, en especial a partir de 1939, cuando contaba casi setenta años, por sus relaciones sobre la Segunda Guerra Mundial. Mas los escritos que nos interesaban databan de mucho antes, o lo que es igual, de muy poco después del fallecimiento de Rimbaldi, ocurrido en 1920.

La lectura de estos artículos arroja luz completa sobre la vida y la tragedia del compositor y poeta. También sobre la probable identidad del espectro. Aunque no he querido, hasta el momento, abrumar este diario con transcripciones literales, creo que lo más indicado será anexarle las crónicas del puertorriqueño, por cuanto hacen complemento ideal a lo que en él se trajina. No sobra añadir que su lectura me ha acendrado en la admiración que ya el protagonista me inspiraba. Y —dado que la emprendí en la propia casa de Morales, sin darme tiempo para llegar a la mía— en mi idea de hallar de algún modo las partituras de Rimbaldi, y acaso también la totalidad de sus poemas, con el objeto de divulgarlos y obtener para el autor el prestigio que merece. Ya el propio cronista se ha expresado sobre el particular, al encabezar cada una de las piezas con un exordio que dice: «Transferido a un hospital desde la celda de su prisión en Cartagena de Indias, donde pagaba una condena impuesta por un tribunal incomprensivo, acaba de morir tuberculoso el músico y poeta Arturo Rimbaldi. Las siguientes crónicas intentan ofrecer una semblanza, así sea apresurada, de quien hubiera merecido el honor y la tranquila fama».

Por lo que a la noche de ayer concierne, sólo me resta anotar aquí la postración en que cayó Marilyn cuando, al ingresar al zaguán de la casa del escudo, oímos sonar arriba el piano de cola. Subimos a toda prisa y hallamos al fantasma sentado en la banqueta, interpretando ese *lied* de Schubert titulado *Canción de la muerte y la doncella*, tan tributario de lo dramático: «Toma mi mano y no tiembles. / Es de una amiga mi voz. / Vas a dormir en mis brazos / un sueño, un sueño más dulce / que la vida seductora.» No podía mi mujer sacar nada en limpio de aquello que la aparición entonaba con voz dulcísima, mas yo comprendí que me exhortaba a aproximármele. No obstante, al advertir que habíamos irrumpido en el recinto, atenuó las notas y se diluyó con suavidad en el espacio.

PARTE II
Arturo Rimbaldi
(Crónicas de Norberto Méndez)

13

EL ENCUENTRO, *1900*

El encuentro tuvo lugar en el Barrio Latino, en ese anexo de la plaza de Saint-Michel que llaman plazoleta de Saint-André des Artes. No en cualquiera de los varios restaurantes, ni en la famosa bombonería, ni en la tienda del naturalista, cuyos escaparates alternan animales disecados, herbarios y colecciones de piedras, sino en cierta recóndita librería, donde suelen hallarse ramplonerías librescas y hasta postales eróticas. He regresado allí varias veces, en sucesivos viajes a París, sólo por evocar esa primera oportunidad en que vi a Arturo Rimbaldi, con su terno irreprensible, su sombrero ladeado y su manera de fumar en boquilla. Nada en él por esos días, salvo un ligero aire trágico que opacaba a ratos el fulgor de sus ojos dorados, hubiese podido presagiar las amargas búsquedas y la honda desgracia que le estaban deparadas. Yo había entrado al tenducho no en pos de ninguno de esos truculentos novelones, con dibujos de mujeres desnudas en las carátulas, que abundaban en las mohosas estanterías, sino a la caza de un libro que, por desdicha, pese a ser una obra maestra, no era posible hallar por entonces sino en lugares como aquél. Me refiero a la edición londinense, hecha por Elkin Mathews & John Lane, de *Salomé*, con las ilustraciones de Aubrey Beardsley. No tenía más de seis años de publicada, pero era ya una rareza, debido al escándalo que rodeaba la vida del autor. Hallé, en cambio, sólo un ejemplar del *Lippincott's Monthly Magazine*, de julio de 1890, en el cual aparecía íntegro el texto del *Dorian Gray*. Era, sin duda, su genuina edición príncipe, ya que en volumen sólo fue impreso un año más tarde, por Ward Lock. Acariciaba el lomo de la revista, dudando si adquirirla, cuando el hombre del sombrero ladeado me dirigió la palabra.

No consigo recordar con exactitud lo que me dijo, pero era evidente que había advertido mi interés en Wilde. Asimismo, mi procedencia hispanoamericana, puesto que, sin ambages, me habló en español. Sé, en cambio, que tras un corto canje de frases divagábamos ya acerca de esa posibilidad, sugerida en un texto que publicó el *Blackwood's Edinburgh Magazine*, acaso en 1889, de que los célebres sonetos de Shakespeare constituyesen un texto equívoco, cuyo destinatario no siempre pertenecía al sexo femenino. Rimbaldi, cuyo acento no divergía demasiado del mío, a pesar de ser yo puertorriqueño, aludió en concreto a ciertas expresiones del soneto XX. No pude evitar preguntarme, con esa típica malicia del Caribe, si el individuo que tenía ante mí sería tan ambiguo como el Shakespeare de los *Sonetos*. Acaso trataba de obtener una aproximación para fines insondables. Mas su porte correctamente varonil, el timbre aplomado de su voz, desvanecieron pronto esa ilusión. Se trataba, sin duda, de un hombre de maciza cultura, cuya presencia en el tenducho obedecía a razones análogas a las mías. Un rato después nos encaminábamos juntos (yo había, en efecto, adquirido el *Lippincott's Monthly*) hacia la plaza de Saint-Michel. De sopetón, me preguntó:

—¿Le agradaría conocer a Oscar Wilde? Quiero decir, en persona.

Lo miré asombrado. ¿De modo, pues, que era amigo de Wilde? Fulguró en mi mente otra vez, por un fragmento de segundo, la posibilidad de encontrarme ante un tipo de propensiones ambiguas. Mas la idea fue sepultada, en forma tenaz, por otra que parecía empequeñecerla y abolirla: ¿cuántos hispanoamericanos —me pregunté— podían darse el lujo de conocer en persona al dramaturgo, al novelista, al ensayista, al poeta irlandés? Sin duda, me hallaba ante un caballero excepcional, alguno de esos millonarios suramericanos que distraen en París su tedio recurrente y que, educados en universidades inglesas, francesas o belgas, no experimentan timidez alguna ante el talante europeo y hacen amistad fácilmente con celebridades. Rimbaldi, cuyo nombre se me había estampado ya como al fuego, reparó en mi perplejidad. Una sonrisa pasó como un suave viento por su rostro, amarfilado como el de cierta gente meridional. Su distinción, en aquel instante, fue más palmaria que nunca. Tuvo a bien informarme:

—Intento, óigalo bien, *intento* ser poeta. Hace unos años, publiqué una colección de sonetos, no tan abundante como la de Shakespeare, pero sí de mucho más baja calidad. Creo que seguí demasiado al pie de la letra las lecciones de Heredia, de Leconte de Lisle. En fin, un tomito parnasiano, pura forma. Sonetos alejandrinos, que constituyen una equivocación: el único soneto valedero, eterno, es el endecasílabo, al menos en nuestra lengua. Pero no, dejemos eso. Lo que quiero decirle es que he accedido al señor Wilde a través de amigos comunes, franceses. Su formalismo lleno de contenido me interesa hoy mucho más que el de Copée.

Le expresé mi absoluta concordancia. Ahora, un hilo tenue pero luminoso parecía vincularme con él, con ese elegante señor de pomposo apellido italiano e indudable dejo del Caribe, que exteriormente daba la sensación de haber brotado de un figurín de buen gusto, pero cuya interioridad podía recatar quién sabe qué repliegues de extravío y de añoranza, a tal punto turbaba la profundidad de sus ojos y el frunce despectivo de sus labios al aspirar el humo de la boquilla. Ahora, caía en la cuenta de la diferencia de edades. Acababa yo de cumplir treinta años y él, en cambio, o había llegado o se hallaba a punto de llegar a la cuarentena. Sus lustros, además, parecían bien vividos, acaso bien sufridos también, dada cierta lejanía en su mirada; cuarenta años que no lo hacían ya joven, pero tampoco viejo. He de aclarar que nos encontrábamos a comienzos de la primavera de 1900, en vísperas de la Gran Exposición de París. El clima nos obligaba todavía a gruesos gabanes y a bufandas severas, que habíamos reasumido al salir de la librería de lance. Los vidrios estaban bajos en todas partes, mas la ciudad se hallaba presa de exaltación. De una doble exaltación suscitada por la inminencia de los bosques floridos y de la feria mundial, que habría de atraer torbellinos de gentes de todas partes.

Mientras tomábamos el rumbo de «A la Vieille Rose», el establecimiento donde se suponía que hallaríamos a Wilde y a sus contertulios (el mismo que haría célebre el *Eco de París*), Rimbaldi y yo tratamos de despejar, en lo posible, nuestros mutuos enigmas. De mí le dije sólo que era un periodista puertorriqueño, que había abandonado la isla poco después del bombardeo ordenado por el almirante Sampson. En realidad, aunque había militado en el Partido Auto-

nomista, no acolitaba la intervención estadounidense y había preferido venirme a Francia como corresponsal de un periódico de Madrid. Él se limitó
a comunicarme que había nacido en la legendaria
Cartagena de Indias (prestigiada ya por un soneto de
Heredia), en un país, de nombre menos familiar para mí, llamado Colombia, en la esquina interoceá-
nica de Centro y Sudamérica. Sus padres habían
fallecido antes de que él cumpliera dieciséis años y
de ellos había heredado una inmensa fortuna, que
le permitía vivir hacía ocho en París. Su espíritu, no
hecho para las torpes faenas cotidianas, no le había
permitido ir más allá del bachillerato. Era un auto-
didacta y no quería militar en otras filas que en las
del arte, no sólo como poeta, sino también como
músico, pues de niño aprendió piano y solfeo, y ya
de joven había discurrido algunas partituras. Con
Baudelaire —afirmó, y a esa declaración no concedí
sino muchos años más tarde su auténtica y patética
importancia— pensaba que, cuando por un decreto de los poderes supremos, el poeta aparece en este mundo tedioso, su madre, aterrada y profiriendo
execraciones, le muestra el puño al Sumo Hacedor.
Tomaba, pues, muy en serio su condición de artista.
Esto me lo invistió a la vez de una suerte de poder
demiúrgico y de un aura tragicómica. Un poeta no
lo es sino cuando todos aceptan que lo es; un vete-
rinario, en cambio, puede exhibir un diploma.

El café rotulado «A la Vieille Rose» no se me
antojó, a la luz de la tarde, muy distinto de como lo
describió el propio Oscar Wilde: su decorado tomaba fatalmente un tono carmesí. Habíamos llegado
temprano y nos hicimos a la sombra de la terraza, lugar favorito de la tertulia. El camarero apenas si re-

paró en nosotros a los cinco o diez minutos, y mostró negligencia en servirnos. Debía haber aprendido a odiar ya a estos salvajes americanos, capaces de beber cualquier cosa a cualquier hora; que presumían, por lo demás, de endebles fortunas que harían reír a un francés acomodado. Arturo Rimbaldi se había librado a una suerte de larga disquisición sobre Wilde: sin duda, era en aquellos años su autor favorito. En él encontraba un polifacetismo rutilante que le hubiese valido, de los alemanes, el título irrebatible de *Dichter.* La Inglaterra victoriana, en cambio, lo había humillado y ultrajado. Despechada vanidad rezumaba, en su concepto, el *De profundis,* pero la *Balada de la cárcel de Reading* constituía la cumbre de la poesía humanística. De pronto, experimenté frente a Rimbaldi una sensación de irrealidad. Este hombre del trópico, de esa ignota Colombia (lo era para mí en aquel entonces), hablaba de Wilde como de un autor propio, como hubiera podido hacerlo de Pérez Galdós o de José Martí. Pero había un agravante: aquel hombre iba a presentarme a Oscar Wilde, es decir, iba a producir, en forma inminente, uno de los episodios inolvidables de mi vida.

Sentí un poco de vértigo. ¡Pero si acababa de conocerlo en una destartalada librería de la plazoleta de Saint-André des Artes, un local dedicado más bien al comercio pornográfico! ¿Qué clase de sino sutil había comenzado a tejerse en la hora u hora y media que podía haber transcurrido entre nuestro primer intercambio de frases y este presente perplejo en que esperábamos, en la terraza de «A la Vieille Rose», el arribo de nadie menos que del autor de *Una mujer sin importancia?* Por lo demás, todo parecía tan natural, tan dócil… A un camarero francés, por ejemplo, la emoción que me abrumaba le habría hecho sonreír con desdén. Ante sus ojos podían desfilar, a diario, las figuras más vistosas del arte europeo, de la política francesa, el barón de Rotschild, el *bon vivant* Maurice Bertrand o quién sé yo… Los atendía con idéntica imparcialidad. Yo, por el contrario, me dejaba deslumbrar por un mero nombre rumoroso. Y el deslumbramiento precedía incluso a la presencia de míster Wilde, hombre, por lo demás, como todos los periodistas lo sabíamos, encubierto en París bajo un seudónimo un tanto bufo (Sebastián Melmoth, me parece que era), ansioso de soterrar su pública vergüenza. De repente, vi que Arturo Rimbaldi se ponía de pie y, con mucha ceremonia, saludaba a un recién llegado.

No, no. Aquel individuo de cara de batracio y dedos enjoyados de anillos estrambóticos no podía ser míster Wilde. Hablaba, además, un francés demasiado fluido, sin dejo extranjero. Imposible que unos cuantos años de cárcel y otros cuantos de exilio lograsen transformación semejante en alguien cuyo semblante luminoso admiré varias veces en las revistas británicas. A decir verdad, Wilde, en esos retratos, acusaba ciertos rasgos degenerativos, pero era sin duda un apuesto y desenfadado caballero. Al decir lo anterior, no intento definir con la dudosa voz *degenerativo* su famoso homosexualismo, propensión que, por cierto, logra su apogeo en épocas brillantes, sino cierta impalpable inclinación a lo decadente, y no sólo al *style de décadence*, sino a lo decadente moroso, a lo sensual contemplativo. Y, en efecto, el recién llegado no era Wilde. Rimbaldi nos presentó sin abandonar su aire ampuloso. Era Ernest Lajeuneusse (aquí cabría decir o él hubiera deseado que cupiera:

el *mismísimo* Ernest Lajeuneusse), un crítico de mucha nombradía por aquellos tiempos y a quien el olvido terminó por cubrir de un modo denso, pero a quien aquella tarde de comienzos de la primavera de 1900 mi reciente amigo Rimbaldi trató con palmaria obsecuencia. Claro, era un *crítico*, alguien que podía construir o deshacer un renombre literario, sin que en ello tuviese incumbencia alguna el mérito, la calidad, sino el simple capricho. ¡Un *crítico*! Debo confesar que lo saludé con desgana, gesto que a todas luces alarmó a Rimbaldi. Sin duda, y a propósito de Wilde, este Ernest sí que debía conocer *the importance to be Ernest*.

Rimbaldi y yo, hacía apenas unos minutos, nos hallábamos repletos de trascendentalismo hablando de «alta literatura». Irónicamente, la llegada de un crítico literario frivolizó la conversación. Era un sujeto muy pagado de sí, que alardeaba de su amistad con Anatole France, con Robert de Montesquiou… Al hablar, parecía hipnotizado por las sortijas exóticas que deseaban como cascabelear en sus dedos regordetes. En una corte, el solo oficio que habría encajado con Lajeuneusse hubiera sido el de bufón; él se hallaba cierto, en cambio, de merecer un destino principesco. Hablaba con desprecio de casi todo mundo y hay que reconocer que su presencia puso sobre alerta a nuestro camarero para desplegar hacia nuestra mesa sus más exquisitas simpatías. De improviso, el par de *sauvages* se habían tornado fulgentes al resplandor de un astro rey. Creo recordar que fue un coñac lo que paladeó largamente ante los ojos absortos de Rimbaldi. Yo, por supuesto, no soy literato y, aunque apasionado por la gran literatura, ignoraba por esa época los intríngulis de la llamada política literaria. La carrera de un escritor o de un poeta se asemeja, a veces, a la de un político. La zalema tiene su valía en los buenos conceptos de la crítica. Claro que nadie hubiera imaginado a un Verlaine cortejando a Lajeuneusse, pero es obvio que éste tomaba por eso mismo a Verlaine por un pobre diablo. Aunque dijese lo contrario (ahora, con cierta cadencia, recitaba estrofas de los *Romances sin palabras*), sus saltones ojos de escuerzo lo traicionaban.

La conclusión del poema señaló un punto muerto en la conversación, uno de esos incómodos silencios que los ingleses atribuyen al nacimiento de un niño pobre y nosotros al paso de un ángel. Me incliné ese día, viendo las ensortijadas garras del francés, por el niño pobre. Sin duda, Lajeuneusse había callado para remarcar lo excelso y a la vez discreto de su modo de recitar a Verlaine, pero sus intenciones se encenagaron o cayeron como en un pozo, pues no fue lo plástico del poema lo que quedó flotando entre nosotros, sino acaso la impertinencia de su emisión por labios tan esponjosos y obscenos como ésos de los cuales no aparté yo la vista a todo lo largo de la pieza lírica. Al menos, era mi impresión; no, desde luego, la de Arturo Rimbaldi, que había caído como en un episodio de ausencia. El francés, un tanto irritado, paladeó el fondo de su coñac y con lenta articulación reflexionó:

—Tarda hoy Oscar Wilde.

Fue una frase cabalística, pues Oscar Wilde tornó a posesionarse de nuestros espíritus, a refrescarnos, a encarnar una promesa inminente. Rimbaldi, con preocupación sincera, respondió:

—Espero que su enfermedad no haya avanzado. Dijo no sentirse bien la última vez que lo vi.

—Enfermedad genuina —apuntó Lajeuneusse—, pero de índole sin duda espiritual. A Oscar lo destrozaron esos victorianos malditos.

—Me aseguran —susurró Rimbaldi— que se ve en secreto aquí, en París, con Alfred Douglas.

El crítico hizo en ese instante una seña de discreción. Un individuo corpulento, pero de rostro estragado, envejecido, que portaba un terno gris de corte inmejorable y el fino gabán echado al brazo izquierdo, rodeó de pronto con el derecho la espalda del colombiano. En trabajoso francés nos saludó y advertí al rompe la aristocracia de quien había nacido en el número veintiuno de Westland Row, en Dublín, cuarenta y cinco años atrás. Un gran nudo de corbata rimaba con el clavel rojo en su ojal. Sus manos, que desenguantaba, eran femeniles, hechas para acariciar. Traía el pelo separado en dos hemisferios, tal como en las fotografías, y una mirada medio extraviada, que hablaba más de angustia que de ensoñaciones. Temblé y palidecí al estrechar esa mano que semejaba un lirio florentino, una azucena inclinada de cinco pétalos ligeramente apergaminados. Recuerdo haberle hablado en inglés, pero él, acaso por deferencia con Lajeuneusse, insistió en el lenguaje local. Rimbaldi le dijo que el crítico acababa de recitarnos, *magistralmente*, un poema de Verlaine.

—Siempre quise conocer a Verlaine —suspiró Wilde—, pero murió cuando yo estaba recluido. Murió el mismo año que mi madre.

Había tomado asiento en una poltrona desde la cual podía divisar el tráfago parisiense. Daba la impresión de tratar de encontrar, en ella, un acomodo imposible. Su ser era todo angustia, una especie de mole de congoja. Sus ojos claros se lanzaban a menudo al vacío, como en pesquisa de una visión fugitiva. Mas, en verdad, se trataba acaso de una exploración introspectiva. ¡Qué complejidades no ocultaría esa frente ancha, erizada de prematuras arrugas! Sentí pena por él. Le vi compareciendo ante el tribunal de Old Bailey, le vi en la revisión de su proceso ante la Sala Central de lo Criminal, le vi conducido por esbirros a Pentonville, luego a Wandsworth, luego a Reading. Le vi contemplando la ejecución del ex sargento de caballería Charles T. Woolridge, le vi horrorizado imaginar los temas capitales de su balada... Le vi en el chalé Bourgeat, frente al mar cadencioso, incapaz de desentrañar su música fastuosa. Poco a poco, la conversación se hacía a la vela, derivando un tanto. Yo... yo ignoraba qué decir ante ese monumento de cuerpo presente. De pronto, recordé mi ejemplar del *Lippincott's Monthly*, se lo extendí y le rogué que me colocara una dedicatoria y una firma. Wilde titubeó. Lo embargaba un hermético desconcierto. No podía concebir ya, tras su vergüenza, que nadie le pidiese un autógrafo. Tras una pausa de embarazo, me pidió, casi con timidez, que le recordase mi nombre.

—Méndez —le dije—. Norberto Méndez.

Con el ejemplar entre las manos, y mientras sacaba su pluma fuente, el escritor lanzó otra vez los ojos al vacío. Mi apellido tembló en sus labios, pero con diversa ortografía, porque comentó, con palabras lentas:

—Mendes... Mendes... ¿Es usted judío?

Le respondí que no o que, de ser así, no había tenido noticia de ello. Mi contestación pareció asombrarlo. Balbuceó:

—Había unos Mendes, que organizaron la Compañía de las Especias. A través de ellos, el luteranismo llegó a Inglaterra. Eran judíos, enemigos de España...

—Esos eran judíos, ciertamente —asentí.

Lajeuneusse interrumpió para acotar, con aire erudito:

—Hay también unas ruinas, en el Bajo Egipto... Pero, Wilde, Mendès es por igual apellido francés. Recuerde a *Philomela*, a *Hesperus*.

—Ah, sí, sí. El viejo Catulle Mendès. No es poeta de mi gusto.

—Ni del mío —ratificó Rimbaldi.

Pero Wilde no estaba en ello.

—No... Yo hablo de otros Mendes... Por los tiempos de la bula *Exurge, Domine...*

No se decidía a escribir la dedicatoria. La pluma fuente temblaba en sus manos.

—Sé a cuáles Mendes se refiere. Pero mi apellido es de procedencia española, traduce *hijo de Mendo*. Es un patronímico.

Wilde se desentendió entonces de la cuestión. Inclinó la cabeza sobre el *Lippincott's Monthly*, mirándolo con la más perfecta perplejidad, y escribió: *To Mr. Mendes.* Luego agregó el tesoro de su rúbrica titubeante. Al devolverme la revista, se dirigió a Rimbaldi.

—Usted, Rimbaldi —interrogó—, usted es suramericano... Yo conocí muy bien la América del Norte, mas no la del Sur. No creí que interesara allí la literatura en lengua inglesa.

—Tiene fanáticos —aclaró Rimbaldi.

—No, no la conocí... Pero me han dicho... Usted debe saberlo... Me han dicho que existe allá un pájaro que vuela y se esconde, temeroso, si lo pillan en forma inadvertida. En cambio, si es él el primero en verlo a usted, entonces, sin quitarle el ojo, se cree invisible y ya nada lo asusta. Me aseguran que los cazadores lo atrapan del modo más sencillo: avanzando hacia él de espaldas. ¿Conoce ese pájaro?

Rimbaldi lo miró estupefacto. Se vio obligado a responder:

—En modo alguno, míster Wilde. Y no creo que exista.

Wilde sonrió ahora, un tanto divertido.

—Acaso me estoy poniendo peor que Voltaire. En su *Cándido*, quiero decir —se disculpó—. Pero tengo muy fidedignas noticias sobre el pájaro. De hecho, lo considero un pájaro filósofo. Porque le sucede lo mismo que a nuestro obispo Berkeley. Una vez lo ha hecho a usted objeto de su percepción, considera con toda sensatez que usted carece de existencia independiente. Si él deja de pensar en usted, usted no existe. Eso decía Berkeley del universo. Que sólo existe en tanto lo percibimos. Una habitación sin personas, por muebles que crea usted tener en ella, simplemente se anonada, se hunde en la inexistencia… ¿Qué opina usted?

Por el rostro de Arturo Rimbaldi cruzó una palidez fugaz. La advertí, pero era imposible que comprendiese entonces el terrible motivo que la inspiraba. Opinó:

—Admiro el extremo nominalismo de Berkeley. La existencia exclusiva del yo espiritual. Las cosas existen sólo en cuanto ese yo las percibe. Pero creo haber añadido algo a la teoría de su obispo anglicano. Me parece que la *voluntad de percibir* puede crear objetos a nuestro sabor. ¿Por qué piensa Berkeley que estamos *obligados* a percibir sólo aquello que el universo nos propone? Si es nuestra percepción la que crea el universo, entonces a esa percepción podremos agregarle una *voluntad creadora*. Podremos elegir lo que deseamos percibir.

—Me parece entender —habló Lajeuneusse, sorprendido— que usted concede a su percepción una especie de poder divino.

—Se desprende de Berkeley —repuso el colombiano.

—Tenga cuidado, amigo —advirtió Oscar Wilde—: una verdad deja de serlo cuando más de una persona cree en ella.

Todos reímos, salvo Rimbaldi. Al parecer, su idea lo obsedía y lo atormentaba. No sé si los otros se percataron de ello. Yo resté importancia al asunto y lo tomé por mero divertimento filosófico, un divertimento capaz de perturbar una mente especulativa, pero nada más. Oscar Wilde, envanecido con su paradoja, quería ahora librarse a ellas y decía:

—Uno debería ser siempre un poco improbable, ¿no es así, Lajeuneusse? Yo, a Gide, le he dicho: en todos los asuntos sin importancia, el estilo y la insinceridad son lo esencial; en todos los asuntos de importancia, el estilo y la insinceridad son lo esencial. Y créame, Gide me ha escuchado con reverencia.

—Usted respeta a Gide, Wilde —bromeó Lajeuneusse—. En eso me toma ventaja. Pero es que, para usted, el acto perfecto es la juventud.

—Lo cual no implica imperfección en la vejez.

Rimbaldi los miraba en silencio, metido en sí mismo. De pronto, comprendí que lo sobrecogía un peculiar estado de alma. Se hallaba en una especie de éxtasis, en una meditación abisal. Preferí ha-

cerlo de lado y seguir la corriente a las paradojas de
Wilde. Al fin y al cabo, me hallaba ante un hombre
glorioso y estaba en el deber de disfrutarlo. Era consciente de que aquella fecha marcaba un hito en mi
vida, pero olvidaba con injusticia que tal circunstancia la debía a mi reciente amigo. Creo, por lo demás,
que a éste ni siquiera lo mencioné en la crónica *Una
charla con Oscar Wilde*, que escribí para mi periódico madrileño y que fue como una prefiguración del
Eco de París, ya escrito por lo demás, aunque inédi-
to. Lajeuneusse reemplazó en mi artículo, sin propo-
nérselo, a Henri D. Davray. Así me parece, al menos.
La crónica no sólo fue un éxito, sino que sirvió para
acrecentar mis emolumentos. Ahora no era ya un
mero periodista puertorriqueño, destacado en París
por una publicación española. Ahora era del *entourage* de Oscar Wilde. Y ello es una absoluta mentira.
Quien, en efecto, perteneció a ese *entourage* fue Arturo Rimbaldi, el hombre más extraordinario que he
llegado a conocer, pero a quien solamente habría de
descubrir mucho después, cuando sus obsesiones y
sus sueños lo hubiesen hundido ya en precipicios de
fantasía, lo hubiesen elevado a alturas enrarecidas.

Cuando Rimbaldi volvió por entero en sí, la
noche había caído hacía un rato y decidimos cenar
juntos en vecindades del hotel (en el sentido parisiense y no en éste nuevo que le han dado los norteamericanos) en que él holgada, o mejor, lujosamente habitaba. Por supuesto, dejamos que nuestros dos
ilustres amigos se despidieran primero. Siempre creí
que sería Oscar Wilde el que abriría la marcha, pero
es tal vez una idea que me inculcó más tarde el *Eco
de París*. En realidad, fue Lajeuneusse el primero en
irse. Lo hizo en forma un tanto brusca, alegando la

necesidad de comparecer en la tertulia de su periódico. Lo vimos desaparecer entre ambiguos grupos de gentes vesperales. Wilde, por el contrario, no parecía animado por el deseo de volver a casa. Algo deseaba extraverter, algo que lo reconcomía y que sus recientes sufrimientos pudiesen haber relegado a un rincón de penumbra. El hecho es que, de repente, lo tuvimos disertando con evidente energía acerca del socialismo, del *alma del hombre bajo el socialismo*, como habría de titular el consiguiente ensayo que, por·fortuna, alcanzó a brotar de su pluma. No me resulta difícil memorar sus palabras:

—De cualquier manera —insistía—, resulta ostensible que un socialismo autoritario de nada nos serviría. Por cierto, mientras con el sistema actual son muchos los que pueden realizar una vida que exige cierta libertad, cierta alegría, cierta expresión, en una sociedad de industrialismo cuartelario, bajo un régimen de tiranía económica, nadie podría disfrutar de esa libertad. Me parece deplorable que una parte de nuestra colectividad se encuentre en un estado equivalente a la esclavitud; pero sería pueril pretender resolver el problema esclavizando por igual a toda la colectividad. Cada hombre debe poseer la libertad de elegir por sí mismo su trabajo. Sobre nadie debe ejercerse, en ese sentido, coacción alguna. De otra manera, el trabajo no resultará provechoso para esa persona, ni lo será en sí mismo, ni para los demás. Y, claro, yo entiendo por trabajo una actividad cualquiera, escribir versos si usted quiere.

—Lo entiendo —ratificó Arturo—. Trabajo debería ser sinónimo de libertad, de creación, de disfrute.

Wilde asintió con los ojos. Pero era notorio que al colombiano el asunto le interesaba sólo desde un punto de vista estético, pues parecía desdeñar la política. El irlandés lo comprendió y procedió a despedirse. Lo escoltamos para que tomase un *fiacre* en el bulevar. Entró en él arduamente, pese a su pretendida desenvoltura. Se hallaba minado ya por la enfermedad que, pronto, habría de conducirlo a la tumba. Se despidió de nosotros con un ademán de mano y, como suele ocurrir, no supimos que ahora la distancia que nos separaba era el Aqueronte. Se alejó el coche entre el tránsito y Rimbaldi y yo nos encaminamos, taciturnos, incapaces de transmitirnos la más tenue impresión, hacia el lugar donde habíamos ya decidido ir. A mí, por supuesto, medio me crispaba la emoción. Pensaba que ese día quedaría señalado por una piedra blanca, debido a haber tratado a Wilde. Ignoraba que, en verdad, la señal habría de establecerla el haber conocido a Arturo Rimbaldi, hombre mucho más intrincado e imaginativo que el gran autor irlandés.

Cenamos en el restaurante «Marguéry», cómodamente situado en el bulevar de la Bonne Nouvelle. Era un lugar pululante, pero distinguido. Allí, era palmario que el camarero conocía y respetaba al millonario suramericano; nos recomendó un excelente lenguado, al cual —según supe más tarde— debía su fama el establecimiento. Mientras comíamos, se acercó a saludarnos el propietario, muy pomposo y espléndido. Rimbaldi me contó luego que, en alguna ocasión, un escritor incipiente había llevado a cenar allí a una ocasional y bella amiga. La joven no había titubeado en pedir lo más caro y, de contera, mojó la cena con champaña. Como la cuenta ascendía a treinta y cinco francos, el novel literato se armó de valor y, aunque era un perfecto desconocido, deslizó su tarjeta en la bandeja, dirigida a Marguéry. Para asombro suyo, el camarero retornó la bandeja con tres luises de oro refulgiendo sobre ella. Al abandonar el local, el propio Marguéry deslizó al oído del joven estas palabras:

—Con esto serán cien francos lo que me deberá. Ya tendrá ocasión de devolvérmelos, no se preocupe… Los enamorados deben divertirse. La juventud pasa pronto, demasiado pronto.

Rimbaldi vivía a dos pasos del restaurante. Se limitó a señalarme el edificio, vetusto y refinado, antes de acompañarme a tomar mi coche. Al separarnos, prometimos vernos a menudo. Pero estas promesas se incumplen por regla general. Sé que fue ese año, mas no recuerdo si por esos días o algunos meses después, cuando el Congreso de los Estados Unidos aprobó el *Acta Foraker*, que nos permitía a los puertorriqueños formar parte del Consejo Ejecutivo de la isla, así como elegir los miembros de una llamada Cámara de Representantes. De cualquier modo, viví absorbido algún tiempo por los asuntos de mi país y escribí artículos virulentos contra los norteamericanos en mi periódico madrileño, que desde mi crónica sobre Wilde había extremado para conmigo sus finezas. Creo, pues, que no vi a Rimbaldi sino después de la inauguración oficial de la Gran Exposición, que constituyó, como quien dice, un auténtico acontecimiento feérico, encabezado por el presidente Loubet y por los más vistosos funcionarios de la Tercera República. Pienso, por lo demás, que fue Rimbaldi quien propició la aproximación. Yo descreía, debo confesarlo, de su capacidad como hombre de letras, desconfiaba de lo que suponía su violín de Ingres y me mortificaba un tanto su condición de hombre acaudalado frente a mis modestos ingresos de periodista.

Empezamos a frecuentarnos, sin embargo, justamente a raíz de la Gran Exposición. Pese a la frivolidad que esa denominada *belle époque* pudiese evocar en no pocos corazones, lo cierto es que Francia atravesaba por entonces una crisis tras otra. Hacía un año, el capitán de artillería Alfred Dreyfus había sido indultado por el poder ejecutivo, tras la sentencia a diez años de prisión contra él proferida por un segundo consejo de guerra. Ello nada tenía de apaciguador. Zola parecía satisfecho, pero Léon Daudet acababa de inaugurar un periódico, *L'Action Française*, destinado a fomentar la revisión del proceso. Aunque execrable en su cometido, escribían en él plumas tan brillantes como las de Henri Vaugeois, Charles Maurras y Jacques Banville. Por lo demás, estaban palpitantes la separación de la Iglesia y el Estado y la insurrección de los bóxers chinos. Así, pues, contaba yo con abundante material para mis escritos y, en una forma insensible, me alejaba de la literatura, a la cual quizás no hubiese regresado con veneración tan ardiente a no ser por Rimbaldi.

La exposición se erigió alrededor de la Tour Eiffel, construida once años atrás, para un despliegue similar, en el Campo de Marte, por el ingeniero de su mismo nombre, que era una autoridad en aerodinámica. A pesar de su fama, y de lo mucho que hoy se la admira, la férrea construcción de trescientos metros de altura y novecientas toneladas de peso disgustaba aún a numerosos burgueses, que la consideraban un mero hacinamiento de chatarra. Recuerdo que Rimbaldi se reía de buena gana con aquellos aspavientos. Los más sonados cocineros franceses habían abierto, en el ámbito del evento, transitorias sucursales de sus restaurantes, de suerte que en la feria era posible comer tan bien como en todo París. De noche, los pabellones, algunos semejantes a palacios miliunanochescos, fulguraban como en una fiesta de artificios. Rimbaldi había elegido, para sus necesarios reposos en medio de ese tráfago mil veces superior al de la ciudad habitual, un fugaz café rotulado «Kalisaya», el cual fue quizás, por cierto, el último que frecuentó Oscar Wilde antes de emprender, muy enfermo, su postrer viaje a Roma, del cual regresó a morir. No estuve, por desdicha, en esas oportunidades. Me hubiera gustado conversar una vez más con aquel fino y desventurado irlandés, cuya biografía preparaba ya Robert Harborough Sherad.

Vi, en cambio, varias veces en ese lugar a Lajeuneusse, a mi viejo amigo Amado Nervo, a Enrique Gómez Carrillo, a Jean Rictus. Advertí ahora que todos ellos se complacían en tertuliar con Rimbaldi, cuyos conceptos sobre literaturas clásicas eran tan certeros como sobre parnasianos y simbolistas. Yo, por ejemplo, ignoraba la existencia de esa espléndida poetisa estadounidense que se había llamado Emily Dickinson, espíritu independiente y desasido de lo formal, que en vida publicó tan sólo unos ocho de sus millares de poemas. Fue Rimbaldi quien me la reveló. Asimismo, Gómez Carrillo me familiarizó con ese inquietante poema en que Thomas Hardy encara el criticismo bíblico, que culmina con una lúcida referencia a Voltaire, el máximo escéptico. Al rescoldo de esas conversaciones, a las cuales Rimbaldi me dio acceso, el *affaire* Dreyfus, los acontecimientos políticos, la misma Gran Exposición que rutilaba a nuestro alrededor, se me antojaban banalidades. Fue entonces cuando me pregunté por qué no había escogido la literatura como carrera. El dispendioso periodismo asesina esas disposiciones excelsas de nuestra alma ávida de claridad. Rimbaldi me lo hizo ver así durante aquella temporada. Pero era tarde. Poco después, un paréntesis espacioso se abrió para nuestro trato: el fallecimiento de mi padre me forzó a volver a Puerto Rico, donde fui hecho preso por la autoridad estadounidense.

14

DANIELA MORÁN, 1907

Habían sido varios días de mar soledoso, con un sol de canícula ardiendo sobre cubierta. El pasaje, como es de uso en los trasatlánticos, se distraía jugando a la ruleta, bebiendo cócteles en el bar, tratando de hacer nuevas amistades y aun de suscitar idilios aventureros. El buque había zarpado de El Havre y yo lo había abordado en San Juan. Al comienzo, todo en él parecía novedoso, pero al cabo de dos días, el aburrimiento me acribillaba con dardos de desesperación. Por ello mismo —porque me mantenía en cubierta oteando el horizonte occidental—, creo haber sido el primero en divisar la *rara avis*, indicio de que bordeábamos la costa del Brasil. Vi un pájaro de pico aplastado, semejante al de un pato. Un pájaro muy raro, no registrado tal vez en la ornitología de país alguno. Volaba a ras del mar, de cuyas ondas revueltas y verdosas surgían por un segundo, para desaparecer en seguida devorados por el agua, centenares de peces mariposas, algunos de los cuales iban a dar al estómago del ave piscívora. Sólo dos días más tarde, sin embargo, vimos cómo el color del mar había mudado y se mostraba ahora de un bermejo sucio y cual si evocara una piel de león, y por las referencias que poseía, comprendí al rompe que ingresábamos en el inmenso estuario del río de la Plata. Pensé que habíamos, por fin, arribado a nuestro destino. Mas sólo al amanecer del otro día una línea de boyas, en el agua que iba adquiriendo un matiz lechoso, nos fue guiando poco a poco hacia la metrópolis gigantesca: Buenos Aires, donde debía esperarme Arturo Rimbaldi.

Sentí una impresión similar a aquélla de la entrada a Nueva York. Todo parecía más alto y más ancho de lo que había imaginado. Las dársenas se prolongaban hasta el horizonte, colmadas de embarcaciones de carga o de pasajeros. Tras una singladura muy lenta y tediosa, obedientes a las indicaciones del práctico, y durante la cual la totalidad del pasaje se volcó sobre las cubiertas, agitando pañuelos y lanzando gritos de entusiasmo, atracamos en un muelle sumamente prolongado, que defendía una mampara de acero y de cristales. Parecía que todo quisiera empequeñecernos, tan impresionante era el panorama. Los elevadores de grano, a los cuales se arrimaban los cargueros, semejaban dragones vaciando de sus fauces el cereal hacia esas embarcaciones, que a su lado se mudaban en pigmeos. A los que veníamos en primera clase nos dejaron desembarcar primero, mientras aguardaba tras las barandillas de los niveles inferiores una muchedumbre de inmigrantes, embarcados en El Havre, italianos, alemanes, franceses, eslavos, catalanes, gallegos, vascos, todos caracterizados por una decencia pobre, pero jubilosos por haber llegado a ese país de promisión. A muchos, alguien los esperaba y, por ello, vigilantes aduaneros debían contener a otra multitud que, en el muelle, quería arrojarse sobre el buque. Era a comienzos de 1907 y el verano dilataba sobre la ciudad una diafanidad azul que penetraba el espíritu y ensanchaba la imaginación, poseída toda por la majestad de la capital portuaria. En efecto, Rimbaldi me esperaba en el muelle, metido en un terno blanco y con un airoso canotié sobre la cabeza.

Nos unimos en un abrazo enérgico. En un coche de plaza, recorrimos la distancia que nos separaba del hotel de la Avenida de Mayo donde me alojé. Al rato, almorzábamos en un restaurante cercano y emprendíamos una recapitulación de la forma como se había tejido aquel reencuentro. ¿Cómo habíamos venido a reunirnos en esta ciudad lejana, en este nido de inmigrantes del mundo entero que soñaban con edificar fortunas al amparo de la economía más promisoria de cuantas, con la extraordinaria de los estadounidenses, prosperaban sobre el planeta? El hecho era bastante simple. Con Rimbaldi establecí correspondencia desde Puerto Rico aun antes de acabar de pagar los dos años de cárcel a que me condenó la justicia yanqui. Una vez libre, se me eligió director de la nueva revista *Fémina*, que se imprimía en San Juan para cubrir toda Hispanoamérica. Era, como su nombre lo dice, una revista para mujeres, pero ya en Argentina y en España se había hecho común que este género de publicaciones trajeran algún material literario. No vacilé, pues, en pedir colaboración a Rimbaldi. Me envió un soneto de bellísima factura, que inserté en la primera edición de 1905.

A la sazón, mi amigo colombiano había establecido amistad, en París, con un negociante gallego, don Pedro Morán, oriundo de Pontevedra, pero que había amasado un respetable capital en la Argentina desde hacía más de diez años. Poseía don Pedro el piso inmediatamente inferior al de Rimbaldi, en el hotel que ya había yo conocido, el cual le servía para gas-

tarse todos los años unas buenas vacaciones de uno
o dos meses en la ciudad luz. La amistad surgió cuando del cuarto de baño del colombiano se abrió una
gotera que incomodaba al gallego. El primero le ofreció las excusas más corteses, hizo arreglar el daño y
amistó en forma muy estrecha con el segundo y con
su esposa Alicia. El matrimonio tenía una hija única, Daniela, de unos diez años, que era un verdadero primor y a quien adoraban. Rimbaldi fue muy ob-
sequioso con ella. En realidad, como ya lo diré más
en extenso, aquella niña le había causado una fuerte
impresión desde el día en que la conoció.

En un comienzo, pensé que el impacto pro-
ducido por Daniela en el espíritu del músico y poeta respondía a algo que, el mismo día de mi arribo a
Buenos Aires, me contó en tono confidencial en el
restaurante donde saboreábamos uno de esos famo-
sos bifes de chorizo, que no precisan sazón alguna,
pues los pastos con que son alimentadas las reses argentinas le transmiten a la carne un sabor perínclito.
Me relató que, no bien le fue presentada la pequeña, ésta aprovechó un instante de distracción de sus
padres y, acercándosele armada con ojos de misteriosa profundidad, le musitó llena de una audacia in-
descifrable:

—Algo me dice que usted y yo viviremos
juntos algún día.

—¿Qué dices, pequeña? —se alarmó Rimbaldi—. ¿No ves que soy demasiado viejo para ti?

—No es cierto —respondió ella, inescruta-
ble—. Tarde o temprano, nuestros destinos se jun-
tarán.

La niña era rubia como el sol del verano y poseía una mirada azul como las lejanías. Mas no fue

sólo esa audacia, como luego pude establecerlo, lo que impresionó más a mi amigo. En Daniela creía hallar cierto aire no muy discernible, capaz de colmarlo de una desazón que, siendo inexplicable, era al tiempo incontenible y placentera. Ya me ocuparé más adelante de esa atracción. De momento, diré que la amistad entre Morán y Rimbaldi se fue haciendo cada día más dilecta, hasta cuando, a mediados de 1906, el gallego invitó formalmente al colombiano a pasar una temporada larga en Buenos Aires. Éste se apresuró a escribirme, sugiriéndome reunirme con él en la capital platense con el propósito —harto acertado y pertinente— de escribir una serie de crónicas sobre la Argentina y sus grandezas. La idea se me antojó excelente, no para destinar esos escritos a *Fémina*, sino a otra publicación que los pagara a manos abiertas. Al fin y al cabo, la Argentina, ya en aquellos tiempos y, más que todo, desde los años de la presidencia de Carlos Pellegrini, causaba admiración en el mundo.

De los pormenores de su amistad con los Morán me había puesto Rimbaldi al corriente por carta; pero durante aquel almuerzo me prodigó detalles más precisos. En ésas nos hallábamos, cuando —ya que soy muy aficionado al picante en las comidas— rogué al camarero traerme un poco de pimienta. El hombre puso cara de haber recibido un feroz agravio personal.

—Chileno, ¿verdad? —indagó.

—Soy puertorriqueño —traté de balbucear, pero él ya se retiraba. No tardó en volver con lo solicitado. Depositó el pimentero con fuerza sobre la mesa y agregó:

—Chileno, y de los peores.

Y se largó. Quedé humillado y aturrullado. Rimbaldi se carcajeaba a más no poder. Me dijo que en la Argentina tanto la pimienta como el ají eran juzgados de pésimo gusto, sólo propios de chilenos. Aquella tarde, me llevó a conocer a los Morán. Habitaban una mansión de estilo francés en vecindades del parque Lezama, desde cuyos ventanales se alcanzaban a divisar las cúpulas de la iglesia ortodoxa. Mi amigo se encontraba alojado allí y sostenía con la familia un trato más que llano, como si fueran parientes. El patriarca don Pedro era un hombre sanguíneo, rubio como la agramiza, que barbullaba las palabras y hablaba con entusiasmo de las rías bajas de Galicia, donde había nacido. Su mujer, gallega también, procedía en cambio de Santiago de Compostela y poseía modales menos silvestres. Otra cosa era la pequeña Daniela, que tenía ya doce años por aquel tiempo. Su acento era furiosamente argentino, muy diferente del de sus padres. Sus ademanes y su porte recordaban muchísimo los de la así llamada aristocracia porteña, lo cual quiere decir que eran bastante sofisticados. Imperaba en ella una sensualidad patente en sus movimientos, en su modo de mirar y de hablar a los demás. Rimbaldi me aclaró después que la había exhibido desde cuando la conoció. Parecía evidente la manera sugestiva, incitante con que se conducía al dirigirse a mi amigo. Y no pocas veces sorprendí en él, aquella tarde, cierto ademán incontinente al mirarla. Doña Alicia nos preguntó si preferíamos té o mate, y aproveché para saborear por primera vez este último. Cuando nos retiramos, sentí la mente poblada de una plétora argentinista que procedía de los elogios extremos de don Pedro hacia aquella segunda patria que lo había hecho indiano ricachón.

Por aquella misma exaltación viví poseído los dos meses siguientes, que han sido quizás los más intensos de mi carrera periodística. Con Rimbaldi, a partir del otro día, nos dimos a recorrer el país en ferrocarril, en coche, a caballo y como diera lugar. Ya se sabe, la Argentina constituye una geografía pantagruélica. En ella, la explotación del campo cubría ya, en aquel 1907, más de una decena de millones de hectáreas de suelo. Una agricultura que había sido rudimentaria hasta hacía muy poco, en escasos años se convirtió en una de las mayores del planeta. Día a día, las tierras argentinas eran habilitadas para la explotación y el viento de la pampa encrespaba cada vez mayor número de trigales y de maizales. Las prósperas ganaderías, el algodón de Misiones, el grano de Santa Fe, apuntalaban un proceso vertiginoso. A lo largo de aquellas jornadas y en diversos lugares del país, asistí a remates públicos de toros, a domas de caballos, a rodeos de ganado, al rasgueo de la guitarra gaucha en las noches translúcidas; vi bailar el pericón y el gato; oí trovar a los payadores cuya leyenda recogió Rafael Obligado; visité pulperías, barracas de lanas, colonias azucareras, algo de la selva tucumana y los talleres de la marina en el río de la Plata; supe de la última evolución del Rambouillet criollo; atravesé el desierto en una tropa de carretas; presencié las artes de los matreros y la boleada de las avestruces; conocí las ruinas de las misiones jesuíticas… En fin, dejé que aquella nación me saturase como a una esponja en un concentrado de savias, mostos, caldos esforzados y néctares. No sospeché, en tales momentos de transporte, que me tuviera reservada mi compañero de viaje, de modo inminente, una ingrata confidencia.

Ésta sobrevino súbita y como a mansalva. Contemplábamos a unos vecinos de la sierra que llevaban el Santo Patrón a la procesión de Salta, cuando Rimbaldi, embrujado tal vez por el paisaje melancólico, decidió sincerarse conmigo y hacerme partícipe de sus pensamientos más secretos. Al comienzo, no le concedí demasiada atención, pues me absorbía la idea de no poder encerrar ni siquiera en cinco crónicas todas las experiencias de las últimas semanas. Aquel día, el colombiano vestía un conjunto color caqui de explorador y un sombrero de corcho. Lo había notado mohíno y como atormentado desde las primeras horas de la mañana. De pronto, colocó una mano sobre uno de mis hombros. Tendiendo la vista hacia el horizonte, me dijo casi en un susurro:

—No te lo imaginas, Norberto, pero en los últimos años he debido luchar con incertidumbres hostigantes.

—¿De qué hablas? —le pregunté.

—No sé si recordarás… El día que nos conocimos… El día de la reunión con Oscar Wilde. Él había hablado de un pájaro suramericano, al cual comparaba con Berkeley.

—Me acuerdo muy bien —repuse—. Un pájaro que, si te ve antes que tú lo veas, se cree inmune a lo que hagas.

—Algo así. De todos modos, Wilde lo comparó con Berkeley. Yo, entonces, intenté dar un paso más allá de la teoría del yo espiritual.

—Así es —asentí.

—No era gratuito aquello —prosiguió mi amigo—. Por entonces, había llegado a persuadirme de que es posible ejercer una *voluntad creadora* que nos nivele con Dios.

Me limité a mirarlo con un poco de asombro. A partir de ese momento, concentré toda mi atención en lo que decía.

—Hay hechos de mi vida que desconoces —afirmó, lleno de una demoledora tristeza—. A la edad de doce años, atravesé por una experiencia terrífica. Por circunstancias que se fueron acumulando como fatalidades, mi padre, que era el médico más respetado de Cartagena de Indias, asesinó a mi madre en una noche de desesperación.

Debo confesar que la revelación me ocasionó una especie de crispatura mental. Creo que difícilmente imaginaría nadie tragedia más arrasadora, para un espíritu tan delicado, como aquélla que planteaba en sus parcas, pero acongojadas palabras el músico.

—Todo ocurrió —continuó él— en la vieja casa que papá había adquirido cuando llegó de Italia. La mató de un tiro en la cabeza.

No acertaba yo a aventurar comentario alguno. En estos casos, sólo un silencio reverente parece condecirse con la gravedad de lo expuesto.

—Presencié el asesinato, lleno de horror y de impotencia. No así mi hermana, que por fortuna dormía en su habitación. Mi padre se entregó a la policía. De común acuerdo con su abogado, ensayó algunos descargos, que obraron para mitigar la pena. Fue juzgado y condenado a diez años de cárcel. Al tercero de ellos, no pudo ya soportar la prisión y, con una cuerda que no sé cómo se agenció, consiguió ahorcarse.

—Es espantoso —logré balbucear—. Cuánto lo siento.

—Acaso sea mejor que me sincere del todo —dijo de pronto, con un ademán brusco—. Mi pa-

dre asesinó a mi madre porque le era infiel. Sin esta
aclaración, podrías no comprender lo que ahora te
expondré.

Aquella exposición no se dio, sin embargo,
porque en ese instante dos de los campesinos que
acompañaban al Santo Patrón, intoxicados acaso con
un alcohol caliginoso que iban consumiendo, tuvieron a bien trenzarse, por una oscura discusión sobre
mujeres, en un duelo a cuchillo. Pronto, uno de ellos
rodó por tierra, con el vientre barrenado. Rimbaldi
y yo debimos socorrerlo y conducirlo, en vilo, a un
dispensario cercano. Expulsaba sangre por la boca y
se debatía en convulsiones violentas. El facultativo
que atendía en aquel establecimiento benéfico nos
informó que tendríamos que ponernos a disposición
de la policía, como testigos. Alegamos que tan sólo
habíamos deseado colaborar, pero que los participan-
tes en la romería se encontraban en mucho mejor conocimiento que nosotros de las razones de la repen-
tina discordia. De nada valieron los argumentos que
esgrimimos. Al cabo de unos veinte minutos, supimos que el desdichado había fallecido y que el caso,
por consiguiente, adquiría la gravedad del asesinato.
Luego, debimos esperar durante más de seis horas en
una oficina sórdida a que fuese oída nuestra testifi-
cación. En el ínterin, traté de que mi amigo rehilara
su relato, pero él se recubrió de un aciago silencio y
sólo de tiempo en tiempo dejó brotar frases vagas que
nada tenían que ver con el asunto. Depusimos, pues,
ante unas autoridades cachazudas y negligentes, re-
vestidos de paciencia y de aplomo, bajo el agobio de
la rencorosa mirada del asesino. Luego se nos dijo que
deberíamos permanecer en el lugar, hasta tanto cul-
minara la investigación. De mil maneras, tratamos de

explicar nuestra condición de visitantes y, sobre todo, la mía de periodista. Nadie quería entender nada. Fue entonces cuando Rimbaldi, de una manera accidental, mencionó ser huésped de don Pedro Morán. Fue como haber recitado un conjuro. De inmediato, todas las trabas desaparecieron. A la mañana siguiente, un vagón de ferrocarril nos sacaba de Salta y nos arrojaba hacia otro de aquellos peregrinajes. Entonces, Rimbaldi dio la impresión de regresar de una distancia ominosa y articuló, con voz lenta:

—Tal vez no lo has experimentado, Norberto, pero en el lugar donde un homicidio se ha cometido, la propia atmósfera se hace pesada y opresiva. En ese clima de apretura espiritual debimos vivir mi hermana y yo el resto de nuestra infancia, sujetos al capricho de los tribunales, que habían tomado bajo su tutela, por carecer nosotros de parientes en la ciudad, la fortuna de mi padre.

Dejó fugarse la mirada por la ventanilla hacia los viñedos que atravesaba el convoy, con sus sarmientos floridos en racimos verdosos. Después dijo:

—Recibimos una educación muy cuidada y pulida, sí, pero tuvimos que padecer la rigidez de los funcionarios y una ausencia de afectos que no lograba compensar el amor aterido y medroso que nos profesábamos. Celeste, es decir, mi hermana, se granjeó pronto (tendría ya para entonces casi diecinueve años) el apego de un honrado caballero de la ciudad, el señor Efrén Bustillo, que la llevó al altar. Su hogar fue decorado un año más tarde por la llegada de una niña. Yo, en cambio, Norberto… ¡Yo, en cambio!

Creí mi deber intervenir.

—Pero, Arturo —encarecí—. No me negarás que has llevado una vida excitante. ¡Quince años de residencia en París, alternando con los grandes cerebros de Europa!

Me dispensó una carcajada de sarcasmo, para nada vinculada con la hilaridad. Dio más bien la impresión de un vómito destemplado, de algo descompuesto y lleno de encono.

—Es la idea que casi todos se hacen de mí —declaró, mirándome con ojos turbios—. Pero a nadie, y tú serás el primero, he confesado la aridez de mi vida. Jamás tuve, Norberto, una pareja a quien amar. Es más, a los cuarenta y siete años de vida, soy ese despojo en que se convierte todo hombre virginal. No he conocido mujer.

Costaba trabajo creerlo. Su semblante, sin embargo, denunciaba algo franco y axiomático. Decía la verdad. Experimenté hacia él una misericordia que deseaba ser ecuánime. Lo observé de pies a cabeza y volví a pensar en lo apuesto que este caballero era, una alhaja para cualquier mujer, un cáliz de dulzura por su firme educación y su cultura refinada, un ser constelado de cualidades. Y precisamente este ejemplar de lo apetecible había visto arder sus años en una tensa castidad que podía asimilarse, si bien se lo pensaba, a una especie de muerte en vida.

—Apenas puedo creerlo, Arturo —le comuniqué.

—No era posible, Norberto —avanzó con cierta angustia—, no era posible aproximarse a mujer alguna sin recordar la ligereza que llevó a mi madre al martirio. En todas he creído ver una copia de aquella inglesa que se autocondenó a la oblación y que condujo al desastre a mi padre. Porque en mí, sábelo, germinó una doble pena. Por una parte, no pude reponerme jamás del deceso de mi madre. Por otra, incubé hacia el doctor una piedad infinita, que el suicidio centuplicó. Son, pues, dos fuerzas que me han tironeado y que no han querido encontrar su justo equilibrio.

—Te considero mucho más de lo que puedas imaginar, amigo —dije, venciendo ese algo que me impelía, más bien, a guardar mutismo—. Me parece, no obstante, que todos en la vida hemos tenido que sobrellevar impedimentos. Y que lo más sensato es tratar de superarlos.

—¿Crees que no lo sé? —respondió, con una mirada ya húmeda y enrojecida que me hizo sentir cual si tuviera diablillos haciendo cabriolas en el estómago—. Nadie se ha esforzado más que yo. Pero siempre que quise acercarme a una mujer, el impedimento se alzaba. Ante muchas de ellas, prostitutas en su mayoría, he pasado por impotente. Mi evidente vigor sexual desaparece tan pronto accedo a la intimidad femenina.

—¿Has recurrido a la medicina? —indagué—. Hoy en día, existen tratamientos sorprendentes, sobre todo de tipo psicológico.

—Escucha, amigo —reaccionó, con un gesto en el cual venía todo su descreimiento—. En mis lecturas, no me he privado de conocer las teorías de Wundt sobre el paralelismo psicofísico. He pasado, créemelo, por el Instituto de Psicología Experimental de Leipzig. Conozco los trabajos de Maynert, de Charcot, de Binet y de Janet. Creo que la psicología y la psiquiatría se desarrollarán como ciencias muy útiles andando este siglo. Pero, de momento, a pesar de los avanzados experimentos sobre histeria, todavía se encuentran en el limbo.

No pude entonces refrenarme, porque la pregunta se daba de topetones en mi garganta. A decir verdad, siempre me ha perturbado este género de confesiones íntimas.

—¿Por qué me haces estas confidencias?

—No lo sé —repuso, luego de lanzar otra vez su mirada hacia los viñedos, apenas móviles bajo un aura liviana—. De repente pensé que era necesario decírtelo. Quizás te he cobrado mucho afecto... Quizás estas jornadas tan encantadoras, por un país que desconocía, me han hecho ver la necesidad de lavarme el espíritu... De sentir algún desahogo.

Asentí con la cabeza, lentamente. Hundí por largo rato la mirada, no sé por qué, en los filetes de níquel que hacían cuadrículas en el piso del vagón y, de súbito, una perplejidad anubló mi entendimiento.

—Pero... Tú empezaste hablando de la conversación con Wilde... Del pájaro filósofo... De Berkeley... ¿Qué hay con eso?

Esta vez sonrió, sí, con amargura, pero se trataba de una sonrisa genuina. Dijo:

—Te hablé de una *voluntad creadora*. De la capacidad que quizás poseemos, en alguna zona oculta de nuestro cerebro, para percibir no sólo aquello que nos propone el universo, *sino algo propuesto por nosotros mismos*.

—¿Cómo qué? —inquirí.

—Una mujer —enunció—. Una mujer decantada de todo pecado. Una mujer que fuera espejo de mujeres. Una mujer frente a la cual sea posible comportarse como un hombre.

—¿Quieres decir —me asombré— una mujer brotada de ti mismo?

—Algo así, aunque más bien de alguna forma de arte. Una mujer soñada por la poesía o por la música o por la pintura o, incluso, si ello fuese posible, por la filosofía. Una mujer de la pura imaginación que, por virtud del arte, se materializase ante nuestros ojos.

Ahora se le advertía muy excitado.

—Escúchame —agregó—. Hará unos cinco años, asistí a una audición en la que Ricardo Viñes interpretó una obra para piano de Maurice Ravel, dedicada a la princesa Edmonde de Polignac. En ella se perfila una infanta de España, transfigurada por el paso del tiempo. En varias ocasiones, sumido en la partitura de Ravel, *he visto* a esa mujer, rubia como el sol, llena de la melancolía y de la nobleza trascendidas por la obra musical. Pero hay más, Norberto. A esa mujer *sí la he poseído.*

—¿En qué forma? —interrogué, atónito.

—Ella, por virtud de la partitura, se presentó ante mí y pude tocarla, acariciarla y, en fin, hacerla mía.

Empecé a sentir un poco de ansiedad. Contrayendo el rostro, le pregunté con evidente escrúpulo:

—¿Has copulado con una fantasía? ¿No ves que es una forma del deleite solitario?

—No era una fantasía, amigo —objetó—. Mi mente, así como la de Ravel, la propusieron al universo. Si los objetos y seres adquieren realidad gracias a nuestra conciencia, ella lo hizo gracias a nuestra *conciencia generativa.* Al copular con ella, sentí que estaba más allá del pecado de mi madre. Me sentí limpio en sus brazos. No era una hembra común y corriente, no era una mujer. Era la quintaesencia del eterno femenino.

Lo pensó dos veces antes de añadir:

—En un plano *ideal* he superado mi limitación.

—¿Cuántas veces has copulado con ella? — demandé, lleno de asombro y casi de repulsa.

—No ha sido sólo ella —contestó Rimbaldi—. También la niña de los cabellos de lino de Debussy; la Sophía de Novalis; la Venus Anadiómena de Cabanel; la Helena de Platón o de Fausto. Se precisa, por supuesto, que sean arquetipos.

Preferí enmudecer. Él, con una sonrisa indefinida, viéndome perplejo e incapaz de prolongar el diálogo, aplastó en un cenicero el cigarrillo que desprendió de la boquilla, extendió las piernas, se cubrió el rostro con un ejemplar de *La Nación* —que era cortesía de la ferroviaria— y, en fin, realizó todas las ceremonias que preceden al sueño. Parecía haber lavado su alma. Durante el resto de nuestra excursión por la dispareja geografía de aquel país, no volvimos a tocar el tema. A mí, me inundó hacia él una forma un tanto torpe de la reticencia. Le respondía con monosílabos y trataba de clausurarme en mi habitación de hotel cada vez que concluían nuestros recorridos. Cuando estuvimos de nuevo en Buenos Aires, me despedí con un poco de frialdad en la estación del ferrocarril y tomé yo solo un coche hacia la Avenida de Mayo. Experimentaba, por mi amigo, un malestar impreciso, equívoco. Tal vez hubiese permanecido en esa misma disposición los días que me faltaban para abordar el barco de regreso a San Juan, a no ser porque recibí una esquela de don Pedro Morán invitándome a cenar en su casa. No había forma de negarse, de modo que acudí puntual a las ocho de la noche. Ya antes de llegar a la mansión, reflexioné sobre la torpeza que significaría seguir tomando distancia de Rimbaldi por una situación, de otro lado exuberante e imaginativa, que procedía de su horrenda tragedia de niñez. No; mi amigo se encontraba por encima de aquellos pacatos convencionalismos y resultaba aconsejable estimar en lo que valía el hecho de que hubiese condescendido a abrirme el corazón.

Volví, pues, a mi natural amistoso y me preocupé por calibrar el talante regocijado de aquella familia Morán que unía la tradicional hospitalidad española con el fervor vital de los argentinos. Don Pedro, ese hombre rubicundo, excesivo, pródigo en anécdotas, hacía como chispear la reunión con sus evocaciones de los célebres *Xogos foraes* de su tierra, con sus panegíricos del carácter atlántico gallego en contraposición a la decadencia mediterránea y con las descripciones de la iglesia de Santa María la Mayor y de las rías de Betanzos, Muros y Noya, que eran productos del hundimiento costero. Lanzaba frases que parecían cortar el aire de un tijeretazo. Su mujer, que nos había regalado con un vigoroso potaje de fríjoles con tocino y morcilla, poseía en cambio cierta suavidad citadina que no la eximía de esa impresión de fortaleza espiritual que dan las españolas. Se trataba, sin duda, de una familia aferrada con solidez tanto a las tradiciones de su tierra como a los valores surgidos entre los inmigrantes de este país que se hacía cada vez más cosmopolita. Mientras atacábamos los postres, don Pedro se dio a evocar los días de su noviazgo con doña Alicia, el rigor puesto por sus suegros en que demostrara los méritos que le asistían para aspirar a la mano de su hija, su matrimonio en la Catedral de Santiago de Compostela. Fue entonces cuando la pequeña Daniela, que había permanecido todo el tiempo observándonos, sin decir nada, con una mirada de fierecilla acechante, declaró con voz muy recia:

—Supongo que Arturo llena ya todos los requisitos para su futuro matrimonio conmigo.

Rimbaldi enrojeció como un mozalbete. Yo mismo me sentí turbado en extremo. Don Pedro y doña Alicia miraron al comienzo con sorpresa a su hija y, luego, tomando aquello por una chiquillada, rompieron en un carcajeo un tanto forzado. Dijo el anfitrión:

—Amor de chiquilla, agua en cestilla, Arturo. No se haga ilusiones.

El poeta y músico, el hombre que hacía el amor con Helena de Troya y con una imaginaria infanta de España, se limitó a sonreír con embarazo, mas creí ver una sombra de culpabilidad surcar su cara. Imagino que por eso, cuando nos levantamos de la mesa y fuimos a beber un coñac a la sala, prefirió sentarse frente al piano Steinway & Sons que solemnizaba ese recinto e interpretar, con cierta prosopopeya adicional, la *Fantasía sobre temas polacos* de Chopin, que todos dilucidamos como una despedida sentimental de la Argentina (volvería a París en cuestión de una semana), pero que acaso tuvo un significado más estricto.

Dos días después, Rimbaldi me llevaba al muelle y nos despedíamos con una efusión renovada. Era ya hora de subir por la rampa, cuando, asiéndome de un brazo, declaró:

—Sabrás que, ahora, uno de esos arquetipos de los que te hablé se ha concretado en el mundo ordinario, se ha vuelto de carne y hueso.

Lo miré con inquietud. ¿Qué nueva confidencia me tenía reservada? Mis ojos inquisitivos lo impulsaron a añadir:

—No es ninguna dama misteriosa. Ella misma lo reveló, sin mi consentimiento, hace dos noches. Es Daniela.

Pegué un salto que me hizo tambalear.

—¿Daniela? —casi ululé—. ¿Te has vuelto loco? ¡Si es apenas una niña! ¡Tiene sólo doce años!

—Pero llegará a ser una mujer. Y es ya un arquetipo.

Se aproximó y me habló al oído:

—La he visto desnuda, Norberto —confesó—. Entró sin ropas a mi alcoba, a la madrugada, apenas regresamos de nuestra correría. Acaricié todo su cuerpo y lo aceptó con satisfacción radiante.

Le dirigí una mirada tan despiadada como el sol estival que aún reverberaba sobre las dársenas.

—Traicionas la confianza de tus anfitriones —le reproché.

—No —se defendió—. Porque pienso llevarla al altar no bien se halle en edad de merecer.

Traté de decir algo pero, en aquel momento, el oficial apostado en la rampa de acceso me urgió a subir. Rimbaldi quedó abajo, lleno de una beatífica sonrisa. Cuando zarpamos, aún me hacía señas de adiós desde el muelle.

15

UNA BODA Y UN ÉXODO, 1913-1914

Mi trabajo como director de la revista *Fémina* me mantuvo en Puerto Rico algunos años más, durante los cuales mi única comunicación con Arturo Rimbaldi consistió en un carteo regular. En él, jamás hizo mención de sus alucinaciones eróticas, aunque varias veces me habló de las visitas de los Morán a París, que le permitían al menos verse con Daniela, cuyo amor hacia él —como el suyo hacia ella— se acrecentaba con el tiempo. Poco a poco, aquel amor dejó de alarmarme, pues la muchacha había llegado, en definitiva, a convertirse en chica casadera. No obstante, mi amigo no hablaba aún de matrimonio, pese a que, en repetidas oportunidades, se refirió a ella como «un arquetipo». Solía preguntarme, al leer aquellas cartas, si era que la juzgaba algo así como el modelo perfecto, la forma acabada a cuya imagen eran cinceladas física y espiritualmente —por así decirlo— el resto de las mujeres. ¿Podía nadie edificarse esa ilusión en relación con un ser de carne y hueso? Desde luego —me repetía—, todo no era más que producto de una mente febril, de una razón hostigada por tantos años de castidad y de carencia, por tantos otros de amancebamiento con damas de la pura imaginación. Reflexionaba, además, de qué modo el Arturo Rimbaldi que conocí en el anexo de la plaza de Saint-Michel era sólo la envoltura de este otro que ahora sabía lleno de obsesiones, contundido por la tragedia de su niñez, estropeado por una impotencia inveterada, arruinado durante largos años por la falta de amor, herido por la soledad.

Intentaba digerir todas esas cavilaciones, cuando un paquete de Francia me trajo un grato presente: un nuevo libro de Rimbaldi, acabado de imprimir por Garnier Hermanos, de París, titulado *Los arquetipos*. Contenía sesenta sonetos endecasílabos, de una factura esplendente. Cada uno de ellos venía consagrado a algún mito sublime de la literatura, de la música, de la pintura o de la filosofía (de Laura y de Beatrice a Isolda y a Ofelia y a Louise de Renal, de la Bienamada Lontana a la infanta difunta, de la Venus de los espejos a la Venus de Urbino y a Olympia). Todos, desde luego, mitos femeninos, mujeres soñadas por el arte y que el poeta de fijo había poseído en el rigor de su soledad. El último, tal como yo lo sospechaba, tenía como tema o era una ofrenda a Daniela. Me propuse, no bien leí las primeras fascinadoras piezas, dado que *Fémina* era una revista dirigida al bello sexo, realizar en una edición próxima un despliegue que hiciera justicia a este sonetario espléndido, que incitara en forma apremiante a su lectura. Fue entonces cuando recibí la noticia desoladora: el comité directivo de mi publicación, es decir, el que empuñaba las finanzas, acababa de decidir la suspensión de ésta, debido a un descenso vertiginoso en las ventas operado a partir de 1911 y que nos había finalmente llevado a la quiebra. Quedé, pues, no sólo sin manera de hacer nada propagandístico por el libro de mi amigo —que, como suele suceder, pronto fue envuelto por la indiferencia y el olvido—, sino además sin empleo.

Mis pensamientos se fijaron, un poco desesperadamente, en reencontrar algún quehacer en la prensa española, donde había hecho antes cierta trayectoria, con indudable lucimiento. Por aquellos días, España, colocada desde 1902 bajo la conducción del rey Alfonso XIII, rebotaba de mal en peor y el descontento crecía en las grandes ciudades. Tras las pérdidas de Puerto Rico, de Cuba, de Filipinas y de Guam, en la península se había adoptado un sistema político basado en la alternación de los partidos en el gobierno. El nuevo rey lo quebrantó e hizo más personal la intervención palatina en la designación de los ministros. Luego, aquel monarca sin atractivo asumió responsabilidades directas en la campaña de Marruecos, que pronto lo llevaron al desastre de Barranco de Lobo, donde una brigada de cazadores, recién llegada al territorio marroquí, avanzó sin preparación ni precauciones y fue sorprendida y diezmada por los moros rebeldes del Rif. El comandante de la brigada, general Pintos, mordió el polvo en el campo de batalla y la totalidad de los españoles sintieron la humillación en carne propia. En Madrid se alzaron protestas y en Barcelona se desencadenó una revolución. Tal situación hacía prosperar la publicación de periódicos adversos al monarca e incluso al sistema de gobierno. En uno de ellos, llamado *La Acción Intrépida*, me agenció una corresponsalía en París un viejo amigo madrileño. Debo confesar que, desde un comienzo, trabajar en aquella publicación me resultaba en extremo incómodo, pues no era mera sospecha mía el que sus propietarios respaldaran a Alemania en sus pretensiones sobre el Congo francés y en su nueva ley de construcciones navales y de reorganización militar, adoptada por el Emperador Guillermo II en complicidad con el Estado Mayor y a despecho del canciller Bethman-Hollweg.

Acepté, sin embargo, y a finales de 1913 arribé a El Havre en un trasatlántico abordado en Nueva York y repleto de jóvenes americanos que iban por primera vez a Europa y solían desafiar a los camareros franceses colocando los pies sobre las mesas del comedor. A ese puerto del Sena inferior viajó Arturo Rimbaldi, con el alado propósito de darme la bienvenida en nombre de los grandes heliotropos. Mientras llegaba la hora de abordar el tren que nos llevaría a París, ambulamos por los bulevares en que fueron convertidas las altas murallas que rodeaban a *Le-Havre-de-Grâce*. Mi amigo reventaba de alegría. Me comunicó que su matrimonio con Daniela era ya inminente. Don Pedro Morán, hombre de tradiciones y de convencionalismos, se había opuesto a él cuando, unos dos años atrás, los enamorados le transmitieron su intención nupcial. Después, acaso por intervención de doña Alicia, aceptó que se consumara el casamiento, pero sólo cuando la joven tuviera cumplidos los dieciocho años. Aquel aniversario decimoctavo acababa de festejarse en Buenos Aires, de forma que la boda se celebraría en la primavera próxima, cuando los Morán vinieran a París a disfrutar sus sacramentales vacaciones. Aproveché entonces para absolver una duda que me martillaba desde 1907. Pregunté a Rimbaldi por qué razón juzgaba a Daniela Morán un arquetipo. Sonrió con benevolencia e inició el relato de su antigua amistad con un psicólogo suizo que había sido profesor en la Universidad de Zurich y luego en la de Basilea. Se llamaba Carl Gustav Jung y, en años recientes, había colaborado con ese loco vienés llamado Sigmund Freud. No obstante, ya desde su juventud, Jung había incubado en su mente la creencia en un inconsciente colectivo, formado por arquetipos de transmisión genética. Sólo ahora, separado ya de Freud, intentaba desarrollar su teoría, pero muy a las claras se la había expuesto en Zurich hacia 1905, cuando Rimbaldi peregrinó por Suiza, invitado por el poeta Joseph Reinhart. Mi amigo, al conocer a Daniela, vio con asombro que ya la había soñado, que vivía en su mente desde muchos años atrás. Era, pues, un arquetipo que había heredado y, por tanto, una heroína del arte, del intelecto, de la decantada fantasía.

—Sus facciones las tenía como impresas al fuego desde mi niñez —dijo, con un gesto como de renovación de la sorpresa que, al conocerla de niña, aquello le había causado.

Ya en París, Rimbaldi, siempre generoso, siempre abriéndome nuevos senderos, me introdujo, en forma casi cotidiana, en su nueva tertulia del «Café de la Rotonde». Se trataba de un establecimiento muy añejo, que no compartía la sordidez de algunos otros cafés y bares parisienses, sino que se encontraba cuidado con verdadero amor, pues se le consideraba un monumento. Aquellos finales de 1913 eran, por lo demás, de gran furor artístico. Stravinsky había estrenado hacía tres años *El pájaro de fuego*, con el ballet ruso de Diaghilev, dando con ello inicio a una novísima concepción de la música, en que lo intelectual predominaba sobre el sentimiento y en que la extraordinaria riqueza rítmica daba paso a un sentido inagotable de la evolución. Kandinsky daba en Munich carta de ciudadanía al arte abstracto, mas eran Picasso y el cubismo lo que, en pintura, llamaba más la atención. Apollinaire, Réverdy y Max Jacob, un poco de manera paralela a Cendrars, inauguraban el concepto de vanguardia. Rimbaldi se dejaba penetrar los poros por todas aquellas novedades, pero en especial por *La consagración de la primavera*, esa pieza transmutadora cuyas notas semejaban la crepitación de una hoguera dionisíaca. En «La Rotonde» conocí a muchos seres que de todo hacían oblación en aras del arte. El menesteroso Modigliani dibujaba a los clientes a cambio de una copa de coñac. Picasso se instalaba con Apollinaire en una sala del fondo, abarrotada de un denso aroma de tabaco. Diego Rivera armaba muy a menudo, ebrio de calvados, unas grescas fenomenales, que obligaban al propietario, un obeso y apacible comerciante llamado Libion, a ponerlo de patitas en la calle. Illya Ehrenburg se juntaba a ratos con Modigliani y con Rivera, mas por lo general se mantenía rodeado de rusos.

Podía decirse que «La Rotonde» constituía el muestrario acalorado de toda esa fauna cultora del arte puro o incluso de sus antítesis, entre la cual mi amigo colombiano era venerado no tanto por sus dotes artísticas como por la munificencia de su billetera. A él lo rodeaba un bestiario aun más descabalado, que hablaba, por lo demás, en multitud de lenguas. En el mostrador o en alguna de las mesas alternábamos con individuos tan disímiles como Juan Gris, Marie Blanchard, Elie Faure, Friedrich Jacobsen, André Salmon, Alexei Tolstoi y tantos otros que ahora atenúa cierto baño de desamor. Modigliani, al calor de los alcoholes o del haxix, recitaba de una tirada cantos enteros de la *Commedia* de Dante; otras veces, increpaba a las mesas vecinas y proclamaba que era más útil romper quijadas que embadurnar lienzos. La verdad es que, apretado por el hambre, había perdido o estaba por perder la razón. Muchos dislates presenciamos, sí, en aquel refugio de renovadores. Uno de ellos, la vez en que un sueco amenazó con asesinarnos a todos y acabó invitándonos a pacíficas copas. Otro, una noche en que Rimbaldi, por azares de la conversación, mencionó una obra titulada *Epístolas de varones oscuros,* y afirmó que dejaba traslucir una crasa ignorancia y una hipocresía untuosa. Un ecuatoriano replicó que, por el contrario, era fruto de teólogos como Crotus y Rubianus; y trató de pegarle a mi amigo. Éste, sin alterar su compostura, le administró un sopapo magistral, que lo obligó a callar. Pero no es cierto que «La Rotonde» fuese por ese entonces un lugar de atractivo internacional. No; era un café y, si bien las noches podían tornarse épicas, en el día se le sentía más que plácido. Por él desfilaba también un largo enjambre de buenos burgueses, que tomaban un café en el mostrador mientras leían el periódico. Algunas señoras acudían por las tardes, acompañadas de su perrito, a beber en las mesas de la acera, junto a los braseros, su coñac vespertino. Tras la guerra mundial, parece que el establecimiento ha cobrado gran realce. Muchos acuden allí a conocer la mesa en que Picasso dialogaba con Apollinaire. También Modigliani, ya fallecido, se ha convertido en una de esas leyendas para extranjeros.

Llegamos así a la primavera de 1914 y, con ella, desembarcó en París la familia Morán. Don Pedro venía muy mohíno y malhumorado, ya que a ojos vistas seguía desaprobando el casamiento de su hija única con un hombre que casi le triplicaba la edad. Doña Alicia, en cambio, parecía radiante. Sin duda, admiraba y guardaba un sentimiento cariñoso a Arturo Rimbaldi. No tardó éste en introducir a

Daniela, en una tarde que añoraba todavía las bajas temperaturas del invierno, a la tertulia de «La Rotonde». Recuerdo que ese día me había animado a beber unos alcoholes con cierto pintor serbio, cuyo nombre se me ha evaporado, creo que era Jovan, y di en dejar que todo corriera por mi cuenta. La verdad es que, al borde de las diez de la noche, la adición iba tan alta que debí pedir auxilio al colombiano. La razón: Daniela se había librado a consumir un vermut tras otro, en sucesión atropellada, como si la bebida fuera a escasear de repente. Muy pronto entró en una especie de alegría lenguaraz, en la que todo se le antojaba esplendoroso y en la que dio en depositar, sobre la calva de mi amigo serbio, besos a porrillo. Aunque Rimbaldi no pareciese reparar en ello, comprendí sin mucho esfuerzo que, a edad tan lozana, había llegado a convertirse, quién sabe cómo, en una alcohólica. Tal vez la inclinación la traía en la sangre, aunque en sus padres nada parecía indicarlo. A eso de la medianoche, se había puesto a cantar canciones parisienses encaramada en una de las mesas y, con pronunciación enojosa, recitaba asimismo poemas de François Villon.

La boda se celebró a mediados de mayo en la catedral de Nôtre-Dame de París, en un día ya de primavera jubilosa. Rimbaldi esperaba frente al altar y la novia apareció en la plaza del brazo de don Pedro y vistiendo un atavío que —me imagino— costó largas jornadas de costura a doña Alicia, tan seductor era y tan grácil y leve. Contra su pecho, sin embargo, el ramillete de lirios parecía querer deslizarse hacia el suelo, cual si las manos que lo soportaban padecieran una expiación. Sin mayor empeño, comprendí que la agobiaba una resaca homérica. Así cruzaron la profunda portada central, bajo el espléndido rosetón escoltado por ventanales gemelos y las arquerías magníficas, junto a las arquivoltas con hileras concéntricas de estatuas y toda esa pompa gótica de la Edad Media. Dentro, el cortejo avanzó por la nave central, cuyos dobles colaterales, la señera cabecera con girola y las capillas absidales entre los contrafuertes daban la impresión de elevar la marcha de *El sueño de una noche de verano*, de Mendelssohn, a alturas arcangelicales. La misa avanzó con notas corales de Haendel, de solidez majestuosa y equilibrio transparente, y el momento llegó en que el sacerdote inició el rito nupcial *pro sponso et sponsa*: tras el introito de Tobías y una breve oración, leyó el fragmento de la Epístola a los Efesios que es corriente en esta ceremonia. Aquellas palabras ordenan a las casadas hallarse sujetas a sus maridos como al Señor *(mulieris viris suis subditae sint, sicut Domino)*, a los maridos amar a sus mujeres como Cristo amó a la Iglesia *(viri, diligite uxores vestras, sicut et Christus dilexit Ecclesiam)* y, en fin, a ambos a dejar padre y madre por el cónyuge *(propter hoc relinquet homo patrem et matrem suam, et adhaerebit uxori suae)*. En este punto, Daniela se desgonzó de repente, como bajo un peso intolerable, y apenas tuvo tiempo el contrayente de sostenerla por el talle para que no se derrumbase en el piso. Se le aplicaron sales y otros recursos de emergencia, y fue reaccionando poco a poco, pero pasaron como diez minutos antes que el oficiante pudiese reanudar el rito.

La fiesta de bodas copó en su totalidad los pisos que ocupaban Rimbaldi y los Morán. Fue tan heterogénea la asistencia, que junto a dignísimos miembros de la colonia argentina, trajeados con la severidad que había exigido la ceremonia, alternaban fachas bohemias extraídas de «La Rotonde» y del Barrio Latino. Don Pedro lo observaba todo con ojos desorbitados. El trato con su yerno, hasta el momento, le había hecho ver en este último un refinado caballero suramericano, cuya fortuna le permitía residir en París; un hombre, en fin, respetuoso de las convenciones en las cuales el viejo gallego creía como en un dogma; pero, en esta celebración, la imagen de Arturo Rimbaldi se le desdibujaba como una pintura que se recubriera de moho. Ahora, el músico y poeta parecía adherir a cierto sentido despreocupado de la vida, que no cuadraba con los cálculos de un poderoso comerciante de Buenos Aires. Fue quizás aquella impresión la que hizo que, en determinado instante de los brindis, sentado en una poltrona forrada en una tapicería que era más bien un bordado, apoyado con fuerza en su bastón de empuñadura de oro, llamara la atención de su novísimo hijo político y, en voz alta, para que todos oyeran, le dijese:

—De algo puede estar cierto, Arturo. Si alguna vez me entero de que ha infligido usted algún maltrato a mi hija, lo buscaré donde se encuentre para darle su merecido.

Ante el general mohín de sonrisa, temeroso de ser tomado en guasa, agregó:

—Daniela es la niña de mis ojos. Merece el tratamiento delicado que se da a una muñeca de porcelana. Cualquier otra manera de comportarse con ella sería, a mi entender, un crimen. Óigalo bien, Arturo. He dejado en sus manos parte de mi alma y de mi vida.

Doña Alicia intervino para opinar que su hija quedaba al cuidado de un caballero cumplido, de un temperamento civil. Los recién casados escucharon el sermón con mezcla de asombro y de esa prepotencia que aflora en las personas en instantes de máxima dicha. Se encontraban flotando en el éter y los temores de un padre —quisquilloso al modo de un antiguo ordenancista— sólo podían interpretarlos como pacaterías de alguien chapado a la antigua. A mí no dejaba de preocuparme el que Daniela volviera a propasarse en alcoholes en esta ocasión tan inadecuada. Ignoraba si sus padres conocerían ya, de alguna forma, aquella propensión que entrañaba mayor peligro de hacer añicos a la muñeca de porcelana que los meros maltratos de un marido. No podía, claro, barruntar de qué modo la muñeca, a la postre, habría de ser estropeada. Rimbaldi y su mujer brindaron con ahínco, pero hubo un momento en que desaparecieron de la vista. Sospecho que el colombiano la sometió por un rato a abluciones de agua fría.

A Florencia fueron a pasar la luna de miel, a la sombra del Palazzo degli Uffizi, de Santa Maria del Fiore y de tantos monumentos, plazas y museos que otorgan a la ciudad de los güelfos y gibelinos, de Dante y de Cosme de Médici la fama suma en punto a tesoros artísticos. Según me relataron más tarde, mi amigo y Daniela amistaron con un poeta llamado Gozzoli, como el fresquista de los *Pasajes de la vida de San Francisco de Asís*, el cual dio en la flor de exponerles el apellido Rimbaldi como la italianización de otro francés: Rimbaud, originario de las Ardenas; de suerte que el colombiano podía considerarse no sólo consanguíneo, sino homónimo del autor de *El barco ebrio*. A Rimbaldi le causó mucha gracia la prosopopeya con que el florentino hizo el pretenso develamiento, pues desde niño conocía aquella circunstancia y le había agradado siempre la homonimia con el célebre *enfant terrible*. Entretanto, a mí me espoleaba la curiosidad por conocer lo ocurrido en el lecho nupcial la noche de bodas. Era algo que, por supuesto, no podía preguntar a mi amigo en forma directa. Una vez estuvieron de regreso, lo hice de través, indagando tan sólo si era feliz ahora. Me respondió con una sonrisa sibilina y cambió de inmediato la conversación. Yo entendí —y no creo haberme equivocado— que todo había marchado en una forma insuperable.

A finales de junio, los padres de la recién casada regresaron a la Argentina. Don Pedro, según supe, abordó el trasatlántico quejándose de un ataque protervo de gota, lucro probable del mucho vino que libó el día de los esponsales. La pareja de nuevos esposos ocupó el lujoso piso de Rimbaldi, donde a partir de su regreso a París dieron en recibir casi todas las noches. Yo mismo estuve varias veces, no sin notar que el colombiano había prescindido del uso de la boquilla, para poder compartir el cigarrillo con Daniela. Se arrullaban, pues, sin advertir acaso los signos agoreros que flotaban en el ambiente. El verano de 1914 fue caluroso y escaso en lluvias. En París sobreabundaba la alegría. Nadie quería saber de guerras en cierne, pero la verdad era que el panorama internacional no se presentaba precisamente mimoso. El día veintiocho del citado junio, un súbdito austríaco de nacionalidad bosníaca mató de un tiro en Sarajevo al heredero de Austria-Hungría. El gobierno de Berlín se apresuró a lanzar un ultimátum y a otorgar al de Viena carta blanca y ayuda incondicional. Viena, a su turno, declaró la guerra a Serbia el veintiocho de julio, día en que se inició el bombardeo de Belgrado. Así, pese a los esfuerzos de las cancillerías de la *Triple Entente*, y en vista de la invasión germana a Bélgica, Rusia declaró la guerra a Alemania el uno de agosto y, cuarenta y ocho horas más tarde, Francia y Gran Bretaña hicieron lo propio. Había comenzado la Gran Guerra, pero en París nadie quería aceptarlo. En «La Rotonde», si bien se advertía cierta agitación de espíritus, todos hacían bromas sobre la situación.

A mí, entretanto, me mordía la angustia al pensar en la evidente germanofilia de mi periódico *La Acción Intrépida*, que pronto, en mi calidad de corresponsal, me haría persona indeseable en Francia. Todos los periodistas alemanes de París empezaban a ser evacuados y sólo me quedaba esperar mi turno, pues lo serían también aquéllos cuyas publicaciones apoyaran al régimen de Berlín. Expresé mi inquietud a Rimbaldi y éste, consciente ahora de la gravedad de las circunstancias, se limitó a mostrar, sin embargo, sólo un ceño brumoso. Desechó, por así decirlo, el tema, para centrarse en lo que, de unos días a esa parte, se había convertido en su obsesión constante: la llamada *Sonata de los arquetipos*, en cuya partitura venía trabajando desde el invierno. Se trataba, como quien dice, de una traslación al lenguaje musical de su libro de sonetos. La interpretó al piano en su piso, una de aquellas noches, ante un auditorio compuesto por artistas de todo género y catadura. Aunque no soy crítico musical, puedo decir que comenzaba con un *Allegro moderato grazioso*, en el cual el piano exponía una larga melodía de inflexiones variadas, cuya ampliación se trenzaba con un segundo tema que, a su vez, daba paso a un *crescendo* rico en trinos. Era la parte consagrada a los arquetipos mitológicos. El segundo movimiento, dedicado a los arquetipos artísticos, se hallaba compuesto de variaciones. En él, formas lentas y sinuosas abrían campo a un *Scherzando* ligero y emocional y éste a una serie de cambios de *tempo*, para desembocar en un minueto que se precipitaba hacia la variación final, vehemente, dislocada —palmario tributo a Daniela—, que concluía en un gran divertimento en el cual todos los temas dialogaban y se entrelazaban. Debo decir que la sonata me dejó deslumbrado. Después, la he hecho ejecutar muchas veces por pianistas latinoamericanos. Es curioso, pero sólo en Colombia, patria del compositor, todos se han negado a interpretarla.

Durante la tertulia posterior a la ejecución, lo heterogéneo de los concurrentes dio lugar a temas muy abigarrados, ninguno de ellos la política ni la guerra. Se habló en forma copiosa de Stravinsky, por haberse hallado en la obra de Rimbaldi cierto eco de *La consagración de la primavera*. Se habló de la teoría de las circunferencias de Niel Bohr, un físico danés que realizaba investigaciones sobre las descargas eléctricas en los tubos con gases enrarecidos. Se especuló sobre el futuro (ya no lo habría) de Apollinaire, a raíz de la publicación de *Alcoholes*. También sobre sus elogios de la pintura cubista. Dos filósofos salieron a colación: Husserl, por sus recientes *Ideas para una fenomenología pura y una filosofía fenomenológica*, obra en la cual predicaba que, en vez de atender a los objetos mismos, que es lo corriente y natural, era menester concentrar la atención en la experiencia subjetiva en que aparecían tales objetos; y Miguel de Unamuno, por *El sentimiento trágico de la vida*, publicado un año antes.

De este último, Rimbaldi se atrevió a opinar que eran pocas las ideas constructivas que aportaba y que tan sólo, como el mismo pensador lo había expuesto en forma pintoresca, era el milano que hacía volar a las gallinas. Un vasco que se encontraba presente se indignó y salió dando un portazo. Hubo una alusión tangencial al *Sitio de Jerusalén*, de Max Jacob, drama del cual se encontraba el autor más que orgulloso y que había sido publicado con grabados de Picasso. De éste se aseguró, entonces, que acababa de vender *Los saltimbanquis* por la suma inverosímil de once mil quinientos francos. Alguien aseveró asimismo que el pintor español se encontraba, al estallar la guerra, en Aviñón, con Braque y con Dérain, pero que al conocer la noticia había regresado aprisa a París, a esperar la bomba donde cayera. A quien dio esta última información se le reprendió con cierta severidad, por haber traído a colación un tema que no era de buen recibo en tertulias artísticas.

De muros para adentro de la casa de mi amigo, reinaban, pues, la ciencia, la filosofía y el arte. Afuera, empezaba a cundir el temor. Pasados unos días (luego de un trágico desencanto al saberse que la ofensiva francesa por las Ardenas, destinada a cortar las comunicaciones a los alemanes, había resultado un fracaso tonante), en París se tuvo noticia súbita de la ostentosa derrota en Charleroi y de la caída de numerosas plazas en poder del enemigo. Los corresponsales afirmaban que el mando alemán había dado orden de perseguir a los franceses y de avanzar hacia la capital. El pánico y el desconcierto se propagaron en la ciudad luz. Numerosos parisienses, sobre todo en los barrios ricos, empezaron a sacar de las casas baúles repletos; se largaban hacia Niza, hacia Toulouse. Al anochecer de aquel día de finales de agosto, un avión alemán voló sobre nosotros con fines intimidatorios; lucía en el fuselaje el nombre de

Taube, es decir, *paloma*, y muchos franceses prefirieron tomarlo al modo de un hecho festivo. Pero no estábamos para fiestas. Las tropas germanas se encontraban en Meaux, a apenas treinta kilómetros. El gobierno se apresuraba a trasladar su sede a Burdeos. El general Gallieni había ordenado requisar todos los taxis para incorporarlos a la infantería motorizada. Un enorme desfile de soldados atravesaba la ciudad de sur a norte: pronto habrían de intervenir en la famosa batalla del Marne —donde murió el poeta Charles Péguy— y en la región del Aisne. Sí; Francia se aprestaba, como en efecto ocurrió, a rechazar a los invasores, pero entretanto sus autoridades comenzaban a sospechar de todo extranjero y a asumir las medidas consiguientes.

A comienzos de septiembre, en momentos en que el gobernador militar de París recalcaba la necesidad de una rápida contraofensiva, fui llamado a una prefectura y se me sometió a un extenso interrogatorio. La acusación era la de simpatizar con los alemanes y representar a un periódico germanófilo. También fui acusado de sostener relaciones con personas de nacionalidad germana (todas ellas contertulios, claro, de «La Rotonde») y de poseer las obras de Friedrich Nietzsche. Los funcionarios, pese al natural impulsivo que solía caracterizarlos por aquellos días, se mostraron afables o, más bien, objetivos ante mis explicaciones, que fueron un poco deshilachadas, sobre todo en lo tocante con *La Acción Intrépida*. Hacia las nueve de la noche, fui liberado. Me dirigí a «La Rotonde» y desde allí telefoneé a Rimbaldi; le relaté lo acaecido. Para sorpresa mía, me comunicó que estaba haciendo valijas. También a él lo habían citado y le enrostraban su apellido italiano. Lo cierto es que

Italia, desde las primeras acciones guerreras, se había dado a negociar, por igual, con los dos grupos beligerantes. El presidente Salandra había dicho que su política estaría exenta de todo prejuicio o sentimiento que no fuese el «egoísmo sagrado». Por una parte, reclamaba, pues, a Austria y a Alemania compensaciones fabulosas a cambio de mantenerse neutral; por otra, demandaba a los aliados, como precio por su respaldo, la anexión de los territorios austríacos que el nacionalismo ítalo juzgaba irredentos, entre ellos Dalmacia y otras tierras del Adriático. De momento, pues, aunque luego de varios meses hubiera aquel país de adherir a la *Entente*, sus súbditos eran mirados todavía con desconfianza en Francia. Desde luego, Rimbaldi poco tenía que ver con los caprichos de la patria de su padre, pero los funcionarios parisienses se fijaban únicamente en su primer apellido, sin advertir que el segundo era Goldwin o lo que es igual, un nombre de claro origen británico. Sin rodeos, me instó a que saliéramos juntos del país. Traté de hacerle ver la moderación con que me habían tratado en la prefectura. Con voz desapacible, me dijo:

—Déjate de ingenuidades y haz tu equipaje cuanto antes. La próxima vez que te citen no van a ser tan benignos.

Más tarde comprendí que, si bien sus temores eran exagerados con relación a sí mismo, no lo eran, en cambio, con respecto a mí. Aquella noche, pese al nerviosismo general por la proximidad de los alemanes, «La Rotonde» se hallaba abarrotada de parroquianos. En una mesa situada en un área de penumbra, Amadeo Modigliani —que aquel año abandonó la escultura para, en los seis que le restaban de vida, volver sólo a los colores— bebía, amargo y desolado, sus vasos de coñac. Ignoro si su nacionalidad italiana le habría acarreado también problemas con la prefectura. Había además muchas melenas y chalinas del cubismo. En tono discreto, manifesté a Libion que abandonaría la ciudad, acaso en forma permanente. El bonachón y obeso propietario hizo un gesto de fatalidad y una seña de que esperara. Poco después, se apareció con una botella de *Roederer frappé*, que descorchó ante mis ojos y de la cual me sirvió una copa rebosante. Brindó conmigo y, a continuación, se dirigió a los parroquianos y anunció que, aquella noche, todo iría por cuenta de la casa, pues se trataba de despedir a un amigo. Todos aplaudieron y se acercaron a indagar por qué desertaba de París. Algunos imaginaban que era por simple miedo a la guerra. Cuando Libion se enteró del interrogatorio a que había sido sometido en la prefectura, golpeó con el puño el mostrador de zinc y declaró en voz alta, para ser escuchado:

—Hace mucho tiempo, Francia se enorgullece de ser la patria de la humanidad. Lo ocurrido hoy, desdice de ese prestigio. Pero Francia, querido amigo, no son los esbirros de Poincaré, sino nosotros, sus amigos del «Café de la Rotonde».

Luego, todos entonaron en coro *La marsellesa*, mientras bebían vino directamente de las botellas. Observé de soslayo a Modigliani y vi que hacía gestos de fastidio. Lo enfadaba la batahola. Siempre, al recordar con gratitud aquella despedida en «La Rotonde», me he temido que, a Libion, esa noche debió salirle por un ojo de la cara. Cuando abandoné el establecimiento, comprendí que me seguían un par de tipos que, de seguro, habían sido destacados por la prefectura para espiar mis probables movimientos facciosos. Los aguardé oculto tras una esquina y, cuando la alcanzaron, salté sobre ellos como un muñeco de caja de sorpresa y les propiné un susto monumental. Después me largué riendo a carcajadas y me concentré en hacer mis valijas. Al amanecer, me reuní con mis amigos recién casados y tomamos el primer tren con destino a Perpiñán. Mientras desfilaban ante nuestros ojos las granjas y los poblados de Île-de-France, advertí que Daniela se había instalado en el vagón restaurante y consumía, uno tras otro, vasos de vermut. Antes de llegar a Bourges, había olvidado toda compostura, pero Rimbaldi —sahumado por los vapores del amor— apenas parecía darse cuenta.

16

EXCITACIÓN A BORDO, 1914

Se alejaban entre la niebla las luces de Barcelona y tratábamos en vano de despedirnos, más allá de aquella agarrotada cerrazón, de los perfiles romos del Tibidabo y de Montjuïc, con su fortaleza del siglo XVII, cuando desde la cubierta del «Donizetti» vimos desgarrarse el cielo en una centella profunda y desplomarse el aguacero como una cascada por un talud de sombras y de viento sibilante. Íbamos, pues, a abandonar Cataluña en medio de una gran charanga de truenos y de relámpagos. Corrimos a refugiarnos en el *music hall* y entonces nos estrellamos, en el vano de la puerta, con alguien que trataba de salir para comprobar el mal tiempo. Era un hombre de enorme estatura, más bien joven, con una cara afilada, una piel como transparentando la sangre que circulaba por los capilares, el cabello blanco y, en fin, esa mirada rosa por falta de pigmentos que nos indica hallarnos ante un albino. Por el trance en que lo tropezamos, nos hizo el efecto de una aparición, de un ectoplasma. Nos excusamos todos mutuamente y él, tras una rápida ojeada al exterior, nos invitó a seguir y a beber algo en su compañía.

Nos instalamos en una mesa y pedimos algunas bebidas. Pronto supimos que se llamaba Filipo Mastriani, que provenía de Milán, que había abordado en Nápoles y que era sobrino nieto de la famosa diva Giulia Grisi, para quien Donizetti —el compositor en cuya memoria se había bautizado el trasatlántico— había escrito la ópera *Don Pasquale*. Su condición de albino engañaba un poco respecto a su edad, pero dijo tener treinta y dos años, realizar una travesía de mero placer y poseer en su ciudad natal un consultorio especializado en la «lectura de vida». Nos miramos desorientados. Ignorábamos en qué podría consistir esa «lectura de vida» y ninguno de nosotros se atrevió a preguntarlo, por temor a infligirle una ofensa profesional. Él, sin embargo, era el primero en admitir la rareza de su oficio, lo cual se apresuró a aclararnos a renglón continuo. No se trataba, no, de una *profesión* en el sentido corriente de la palabra; más bien de una aptitud con que lo había dotado la naturaleza. En ello nos ocupábamos cuando una mujer muy cenceña, de rostro tan enjuto como el suyo y surcado por estrías que parecían pregonar un antiguo sufrimiento, se acercó a la mesa y depositó un ósculo leve sobre la frente del italiano. Fuimos presentados: era su esposa, se llamaba Alexandrina, provenía de Reggio Calabria, destruida hacía seis años por un terremoto, y fungía como su secretaria.

Fue ella quien, finalmente, incorporada a la mesa, nos iluminó un tanto acerca de aquella facultad sobrehumana que decía poseer su marido. Radicaba en la capacidad, según dijo, de conocer las relaciones de cada individuo con el universo y con las fuerzas universales. En otras palabras, de revelarnos sus apariciones anteriores en este planeta. Rimbaldi me miró perplejo; seguía sin comprender. A su pedido de explicación, Mastriani expuso una especie de teología personal. Según ella, Dios, al desdoblarse en el universo, había despedido de sí mismo un conglomerado inmenso de almas, contentivas, cada una por separado, de un destello infinitesimal de su sustancia, con lo cual, siendo parte de la divinidad, disfrutaban de vida independiente. Tales almas deambulaban por el mundo investidas de dos estados de conciencia: el del espíritu, que les hacía conocer su identidad con Dios, y otro subalterno, único accesible en la vida material, que almacenaba el conocimiento de todas sus experiencias. Cuando, a través de éstas, las almas individuales lograban que su voluntad no difiriese del pensamiento divino, regresaban a su fuente —el Señor—, mas para que ello ocurriese eran menester numerosas vidas.

Ahora bien, aquellas emanaciones carecían de una personalidad constante y adquirían una nueva en cada uno de sus avatares. Al final del ciclo, el conocimiento de todas las personalidades separadas quedaría absorbido por el primer estado de conciencia, en un proceso que, al tiempo, haría saber a cada alma que era una con la fuerza creadora, pero también ella misma en sí misma. Aquí venía la miga de la cuestión, porque en cada una de las encarnaciones de nuestra alma, la conciencia material ignoraba las experiencias almacenadas durante las anteriores. Tampoco tenía noticia histórica de éstas, salvo en el interregno entre una encarnación y otra. El destino de los diversos seres a que, en su evolución, daban lugar las almas emanadas de Dios, se regía por aquello que los hindúes llamaban el karma, esto era, la expiación en una vida de los pecados o demasías cometidos en la anterior. Conforme a la teoría de Mastriani, en el interregno a cada alma le era posible, hasta cierto punto y con las excepciones establecidas por las malas conductas, elegir en qué lugar y de qué padres deseaba renacer. Grupos de almas reencarnaban juntos en ciclos, de suerte que en cada encarnación hallábamos más o menos a las mismas personas que en las anteriores, ya fuese como miembros de nuestras familias, como cónyuges o como amistades muy próximas. Por lo demás, las almas se encontraban desprovistas de sexo: un varón podía reencarnar en mujer y viceversa. De una encarnación a otra, era posible que transcurrieran apenas meses, pero en la mayoría de los casos el interregno poseía una duración de entre veinticinco y un millar de años.

Hasta aquel momento, continuábamos en igual ignorancia que al comienzo acerca de cuál podía ser la aptitud sobrehumana del italiano. Alexandrina, empapada hasta la médula en la cosmogonía de su marido, se resistía a entender que no hubiésemos descifrado al rompe en qué se ocupaba. Encendiendo un cigarrillo ofrecido por Rimbaldi y aventando el humo hacia el cielo raso, lo explicó en forma enfática:

—Filipo —aseveró— puede dar noticia pormenorizada de las diversas encarnaciones de cada persona.

—¿Cómo? —indagó, casi con una exclamación, Daniela. La joven argentina, dicho sea de pasada, a esas alturas había consumido ya cinco vasos de campari.

—No sé decirlo —repuso Mastriani—. Yo era, hace ocho años, tabernero nocturno en Milán. Ya se habrán podido dar cuenta: padezco fotofobia. Un día, un médico entendedor en hipnosis me dijo que, a pesar de mi albinismo, podría curármela mediante la sugestión. En estado hipnótico, me ordenó mirar con fijeza un foco de luz. Ello no me sanó de mi aversión, pero me permitió revelarle en un rapto de clarividencia que, en una vida pasada, lo veía extrayendo el corazón al cadáver de un perro, del cual se desprendía un líquido lechoso cuyo fluido aumentaba al ejercerse presión sobre el vientre. El hombre debió entrar en el asombro y sus ojos debieron ponerse fuera de sus cuencas, porque continuó interrogándome en el mismo sentido y de aquello que le revelé logró sacar en limpio que, en otra encarnación, había sido Jean Pecquet, el individuo que descubrió el gran conducto torácico. El líquido lechoso que brotaba del perro era quilo, que pasaba de los intestinos, a través de un conducto muy largo situado en la parte anterior de la columna vertebral, a la vena axilar izquierda. El médico hubiese podido desestimar mi visión, pero ocurría que, desde muy joven, había tenido sueños en los cuales se le ponía de manifiesto la misma escena del perro y del líquido.

Esta vez, lo oíamos con atención devota. Prosiguió:

—Aquel médico tuvo la sensatez de someterme a una serie de experiencias, con el fin de constatar mi aptitud. Repetimos el procedimiento hipnótico, colocando ante mis ojos fotófobos un foco de luz. Así, pude desentrañar varias antiguas encarnaciones en pacientes y amigos suyos. Entre ellas, la de un predicador de tiempos de Pablo de Tarso, la de un cruzado inglés, la de un astrónomo maya y la de un esbirro de Fouché. A partir de entonces, el hombre pensó que podría explotar mis facultades, pero no se lo permití y abrí un consultorio por cuenta propia. Ejerzo, pues, en Milán, desde hace más de cinco años. Puedo revelar a cualquiera sus anteriores encarnaciones. Curiosamente, para llegar a ese conocimiento, debo ser sistemáticamente hipnotizado y colocado frente a una fuente intensa de luz. Hoy en día, Alexandrina es mi magnetizadora.

Se hizo un silencio mágico.

—Habría que ver eso —masculló de pronto Rimbaldi, en una forma impensada, automática.

Aún duró la conversación otro rato, con el fondo deleitable del *jazz-band*, pero se encuadró toda en la exposición, por parte de la calabresa, de diversos personajes, sobre todo políticos, a quienes su marido había declarado anteriores encarnaciones. Cuando ya nos separábamos, Alexandrina sugirió que, uno de esos días, nos sometiéramos los tres a la «lectura de vida». Al fin y al cabo, traspuesto el estrecho de Gibraltar, tendríamos casi dos semanas de sólo mar en el horizonte, antes de atracar en Puerto Rico. Le respondimos que ya lo veríamos. La noche era joven todavía y Daniela, Rimbaldi y yo quisimos realizar una especie de reconocimiento tentativo del salón de juegos. Aunque había diversidad de suertes —la mayoría de naipes—, el grueso de la gente se concentraba frente a la ruleta. El colombiano compró buen número de fichas y dio algunas a su mujer, para probar fortuna. Me abstuve de hacer lo mismo (en otros tiempos fui un vicioso de las apuestas) y me limité a observar. Daniela corrió con mucha suerte en sus primeras posturas. En tanto su marido perdía cantidades considerables, ella reunió una pequeña fortuna en fichas. Esto hizo que, por una compulsión inevitable, agravada por otros muchos vasos de campari, quisiera continuar apostando. Frente a nosotros, se encontraba hacía rato un hombre de unos cuarenta y cinco años, un poco calvo y también un poco obeso, con barba de dos días y un rostro cuya peculiaridad principal consistía en unos labios carnosos y torpes, y también en unos maliciosos ojuelos, de mirada impúdica, tras unos lentes de montura de carey. El tipo hacía sus envites con un frenesí rayano en la descompostura. Aquello no nos hubiera interesado, a no ser porque de repente colocó a Daniela entre ceja y ceja. De puro entrometido, la instaba a arriesgar más y más, con disgusto evidente de Rimbaldi. Como éste parecía no atreverse a reconvenirlo, decidí hacerlo yo, del modo más discreto. Anduve hasta él, me coloqué a su lado y le susurré al oído:

—Amigo, limítese a lo suyo. La señora no necesita instructores.

Se volvió hacia mí con brusquedad y me clavó aquellos ojos casi diminutos, ahora saturados de odio. Eludí su mirada y torné a mi posición anterior. Rimbaldi malició mi actitud y deslizó algo en la oreja de su esposa. Casi con certeza, le insinuó retirarse ahora. Mas, a lo que parece, Daniela, a más de beoda, se encontraba poseída. Con ademán rebelde, aventuró otra postura escandalosa y, en cosa de segundos, el *croupier* había barrido con su apuesta. Fue demasiado para el colombiano. Su mujer le exigía proporcionarle más fichas y él se resistía con cólera palmaria. Por último, la tomó del brazo y trató de arrastrarla hacia el pasillo. La argentina armó una barahúnda y ofreció la resistencia de un chiquillo a quien separan de un juguete encaprichador. Yo, por supuesto, me limitaba a seguirlos sin aventurar ni el más leve comentario. Cuando llegamos frente a la puerta de su camarote, ella rompió en llanto y arrancó a su marido la promesa de llevarla otra vez al día siguiente al salón de juegos.

Temprano en la mañana, desayunamos con los Mastriani y con el capitán del barco, un napolitano de tez rozagante y contextura atlética. El tema de la reencarnación no salió a brillar, pero más tarde, cuando nos paseábamos por cubierta tendiendo la vista hacia las tierras pantanosas de las marismas de Andalucía, Alexandrina volvió a insistirnos en que nos sometiéramos a la «lectura de vida». Fue Rimbaldi quien primero, pese a sus reticencias de la noche anterior, se entusiasmó con la idea. Procedimos, pues, hacia el camarote de nuestros recién conocidos, donde Filipo se instaló en un sillón, listo a ser hipnotizado por su esposa. Luego se le hizo fijar la mirada en la luz de una lámpara de arco de tungsteno. Se trataba de esclarecer, si no todas, al menos algunas de las anteriores encarnaciones del colombiano. Nos dimos cuenta entonces de que, como hubiéramos debido suponerlo, los dictámenes del milanés no proporcionaban un nombre específico, sino que aludían tan sólo a instantes aislados de la presunta vida anterior. En forma muy borrosa, sus palabras sugerían a un hombre que había estudiado teología y derecho, pero que finalmente abandonó aquellas disciplinas por la música y llegó a dirigir, a finales del siglo XVIII, orquestas de ópera, amén de producir algunos oratorios y cantatas. Rimbaldi, erudito en cuestiones musicales, rebuscó en su mente por ver si daba con la identidad de la referida persona, mas todo resultó en vano. Todavía Mastriani, con gran esfuerzo, insinuó la posibilidad de estudios con un abate quizás de nombre Vogler, lo cual llevó a mi amigo a pensar en alguno de los Weber. Pero todo era demasiado vago y tentativo.

La pesquisa por posibles vidas más antiguas tampoco desembocó en nada que pudiera llamarse taxativo. Afloró, con toda la vaguedad propia de Mastriani, un monje del siglo XVI, que pudo haber sido maestro de capilla en alguna escolanía barcelonesa. El vidente contemplaba la posibilidad de que hubiese compuesto una colección de antífonas para el servicio litúrgico desde el domingo de la Septuagésima hasta el de Pascua. Pero todo se disolvía en un torrente temporal muy brumoso. Una encarnación aun más añeja proponía la guerra de los Cien Años, en que por primera vez se escuchó el estruendo de los cañones, gracias a la novedad de la pólvora. En aquella época, mi amigo pudo haber sido un músico y poeta que no desdeñaba la política ni la diplomacia, y pudo también haber llegado a obispo y a consejero de un rey. Mastriani veía una larga sala con escritorios y velas, en la cual trabajaban amanuenses y copistas de partituras. En fin, los avatares pretéritos del colombiano parecían haberse relacionado en forma estrecha con la música y con la poesía, como si en él aquella inclinación hubiese predominado desde la alborada del mundo. Ni él ni yo quisimos dar mucho crédito a las visiones, pero me latía que Daniela se encontraba en extremo impresionada. Hoy, comprendo que Mastriani se entregaba por completo en aquellos trances, y que hubiera sido crudelísimo exigirle una información más nítida. Pero aquel día me sentí desilusionado.

A la hora del almuerzo, Rimbaldi y yo vimos con disgusto que se nos había colocado en la misma mesa con aquel hombre, de aspecto un tanto sórdido, que excitaba a Daniela a arriesgar su dinero la noche anterior en la ruleta. Por pura civilidad, accedimos a hablarle cuando se obstinó en meter conversación. Se llamaba Cornelius Iota y procedía de algún lugar del oriente de Europa, que no supimos discernir. Se dirigía a nosotros en un francés caótico, poco propiciador de la cercanía. A Daniela, en cambio, parecía simpatizarle, acaso porque se trataba, sin duda, de un jugador recalcitrante y a ella, en la ruleta, se le habían despertado apetitos de juego que antes no le conocíamos. Aquella aparente atracción debió aguzarse cuando Iota dio en plantearnos sistemas supuestamente infalibles de obtener ganancias con las apuestas, basados al parecer en la numerología china. A Rimbaldi y a mí se nos antojaron supersticiosos y aborrecibles tales métodos, pero Daniela daba la impresión de haber caído en un arrobamiento. El detestable individuo tenía la costumbre de manosear de algún modo a sus interlocutores, y ese hábito lo practicó no sólo conmigo, que me hallaba a su izquierda, sino con ella, que estaba sentada a su derecha. Tomaba nuestras manos entre las suyas y se ponía como a mimarlas, a acariciarlas de una manera repugnante y, acaso, depravada. En varias ocasiones, debí retirar aquellos dedos inquietos y repulsivos, pero él volvía a la carga.

Esa noche, cuando gracias a la promesa hecha por Rimbaldi, coincidimos otra vez con Iota en la ruleta, éste llevaba papel y lápiz y entreveraba cálculos insondables, que la argentina acataba como si fueran la palabra bíblica. Todo, desde luego, redundaba en costosos fracasos que, sin falta, el pegadizo personaje hallaba disculpas para justificar. Fueron cuatro o cinco horas ariscas y desapacibles en el casino, en que la recién casada no se apartó ni por un segundo de aquel repentino pedagogo en artes de suerte y azar, que se adhería a ella como una ventosa y que ponía en ejercicio, en sus manos y hasta en su rostro, su manía de palpar. Por segunda vez, vi asomar la violencia a los ojos de Rimbaldi. Era obvio que se encontraba en extremo irritado y que, si no la emprendía contra aquella rémora empalagosa, ello respondía a su urbanidad excesiva, que no toleraba la descompostura. Lo peor ocurrió cuando mi amigo se aproximó a su mujer y le insinuó al oído que era hora de retirarse. Había perdido sumas escandalosas. Daniela volvió a exigirle dinero para continuar apostando y él se lo rehusó de modo terminante. La mujer entró en un estado de paroxismo mucho más frenético que el de la noche anterior. Profirió maldiciones y tildó a su marido de tacaño y de roñoso. La única forma como logramos aplacarla fue llevándola al *music hall* y ofreciéndole whisky en cantidades garrafales. Cornelius Iota nos siguió y bebió a expensas de nosotros durante una hora por lo menos. Ahora me pregunto por qué no nos libramos de aquel pelmazo mediante el simple expediente de mandarlo a un cuerno. Padecíamos, sin duda, esa «escrupulosidad innecesaria» de que hablaba el doctor Johnson. Pero despedir con aspereza a tal individuo, hubiera sido no sólo una cortesía para con nosotros mismos, sino que nos habría ahorrado un rosario de sinsabores. De todos modos, Rimbaldi notificó a su mujer, con inusual severidad, que nunca volvería a suministrarle dinero para el juego.

Al levantarnos, apenas salido el sol, vimos que nos hallábamos ya en pleno Océano Atlántico y que el vuelo de algunos petreles muy cerca de las olas parecía darnos la despedida de tierra firme. La transparencia azul del cielo revocaba los ambientes neblinosos y las lluvias o lloviznas porfiadas que, a trechos, nos acompañaron en el Mediterráneo. Filipo Mastriani se había quedado observando a Daniela, con ojos muy fijos.

—No quiero inquietarla —dijo—. Pero tras ese rostro suyo, tan propenso a la alegría, se recata una oscura tragedia. Esto lo he visto desde el momento en que la conocí, pero sólo ahora me animo a transmitírselo. En realidad, me angustia en forma profunda.

—¿Qué quiere decir? —se alarmó Rimbaldi.

—Ni más ni menos que lo dicho —insistió el milanés—. No estoy en capacidad de saber nada más. Sólo que hay un drama tras ese rostro. Un drama que podría haber sobrevenido en otra encarnación.

—¿Es una invitación —inquirió Daniela— a que me someta a la «lectura de vida»? Si lo es, créame que las revelaciones que ayer hizo a mi esposo me impresionaron sobremanera. Los hombres carecen de sensibilidad para estas cosas; pero las mujeres… —Hizo una pausa que adornó con una mirada artera—. Vamos, hágame la lectura.

Rimbaldi quiso oponerse. No lo habían convencido las visiones del día anterior y un poco antes, en el comedor, había aseverado que se trataba de simples adulaciones. Pero la argentina impuso su voluntad.

—Me someteré —dijo—. No importa que desafiemos la razón. La razón es un parásito de la vida.

Alexandrina aplaudió con fervor. Instantes más tarde, nos encontrábamos en el camarote de los italianos. Mastriani se acomodó y se adoptaron las costumbres de rigor. Esta vez, no se exteriorizó en él la placidez que cuando hizo a Rimbaldi la lectura. No bien encaró la fuente de luz, su físico se mostró inquieto y su torso se agitó en unas convulsiones apremiantes. Emitió unos gemidos lentos, antes de proferir esa especie de veredicto que venía envuelto en sus palabras.

—Usted, Daniela, no hará mucho de ello… Usted fue asesinada.

Puedo asegurar que a Rimbaldi aquella afirmación lo sobrecogió espantosamente. También yo sentí un estremecimiento. Daniela nos miró con ojos poco patéticos, más bien burlones, y urgió:

—¿Cómo fue eso?

—No consigo ver al asesino —balbuceó Mastriani—. Pero es muy claro que recibió usted un disparo en la cabeza.

Alexandrina cortó en aquel momento la fuente de luz. Afirmó que una escena de esa especie hacía que su marido entrara en trances difíciles y suspendió el experimento. El milanés regresó a la realidad con nula conciencia de lo que había visto. Al ser informado, opinó que por algo había advertido él ese aire trágico. En no pocos casos, las personas invitaban a ser «leídas» sin que tuviesen que utilizar el lenguaje: su aspecto proclamaba la infelicidad en una vida anterior. Rimbaldi se advertía ahora presa de una zozobra. Una o dos horas después, retirados ya los Mastriani, y aprovechando que Daniela había ido a comprar unos cosméticos, me llamó aparte y me susurró:

—Ayer, Norberto, creí que este albino milanés se burlaba de nosotros. Su parentesco con Giulia Grisi me inclinaba a imaginar en él cierta erudición musical, mediante la cual podía tratar de engañarnos. Ahora, sé que sus facultades son reales.

—¿Por qué lo dices? —le pregunté, sin mayores aprensiones.

—¿Recuerdas cómo afirmaba yo, en Buenos Aires y en París, que Daniela era un arquetipo?

Asentí. Él me hincó una mirada de tormento antes de proseguir.

—Lo decía porque creía tenerla en la mente desde mucho tiempo atrás, como si se tratara de un arquetipo del inconsciente. Pero en manera alguna, Norberto; no era ése el caso. ¡La tenía en la mente porque (y sólo ahora me percato) ella es la viva imagen de mi madre! ¡Es idéntica a ella! ¿Cómo pude, amigo, cómo pude no darme cuenta?

—Y bien —respondí, sólo por tratar de apaciguarlo—. Creo que, de algún modo, el hombre prefiere a menudo como esposa a alguien que le recuerde a su madre.

—No es eso, Norberto, no lo es. Se trata de algo mucho más patético y espeluznante. Fue asesinada de un disparo en la cabeza: ¡ella es mi madre, es su reencarnación!

—Por Dios, Arturo —ensayé—. Eso es una demasía.

—Una demasía de la naturaleza, sí. O de Dios. Estoy horrorizado.

—Debes calmarte. Todo no puede ser sino una coincidencia.

Pero Rimbaldi ya no me escuchaba. Su respiración era fatigosa y lanzaba débiles quejidos, como los de una pequeña alimaña lacerada. Se alejó de mí con rumbo a su camarote. Yo quedé clavado en el lugar donde estaba, incapaz de moverme, dándome vueltas en la mente la afirmación de mi amigo, diciéndome que acababa de llegar a una verdad quizás horripilante, creyendo en el don del albino y, en fin, repitiéndome que, por cierto, Daniela podía muy bien ser, rediviva, la madre de Arturo.

En los días subsecuentes, las cosas parecieron calmarse por sí solas. Jamás he comprendido esa virtud que poseen los hechos adversos, cuando llegan a cierto clímax, de apaciguarse temporalmente, como si quisieran ofrecer un respiro para la meditación. Imaginaba yo, por ejemplo, que Rimbaldi permanecería agobiado por su aparente descubrimiento. No fue así, pues si bien, en lo sucesivo, lo advertí lleno de alguna adustez de conducta, lo cierto fue que la desesperación había huido de su talante. Hablaba de temas generales, de las noticias que la cartelera del buque nos prodigaba a diario sobre la guerra, de la retirada alemana en el Marne, del desplazamiento de las operaciones a las regiones de Picardía y Artois. Supuse, por lo demás, que Daniela nos ofrecería nuevas exhibiciones de su carácter vibrante, mas la noté aplacada, investida de cierta serenidad, a despecho de los buenos alcoholes que, en las noches, se colocaba entre pecho y espalda en el *music hall*. No se la volvió a ver en el salón de juegos, ni liada con Cornelius Iota, y ello se me antojó de buen pronóstico. Después vi que era demasiado pedir. Al parecer, la joven había dado tan sólo unos pasos atrás, para luego embestir con mayor furia.

Esto último sobrevino cuando habíamos surcado ya la mayor parte del Atlántico y nos aproximábamos a las Antillas. La verdad es que Daniela carecía de dinero propio, a pesar de los millones de su padre. El rubicundo gallego, avariento en el fondo, la había librado al hado —muy sólido, por cierto— de los caudales de Rimbaldi. Mi amigo, ya lo he relatado, había anunciado que no pondría en sus manos un céntimo más, dada su inclinación a las apuestas. Creo que fue aquello lo que causó su repliegue, mientras discurría el modo de burlar la decisión. Lo hizo, hay que reconocérselo, con una estrategia impredecible y eficaz. Es lo cierto que, el día anterior, en la pequeña tienda del «Donizetti», habíamos admirado un tapado de marta cibelina, lleno de esa aristocracia que suele concederse a las pieles y costoso como una alhaja. Mientras hundíamos la mirada, desde cubierta, en esa línea imprecisa en la cual se confunden mar y cielo, confesó a su marido que desearía poseer la prenda. Rimbaldi la miró con extrañeza. Juzgaba atolondrado querer adquirir semejante vestimenta en momentos en que viajaban con destino a la ardiente Cartagena de Indias, donde a lo largo del año apenas si de diciembre a marzo se atenúa levemente la temperatura.

—No vamos a vivir allá el resto de la vida —arguyó ella—. La guerra pronto terminará y volveremos a París. El tapado es un primor.

El hecho fue que mi amigo accedió. Con su pulcra letra, ya en el establecimiento comercial, escribió el cheque por el cual íbamos todos a entristecernos. Como ya dije, la suma era pasmosa. Daniela, radiante, nos pidió la venia para ir al camarote con el envoltorio primoroso, a probárselo de fijo ante el espejo. Vimos caer la tarde y entrarse la noche marina como un torrente de cocuyos, y no reaparecía. Llegó la hora de la cena: no había vestigio de ella. Rimbaldi empezó a preocuparse. Decidió ir al camarote por ver si la valiosa prenda la retenía allí, por admirarla. Pero en el trayecto pasó frente a la tienda y vio el tapado de marta cibelina en su lugar, indemne, virgen, irreductible. Regresó muy alarmado y me dijo que algo pasaba con su mujer: el tapado se encontraba otra vez en el escaparate y ella había desaparecido. Repleto de un presentimiento nada temerario, le sugerí que mirásemos en el salón de juegos. Allí la hallamos, en efecto, muy aglutinada —como quien dice— con Cornelius Iota, apostándole al albur de la numerología. El dinero devuelto por el establecimiento comercial, donde alegó que la vestimenta no había acabado de agradarle, se había casi evaporado.

El equilibrio de carácter de aquel Rimbaldi sabio, vertical, caballeroso, que había conocido yo catorce años atrás en París, se desgonzó ante mi vista como un muñeco de guiñol cuyos hilos hubieran sido liberados por el operante. Primero, se abalanzó como un turbión sobre Iota, lo tomó de las solapas de su traje de etiqueta y empezó a aplicarle una bofetada tras otra, haciendo saltar chisguetes de sangre. El pobre hombre emitía alaridos y manoteaba sin lograr defenderse, pero el ataque había sido tan repentino que nadie atinaba a salir en su defensa. Daniela lanzaba asimismo gritos desaforados y alrededor de su marido se había formado un círculo humano estupefacto y aturdido. Tampoco yo acertaba a hacer nada. Cuando, por fin, Iota rodó por el suelo con el rostro casi desfigurado y vuelto un amasijo de sangre, Rimbaldi se volvió hacia su esposa y la emprendió también con ella. No tuvo piedad. La mujer trataba de evadirlo, pero él la retenía de un brazo y seguía aplicándole pescozones. Sangraba ya por la frente y por la nariz, cuando dos oficiales de la tripulación intervinieron y redujeron al agresor. Conducido ante el capitán e incapaz de explicar con palabras congruentes su actitud, mi amigo fue confinado en un calabozo.

***

Mi pareja de recién casados hubiera debido proseguir a Cartagena de Indias, mientras yo me quedaba en San Juan, pero el capitán napolitano, que no quiso oír los descargos que esgrimí a favor de Rimbaldi, tampoco titubeó en formular imputaciones contra éste ante la autoridad portuaria. Por igual, Iota —que había tenido que ser atendido en la sala de curaciones del buque— elevó una denuncia en regla; como su escala final era Puerto Rico, donde esperaba proseguir sus apuestas en el viejo Casino, se tomó todo el tiempo necesario para obtener de nuestros tribunales una condena a tres meses de encierro. El músico y poeta fue conducido a una prisión, en tanto Daniela se acogía, en el barrio de Santurce, a la hospitalidad de mi familia. Hospitalidad que, dicho sea de paso, debió hacerse de manga ancha, pues tuvimos que aceptar su beodez consuetudinaria, en las horas de la noche.

No cesó ella de llorar ni de suplicar el perdón de su marido durante sus visitas a la cárcel. Rimbaldi, a su turno, se encontraba no sólo arrepentido de su actitud salvaje, sino que albergaba ahora serias dudas sobre la ecuanimidad que antes lo había caracterizado. Mientras hablábamos a lado y lado de la rejilla que nos separaba, me reiteró el inmenso amor que sentía hacia Daniela y me aseguró que, en el caso de ser efectivamente la reencarnación de su madre, él debería agradecer a la Providencia por ese reencuentro. Asimismo, la pareja Mastriani, que iba a permanecer una temporada en San Juan, frecuentó la prisión por aportarle consuelo. A la postre, ellos poseían una constancia esotérica sobre la nobleza de las antiguas encarnaciones del colombiano. Aquellos tres meses transcurrieron con la lentitud que es usual cuando deseamos que el tiempo vuele. Durante ese lapso, el músico y poeta —a quien llevé papel de partitura— compuso su formidable *Sinfonía de las almas migratorias*, que orquestas estadounidenses han interpretado ya con suficiente éxito, pero que de su patria me fue devuelta cuando, por correo, la hice llegar a los medios musicales.

Hacia diciembre, Rimbaldi y su esposa abordaron un barco español que los llevó a Cartagena de Indias. Al despedirlos en el muelle, malicié que en la mente de mi amigo pudiese todavía bullir una tormenta. No sospeché, sin embargo, que en el futuro fuese a agitarse un huracán.

17

IN CARCERE ET VINCULIS, *1916*

Por un compatriota que había viajado con designios comerciales, supe con horror, a mediados de 1916, que Arturo Rimbaldi hacía ya más de un año había asesinado a Daniela Morán en la vieja casa que habitaban en el circuito amurallado de Cartagena de Indias. Que su juicio, además, se había efectuado en el pasado enero y que se encontraba cumpliendo una pena de diez años de prisión. Más o menos desde mayo del año anterior, me tenía un tanto escamado no recibir de él ninguna correspondencia, pero lo atribuía a un probable alejamiento, por motivos mundanos o artísticos, de su residencia habitual. La noticia me inundó de tristeza. En mi memoria concurrieron todos los episodios vividos a bordo del «Donizetti» y la certidumbre que tuve, al separarme de la pareja, de que sus problemas podrían aguzarse, aunque no pensara jamás que a tal extremo. Así, pues, en un abrir y cerrar de ojos hice mis valijas y abordé el primer buque con destino a ese puerto sobre el Caribe. Me proponía investigar, hasta donde fuese posible, las circunstancias de aquel homicidio y, desde luego, prodigar a mi amigo el consuelo que pudiera. Si la situación de sus bienes lo permitía, quería asimismo traer conmigo la totalidad de su obra musical y poética, a fin de darle la divulgación que a él ya no le sería practicable. Rimbaldi cumplía, por esas fechas, cincuenta y seis años, y algo me decía que, como en efecto ocurrió, la cárcel iba a erigirse en su morada postrera.

Entramos en la bahía de Cartagena una tarde venteada en que la luz hacía saltar destellos adamantinos de las aguas, que el buque tornaba en blondas de espuma al abrirse paso. Era una bahía defendida por castillos, baluartes y terraplenes alzados por España en tiempos de los asaltos ingleses, franceses y piráticos, y abroquelada también en manglares y en bosques de cocoteros. Desde el barco, pude columbrar las cúpulas de la Catedral y de San Pedro Claver, esta última una espejeante media naranja rematada en una linterna. Luego, al tomar un quitrín y penetrar, ya entrada la noche, por la Boca del Puente al perímetro que rodeaban las murallas, evoqué a mi propia ciudad en los zaguanes de alto estribo y en los balconajes con barandillas de madera que volaban sobre las calles adoquinadas. Al cochero le suministré una dirección definida, proporcionada también por el comerciante que me puso al corriente de la situación. Era la de Celeste Rimbaldi de Bustillo, la hermana de Arturo, casada con un hombre de negocios muy acreditado en la ciudad; ambos, a petición de mi corresponsal, habían aceptado darme alojamiento. Me detuve, pues, ante una construcción colonial, de austera portada con hueco adintelado y dos balcones en el piso alto. Hice sonar la aldaba mordida por un león y me abrió un negro gigantesco, con uniforme de mayordomo y un natural melifluo como la mermelada, que me condujo a mi habitación y luego a una sala llena de muebles taraceados, de consolas con porcelanas y candelabros, de óleos enmarcados

en molduras florentinas —que reproducían probables rostros de antepasados—, y con un gallardo piano de cola que ocupaba casi la tercera parte del recinto.

El señor Efrén Bustillo, con quien hablé al comienzo, era un individuo de muy correcto vestir, con
aspecto de viejo cacique o de potentado implacable,
mucho más absorto en un pleito sostenido con el gobierno que en la desgracia de su cuñado. Un poco
después, compareció su mujer, dama esbelta y trigue-
ña, ya por encima de la cincuentena, con un rectilí-
neo perfil helénico, labios delgados pero sensuales y
unos ojos ausentes que, sin embargo, recordaban los
de Arturo Rimbaldi. Dada la hora avanzada —eran
cerca de las diez de la noche—, me preguntó si había
cenado y luego me hizo pasar al comedor, donde di
buena cuenta de un refrigerio de chocolate y huevos
revueltos con un pan fragante amasado, según me
dijo, por gentes libanesas. Como es fácil comprenderlo, me costaba trabajo colocar sobre el tapete el tema
del uxoricidio cometido por su hermano, máxime si
sabía que también su padre había sido reo del mismo
delito. Fue ella, pues, quien allanó las cosas, hablando la primera de esa tragedia que me había traído desde Puerto Rico en aras de una probada amistad. Sin
ningún disimulo, me confió que el motivo del crimen habían sido los celos. Rimbaldi acusaba de adulterio a Daniela Morán. Lo estrafalario del asunto consistía, sin embargo, en la persona con quien mi amigo
pensaba que su mujer le había sido desleal. Se trataba
de nadie menos que del cura de la parroquia de Santo
Toribio, a la cual pertenecía la llamada casa del escudo, edificación colonial adquirida por Ottorino Rimbaldi a su llegada a la ciudad y habitada por la pareja
de recién casados.

Pregunté a Celeste qué de cierto podía haber en aquella acusación. Me dijo que lo ignoraba de total ignorancia, mas no pasó por alto advertirme que su hermano, desde su regreso de París, celaba a su mujer con cuanto varón pudiera aproximársele en la ciudad, incluidos muchos a los cuales se acercaba con el solo propósito de disfrutar de alguna compañía para sus frecuentes libaciones. Arturo, en otros tiempos bebedor moderado, se había transformado en un abstemio fanático no bien se convenció de que su esposa abusaba del licor. Añadió que Daniela, desde su arribo, había mostrado extrema complacencia tanto en el alcohol como en el juego. Indagué si podría entrevistarme, de alguna forma, con el párroco de Santo Toribio. Me dijo que ella en particular no podría obtenerme una cita, pues el sacerdote aborrecía ahora todo lo que le oliese a Rimbaldi. Pero que ésta no era necesaria, pues los curas de la localidad vivían casi todo el tiempo sumidos en el ocio y era posible verlos a cualquier hora del día o de la noche. Fue así como, temprano en la mañana, luego de conseguir el permiso de un juez para visitar a mi amigo esa tarde, toqué a las puertas de la rectoría de Santo Toribio. La iglesia, situada en una plazoleta, me atrajo desde el comienzo por cierta intimidad y también por cierto aire morisco que, acaso, provenía de los arcos del campanario. Me abrió una mujer desdentada pero sonriente, con una giba que la encorvaba por completo, y me pidió aguardar. Pasó buen rato antes que acudiera un tonsurado muy joven y depilado, de rostro bello y luzbélico, con porte de atleta, modales corteses aunque muy nerviosos y un acicalamiento casi femenino. Después supe que en la ciudad lo llamaban el «curita perfumado». Me preguntó qué se me ofrecía. No sin balbucear un poco, le dije ser un periodista puertorriqueño, interesado en averiguar las razones por las cuales el músico y poeta Arturo Rimbaldi, que en otras latitudes disfrutaba de prestigio, se hallaba encarcelado.

Su única y áspera respuesta fue:

—Pensé que venía usted por alguna diligencia eclesiástica o en busca de consejo espiritual. Hágame el favor de salir por donde entró.

La acritud de aquella expulsión me resultó insoportable. Armado de valor, me le acerqué casi rozándole el aliento y, hablando aprisa, dispuesto a no dar un paso atrás, le canté estas palabras:

—Usted es sospechoso de haber inducido a Daniela Rimbaldi al adulterio. Me parece que debe, de algún modo, responder a ese cargo. ¿Qué dice?

Me miró a los ojos, con una cólera tan luciferina como su hermoso rostro. Señalándome la puerta, insistió:

—Salga usted.

Seguí plantado frente a él. Agregué:

—Es posible que, por su culpa, Arturo Rimbaldi asesinara a su esposa. Me resulta increíble que nada tenga qué decir.

—Arturo Rimbaldi es un desquiciado —reaccionó entonces—. Sus amigos no lo son míos. Váyase.

—No invoco la amistad —repliqué—. Soy un profesional de la información. Dígame cualquier cosa.

Alzó entonces los brazos, en ademán de desesperación.

—Pero ¿qué voy a decirle? Daniela Rimbaldi era mi feligresa. Velaba por su salud espiritual.

Nos veíamos a solas porque deseaba mi consejo íntimo para salir de sus atascos. Era una mujer angustiada. El alcoholismo y el juego la habían destruido. Su marido, a quien mucho amaba, no quería entenderla. Sólo en mí hallaba refugio.

De pronto, comprendí que aquel ministro decía la verdad. Pero, en el fondo de mí, necesitaba concederle a Rimbaldi el beneficio de la duda.

—¿En qué se fundó el marido —inquirí— para recelar que usted y ella cometieran el pecado de adulterio?

—En nada —proclamó el cura, casi a gritos—. Nos sorprendió aquí, en la rectoría. Nos encontrábamos solos. Yo la estrechaba contra mí en aquel momento. Es algo que he discutido lo bastante con mi obispo. La Iglesia me absuelve.

—La estrechaba contra usted. ¿Por qué?

Me dio la espalda y clavó los ojos en un crucifijo colgado en la pared.

—Por Cristo se lo juro —dijo—. Sólo trataba de alentarla y de fortalecerla. Así lo cree también la jerarquía. Pero los chismes de aquella mujer prevalecieron, en ese loco, sobre la evidencia.

—¿Aquella mujer? ¿Qué mujer?

De pronto, se dio vuelta y fijó en mí una mirada fría y colérica.

—Pregúnteselo a él. Pregúnteselo a Rimbaldi. Ahora, salga de aquí. Y no vuelva a llamar a esta puerta.

Lo advertí tan enojado y resuelto que preferí obedecer. De momento, tenía una pista. Ahora sabría cómo interrogar a Rimbaldi. Regresé a casa de los Bustillo a la hora del almuerzo, después de vagar un poco por el centro colonial de la ciudad, y la hallé poblada de herederos. En efecto, habían llegado de visita dos de los hijos de Efrén y Celeste, quiero decir Tomasa, una mujer ya de treinta y dos años, y su hermano Nepomuceno, un año menor; este último con su esposa Catalina Suárez, que frisaría en los veinticinco años, y sus pequeños hijos Cebrián, de siete, y Flora, de seis. La hermana de mi amigo se erguía imponente y orgullosa frente a sus nietos encantadores. Parecía una escena hurtada a esos cuadros íntimos de Jan Vermeer, en los cuales la luz, que fluye siempre de izquierda a derecha, glorifica las personas y los objetos. Fue un almuerzo adorable, preludio en nada compadecido con las revelaciones que me esperaban esa tarde. Nadie, por supuesto, quiso hablar del hermano, del cuñado o del tío presidiario; era un tema proscrito, del cual convenía olvidarse. El autor de partituras y de poemas tan magníficos, el sobrio caballero que había sido amigo de Oscar Wilde, de Carl Gustav Jung, de Joseph Reinhart, de Juan Gris, de Elie Faure, de Alexei Tolstoi, aquí no era sino el pobre diablo que cometió la locura de asesinar a su mujer y que pagaba una justa condena. Por mi cabeza cruzó, en forma inevitable, el *summum ius summa iniuria* de Cicerón.

A las tres de la tarde, llegué con puntualidad a la Cárcel Municipal. Era ésta un antiguo convento y todavía, en el suelo de la oficina astrosa donde el director me recibió, blanqueaban las lápidas de algunos obispos y monjas superioras, allí sepultos. Los confinados ocupaban las viejas celdas de las profesas y la de Rimbaldi poseía un ventanuco a través del cual era posible percibir el olor de la brisa marina. El mobiliario era decente y había un aguamanil en el cual, al menos, podía aliviar el calor que se conden-

saba en el aire como un potingue mazacotudo y ma-
léfico. Mi amigo me recibió lleno de sorpresa y de jú-
bilo. Nos unimos en un abrazo para mí muy desga-
rrador, pues me parecía verlo aún departiendo en el
«Café de la Rotonde» con su tropilla de amigos bo-
hemios. Los primeros diez minutos los gastamos evo-
cando sitios y amistades, y me preocupé por enterar-
lo de algunas novedades del mundo artístico, tales
como la muerte de Rubén Darío en León. No fue fácil llegar al tema del uxoricidio. Cuando al fin, por
iniciativa suya, logramos hacerlo, sus ojos se humede-
cieron y su voz se tornó un poco trémula. Me confesó que, a lo largo del tiempo transcurrido entre el
treinta de abril del año anterior, día de la tragedia, y
la fecha en la cual nos encontrábamos, no había re-
lumbrado un minuto en que no lo agobiara el más
horripilante de los remordimientos.

—Ni siquiera el sueño —declaró— me dis-
pensa el reposo. Todas las noches, Norberto, sueño
con ella y quisiera abrazarla y colmarla de besos y
traerla de nuevo a esta vida que le arranqué. Pero…
no sé explicarlo. Después de aquel arrebato en el «Donizetti», cuando la lastimé y también a Cornelius
Iota, a ese maldito degenerado que la envició en el
juego, sus frecuentes rebeldías, que eran sólo expresiones de su juventud, comenzaron a antojárseme pe-
caminosas y altamente punibles. Aborrecía que in-
giriese alcohol, lo cual hacía todos los días, y que se
juntase con esas señoras frívolas de familias princi-
pales para esas partidas de naipes, en las cuales parti-
cipaban también algunos tipos afeminados y algunos sujetos libertinos.

Cobró aliento tratando de retener un poco de
ese hálito oceánico que entraba por el ventanuco. La

tarde se había ido encapotando, la atmósfera adquiría cierto viso grisáceo y podía olerse en ella la tempestad que azotaba la mar larga.

—Esta mañana —le informé— cambié unas palabras, un tanto sobresaltadas, con el párroco de Santo Toribio. Tengo entendido que fue el haberla sorprendido estrechándose con él lo que te impulsó a matar a Daniela. A mi modo de ver, él sólo le prodigaba consuelos espirituales. Ahora bien, según su versión, fueron los chismes de una mujer los que te hicieron recelar de ese vínculo.

—Daniela —repuso Rimbaldi, cubriéndose el rostro con una mano— había entrado en tratos demasiado íntimos con ciertos sujetos totalmente depravados. Le advertí muy a las claras que me disgustaban aquellas relaciones, que le permitían, por ejemplo, acompañar a uno de ellos a un club social y luego beber en su compañía hasta altas horas.

—Eso, por supuesto, era secuela del alcoholismo —opiné—. Tú te habías declarado abstemio terminante por esos días, y ella buscaba ese acompañamiento que precisan todos los bebedores.

—Así lo entiendo ahora —aceptó él—. Pero, en ese entonces, mi irritación no tenía medida. No podía evitar el cavilar que pudiera estar acostándose con esos individuos.

—Estaban también —aventuré, para regresar al tema postergado— las chismografías de esa mujer...

Rimbaldi aspiró una enorme bocanada de aire y la expulsó como ráfaga de horno por la boca.

—Te he hecho confidente de muchas cosas —fue diciendo con lentitud—. Acaso sea mejor, a estas alturas, colocar todas las cartas ante ti. No, no te lo he dicho todo. La muerte de mi madre tuvo aristas que traté siempre de olvidar. Fue la infidelidad, sin que en su caso queden fisuras de duda, la que la condujo a ese final ignominioso. Carecía ella del más leve decoro para ocultar sus engaños. A sus amantes los recibía en casa, mientras mi padre trabajaba en el consultorio, operaba en el quirófano o visitaba a sus enfermos. Lo hacía en presencia mía y de mi hermana. Primero, fue un alemán que llegó a la ciudad ofreciendo lo que aseguraba ser un generador eléctrico. Yo mismo me había embelesado oyéndolo discurrir en la plaza de los Coches sobre la forma como, haciendo girar un magneto cerca de una bobina de alambre, se generaba corriente alterna. El hombre era una especie de Adonis de los suburbios de Hamburgo y creo que todas las señoras de Cartagena se prendaron de él. Sólo que él a su vez se prendó de mi madre y, como ella le correspondía, empezó a visitarla en la casa del escudo todas las tardes, en ausencia de papá.

Decidí guardar silencio y permitirle que diera vía libre al flujo de sus palabras. En cierto modo, era una forma de desembarazarse de quién sabe qué opresiones ominosas, que hacían su pena más aguda.

—Un buen día, el alemán, sin previo aviso, continuó viaje hacia el interior del país y la dejó desmoralizada y llena de resentimientos. Pero esa pena fue paliada por el segundo amante, que no tardó en aparecer. Era éste un abogado muy joven y prestante, a más de soltero. Pertenecía a una de las familias proceras de Cartagena y brillaba en todos los salones de buena sociedad. Mi madre cayó rendida a sus pies, como si quisiera ungirlos con aceites, cuando lo conoció en casa de Ambrosio Bustillo, padre de Efrén Bustillo. Venía todas las tardes y permanecían dos o tres horas en la recámara, de suerte que, cuando Celeste y yo llegábamos del colegio, lo veíamos salir silbando una tonada, tan ufano, lleno de desdén hacia los hijos de esa mujer a quien debía despreciar. Y, desde luego, hacia ese pobre cirujano, el marido, apóstol de su profesión, ignorante de cuanto acontecía.

La lluvia había empezado a caer sobre la ciudad y hacía gárgaras en el ventanuco. La celda se había ensombrecido, cobrando esos velados matices de Rembrandt o de Terborch.

—Una tarde, el abogado dejó de acudir a la cita diaria y mi madre se enteró por un semanario, al día siguiente, de su compromiso con una de las señoritas más solicitadas de la ciudad. De nuevo se hundió en la congoja, de la cual sólo vino a redimirla el tercer amante. Éste representaba ya una monstruosidad. Sin duda, hallarás una analogía, que acaso haya obrado en mi insensatez. ¡Se trataba del cura de Santo Toribio! ¡Ni más ni menos, Norberto! ¿Te das cuenta? Alguna vez te expresé mi convencimiento acerca de la identidad de Daniela con mi madre. De ello no dudé jamás: si comparas sus fotografías, verás que el parecido es absoluto. Claro, no encontrarás ninguna en la sala de mi hermana. Ni en la mía, ahora abandonada. Me parece que Efrén Bustillo guarda algunas en su escritorio; una tal vez, en la cual estamos ella, Celeste y yo en el jardín de la casa del escudo. ¿Lo ves, Norberto? ¿Ves cómo me hallaba predispuesto a pensar que había algo entre mi mujer y ese párroco?

Me animé por fin a hablar. El glogloteo de la lluvia seguía devanando su sinfonía en la lumbrera.

—Estoy convencido de que, entre el párroco actual y Daniela —dije—, no existió ningún género de relación secreta.

—También yo —asintió Rimbaldi—. Tarde piache. Pero te ruego terminar de escuchar mi historia. Es imperativo que te la cuente ahora. Será una manera de redimirme. Aquel cura de Santo Toribio era un hombre de edad mediana, guasón, regocijado. Nos dejaba golosinas en la sala para que las halláramos a nuestra llegada del colegio, mientras él se solazaba con mi madre. A mis doce años, la situación me laceraba como la gota periódica que llega a hacer un orificio en la piedra. Comprendía que un hombre de la nobleza de Ottorino Rimbaldi era vejado día a día, sin que atinara a intuir siquiera nada para defenderse. El solo pensarlo me destrozaba. Una mañana, mientras buscaba en el armario de mi padre por ver si encontraba unos calcetines que echaba de menos, di en cambio con el objeto fatídico. Estaba allí, reluciente, terso, frío como una moneda antigua. También cargado. Era el revólver que mi padre había adquirido para precaverse de ladrones nocturnos. Sin pensarlo dos veces, lo escamoteé bajo algunas prendas y fui a guardarlo en mi pequeño velador. Esa tarde, el cura quiso hacernos arrumacos y entregarnos en persona las golosinas. Rechacé las mías con gesto agrio. Cuando se hubo marchado, saqué el arma de su escondite, abrí con violencia la recámara de mi madre. La vi totalmente desnuda, aseando sus entrepiernas de las secreciones del sacerdote. Sin detenerme a meditar, hice fuego sobre ella. Uno de los proyectiles abrió un agujero en su cráneo. Cuando volví la vista, contrariamente a como te lo narré en Argentina, advertí que mi hermana había presenciado todo el suceso y apenas podía balbucear palabra.

Se dejó caer cuan largo era sobre el estrecho catre de la celda y se quedó mirando el techo. Yo me encontraba pálido de asombro. Agregó:

—Ahora te lo he dicho casi todo. Puedes juzgarme. Al llegar mi padre, halló la escena horrenda. Le relaté palmo a palmo lo ocurrido, incluyendo las visitas del párroco. Sin dudarlo, corrió en busca de la policía y fingió ser el asesino. Fue, Norberto, un sacrificio muy arduo, hecho para preservar a su hijo. A mí. Alegó haber hallado a su esposa en compañía de un amante, pero no supo decir de quién se trataba ni dar indicio alguno sobre su paradero. De haber acusado, en aquellos tiempos, al cura, la Iglesia lo habría obligado a tragarse sus palabras. Por lo demás… Ya sabes cómo se desarrolló todo. Él se suicidó en la cárcel…

—Sí, fue muy triste —comenté.

—La historia no concluye —indicó mi amigo, incorporándose y midiendo ahora la celda con pasos lentos—. El hecho de que mi padre se sacrificara para salvarme de ir a un reformatorio, no halagó la vanidad de mi hermana, que juzgaba aquello una prueba de flaqueza por el hijo varón. En lo sucesivo, amenazó varias veces con denunciarme. No comprendía yo, a mis doce años, que las autoridades hubieran estado muy lejos de otorgar crédito a aquella acusación. Nadie imagina a un niño de esa edad manipulando un revólver contra su madre. Pero el chantaje de Celeste se hizo cada vez más despiadado, hasta llegar a cobrar las trazas de una morbosidad caprichosa. Con el paso de los días, comenzó a dirigirme exigencias de carácter (¡en una niña de diez años!) sexual. Me obligaba a acariciarla en profundidad y, al mismo tiempo, a dejarme acariciar por ella en forma obscena. Créeme que llegué a adquirir repulsión por su cuerpo y que fue aquello, y no sólo el pecado de mi madre, lo que incubó en mí esa impotencia psicológica de que te hablé en la Argentina. Por eso, tan pronto contrajo matrimonio con Efrén Bustillo y llegué yo a la mayoría de edad y pude disponer de mi herencia, traté de afirmar, ante todo, mi autonomía: me alejé de ellos en la medida de lo posible y, al cabo de algunos años, me residencié en París. Lo cierto es que, a pesar de hallarse casada ya y con hijos, siempre quiso conservar aquella autoridad que el chantaje le permitía sobre mí. De allí que, cuando hace dos años llegué aquí con Daniela, manifestara de inmediato, hacia mi mujer, una antipatía morbosa. La acusaba de ser una perdida. Echaba mano de la inclinación de mi esposa hacia el juego y el alcohol para sostener que era indigna de la familia Rimbaldi.

—No fue esa la impresión que recibí cuando, anoche, hablé con Celeste —objeté, asombrado hasta el vértigo por las confidencias que recibía—. Más bien pensé que ella se encontraba de parte de Daniela.

Rimbaldi sonrió con tristeza.

—Es una consumada simuladora, Norberto —dijo—. En forma constante, manipula y hace sufrir a quienes viven con ella. ¿No advertiste que su hija Tomasa, pese a haber permanecido soltera, no habita la casa de sus padres? Se ha ido a vivir lejos de ellos, con su otro hermano, Gaspar, casado con una panameña, porque no soportó la tiranía de Celeste. Acepta visitarla de tiempo en tiempo, pero son cortesías muy protocolarias y fugaces. La verdad es que la aborrece.

Se quedó pensativo un punto, como si lo abrumara la pesadumbre.

—No te extrañará ahora —prosiguió— saber que fue Celeste, y ninguna otra, la urdidora de los chismes de que te habló el párroco de Santo Toribio. Con su alcoholismo y su vicio por el juego, Daniela le sirvió en un azafate el material para forjar todas sus habladurías abyectas. Lo trágico e increíble al tiempo, fue que logró convencerme (a mí, que bien conocía sus añagazas) de que mi mujer me era infiel con el cura. Eligió una tarde en que sabía que Daniela se encontraba en la rectoría de Santo Toribio. Yo, como un papamoscas (y lleno, sin duda, de una memoranza de los devaneos finales de mi madre), acudí desalado a ese lugar y sorprendí una escena que, dada mi ceguedad, juzgué comprometedora. Saqué a mi esposa a empellones a la calle, a despecho de las protestas del sacerdote, y la conduje a la casa del escudo. Allá, inicié una retahíla de cargos, fundados en su amistad con ciertos personajes libertinos, y en un instante en que, en la recámara, ella trataba de hacerme ver que jamás había cometido adulterio, recordé que el arma de mi padre reposaba en la gaveta del velador.

A Rimbaldi, ante tal evocación, le corría a mares un sudor álgido por el rostro. Yo había tomado asiento en el camastro y escuchaba con la mirada perdida en el piso.

—La extraje y apunté en su dirección. «Ahora voy a tener que matarte por segunda vez», la conminé, seguro como me sentía en ese instante de vérmelas de nuevo con Celeste Goldwin. Daniela huyó hacia el fondo de la casa. Corrí tras ella. Cuando llegó al comedor, era tal su pánico que se descolgó por la barandilla y fue a dar al jardín, en la primera planta. Se dislocó una pierna, según lo dictaminó más tarde la autopsia, pero aun así emprendió carrera tratando de ganar la puerta de calle. Hice el disparo desde el comedor. Ella salía ya del jardín, pero la bala le perforó un pulmón. Su muerte fue instantánea. Acudí lleno de arrepentimiento y nada quedaba ya por hacer. Lloraba sobre su cadáver, cuando un vecino, que había oído el disparo, ingresó por el portón abierto. Comprendí que estaba perdido. El hombre examinó el despojo y corrió a llamar a la policía. Apenas tuve tiempo de subir a la recámara, calzar unas botas de montar y cubrir mi cabeza con un sombrero de jipijapa. Luego, abandoné a toda prisa el reducto de murallas. En una cuadra de los extramuros, alquilé un caballo y emprendí la fuga. Pensaba refugiarme en unas tierras que había comprado en vecindades de Sabanalarga. Pero mi cabalgadura resbaló en un cargamento de pescado fresco, en la calle mayor de una aldea de pescadores, y fui capturado por la policía, que venía pisándome los talones.

Su voz se despedazó en un sollozo.

—Qué horrible, Norberto —gimió—. Cuando don Pedro Morán se enteró en Buenos Aires, murió al rompe de un infarto. A la pobre doña Alicia le correspondió venir sola a Cartagena, para llevar el cadáver.

Ahora rompió a llorar innumerablemente. Entre hipidos, añadió:

—Como ves, son cuatro, amigo, las muertes que pesan sobre mí: mi madre, mi padre, Daniela, don Pedro Morán.

Pensándolo después, se me ocurre que fue mucho lo que Rimbaldi resistió —abrumado de remordimientos y de desesperación— en aquella celda húmeda y opresiva. Sólo cuatro años más tarde lo arropó la piedad de la muerte, que vino embozada en una tuberculosis caseosa.

Aquella tarde, lo estreché con fuerza y derramé, también yo, lágrimas profusas y sinceras. Al vencerse el horario de la visita, el cautivo me deslizó en la mano un manojo de papeles que sólo cuando me hallé a solas vi que eran la partitura de su dolorida, lacerada, impresionante y extraordinaria *Sinfonía de la amada suprimida,* escrita en prisión, que la Orquesta Filarmónica de Boston grabó hará dos años con el sello Víctor. Nos despedimos a sabiendas de que nos habíamos visto por última vez. Sentí un desgarrón profundo cuando abandoné el viejo convento habilitado como Cárcel Municipal. Las horas de la noche, en casa de Celeste y de Efrén Bustillo, pesaron sobre mí como fardeles de densa hipocresía. Odiaba ahora a aquella hermana de Rimbaldi y me hubiera gustado poderla desairar como a piltrafa. Pero eran mis anfitriones y la cortesía prevaleció. Después de la cena, Celeste se sentó al piano de cola y ejecutó, con algo que interpreté como una contumelia enfermiza, la *Sonata de los arquetipos.* Al día siguiente, el negrazo remilgado que fungía como mayordomo me ayudó a conducir mi equipaje hasta el muelle de la Machina. Embarqué de regreso a Puerto Rico. Mientras dejaba ir la vista por el mar, en la cubierta del buque, iba sabiendo a avances lentos lo generosa y, al tiempo, despiadada que había sido la vida conmigo, al permitirme conocer la cumbre y el abismo de aquel hombre enhiesto, magnánimo, inolvidable llamado Arturo Rimbaldi.

PARTE III
Diario de Fernando Ayer

18

Enero 26, domingo

Para Marilyn parece haber resultado ya intolerable la última aparición de la mujer, sentada al piano e interpretando uno de los más populares *lieder* de Schubert. Mientras yo me afinco cada vez más en la idea de que es preciso prestar al espectro el socorro que, sin duda, nos está pidiendo, ella ve a la mujer como una enemiga, llena de perversidad, que desea dar al traste con nuestra relación. Esta mañana, pues, me ha lanzado un ultimátum. Me una o no a ella en ese propósito, dejará la casa muy pronto. Me temo que maquina regresar a los Estados Unidos, donde a la fija caería otra vez en las zarpas de Freddy Prescott. Ignoro, sin embargo, cómo podría yo, sin abandonar al espectro a la buena de Dios, impedir que cometa semejante insensatez.

De algo estoy seguro: la mujer que nos visita desde el más allá no es otra que Daniela Morán. Muy a las claras lo indica el primero de mis sueños relativos al pasado de la casa, en el cual, trocándola por Marilyn, reproduje la persecución de su esposa por Arturo Rimbaldi, desde la recámara hasta el comedor y el jardín. También los gemidos, antes que el cura bendijera la casa, hacían ese mismo tránsito. Las crónicas de Norberto Méndez nada dicen sobre una probable averiguación esotérica de la identidad

de Daniela con Celeste Goldwin, que de darse haría
que nuestro espectro fuera también el de la mujer de
Ottorino Rimbaldi. Por lo que a mí concierne, he
perdido por completo el miedo a la visitante; no hay
en ella maldad, es tan sólo una criatura que sufre.

La lectura de las crónicas me ha forzado a preguntarme si, en el caso de que Celeste Rimbaldi las
conociera —fueron publicadas sólo en Puerto Rico—, habrá intentado algún género de demanda judicial por difamación. Esto creo que los corresponsales de Pablo Morales pueden investigarlo en los
Halls of Records de los Estados Unidos. Sin duda,
Méndez trató de escribir un panegírico de Arturo
Rimbaldi, pero el resultado podría ser cuestionable.
La reputación de la madre del músico y poeta queda
allí a muy bajo nivel. Tampoco él sale muy bien librado, si pensamos en la forma como se dejó arrastrar
por la cólera y por los celos. Sus confidencias, por
lo demás, son desplegadas en público como si se tratara de temas de interés general. Por último, su hermana aparece casi como el emblema de la perfidia,
cuando no de la peor vileza. Por igual me pregunto
si, de haber podido conocerlos, Rimbaldi hubiese
aprobado esos escritos, que bien visto merman el honor de su padre, al presentarlo como un pobre diablo burlado y sometido a una pena de prisión que no
merecía. Méndez es, a mi ver, un infidente altamente censurable.

Enero 27, lunes

Me causa pena tener que confesar la forma
como, en los últimos días, he descuidado mi *Sinfo-*

nía número uno. Pero es que algo en la concepción de esa pieza, a la cual otorgo tanta importancia, ha variado. No, por supuesto, mi deseo de desplazarme hacia la tonalidad evolutiva, con las coloraciones de que ya hablé, sino más bien el argumento de fondo, en especial el del *Largo* en 3/2, que no veo ahora como una marcha fúnebre en memoria de los caídos en la guerra colombiana, sino como un movimiento macabro que perpetúe la imagen del espectro. De pronto, es como si el espectro se hubiera apoderado de mi obra, cual si quisiera compartir la autoría. Ello no me produce inquietud alguna, salvo la de saber que Daniela Morán —si en verdad es ella— se ha hecho tan importante en mi vida como antes lo era sólo Marilyn.

¿A qué atribuir fenómeno tan impropio?

Enero 28, martes

Me soñé anoche un niño a la edad de doce años, que descargaba un revólver sobre su madre. En el sueño, se trataba de Emma Rosales, de mi verdadera madre. No, en ningún caso, de Celeste Goldwin. O sea, que sueño con el pasado de la casa, pero en la visión los personajes se imbrican o se suplantan. Vi a mi madre con el cráneo perforado por una de las balas. Cuando desperté dando un salto, que me dejó sentado en el lecho, vi al espectro frente a mí. Sus labios susurraban en forma repetida: «No te miento. Jamás te fui infiel». Ello deja muy claro que el fantasma es el de Daniela Morán y que, de algún modo, por ser ahora yo el habitante de la casa, me confunde con Arturo Rimbaldi. O por su clon, para seguir la corriente a las ideas optimistas sobre el duplicado de seres humanos que alienta Sebastián Corredor.

Por primera vez, me atreví a reducir la distancia que me separaba de la aparición, acercándome a ella de manera por demás osada. No retrocedió. Muy cerca, le musité, imitando un poco su registro de voz al hablarme: «Estás equivocada. No soy Arturo Rimbaldi». Ello sólo consiguió que el fantasma volviese a insistir en la frase anterior, esta vez con una lágrima tenue rodando por una de sus mejillas.

Tuve entonces un impulso casi mecánico, indeliberado. Me aproximé más y traté de estrechar entre mis brazos a esa mujer sufriente. La impresión que me produjo fue, sin embargo, la de algo tan inasible como ese vaho que brota del aliento en las madrugadas frías. Era etérea, incorporal. A pesar de ello, insistí en abrigarla, en transmitirle un poco de mi calor orgánico. Sentí brotar de ella ese aroma que exhalan los nardos color de nácar al contraste de la sombra nocturna. Un aroma que obraba como si fuese el trasunto de su respiración insubsistente. Quise depositarle un beso en aquella mejilla en la cual había brillado una lágrima, y hallé que su rostro carecía de la densidad indispensable para recibirlo. Resulta en extremo difícil imaginar algo más fluido, más sutilmente impalpable. No obstante, con claridad pude oír que emitía un sollozo. Después, se fue disipando entre mis brazos, como si hubiera llegado a su punto de sublimación.

Me he abstenido de transmitir a Marilyn esta experiencia.

No he logrado dejar de pensar en el espectro. Desde la tentativa de anteanoche por abrazarla, por infundirle el calor que la ha abandonado, Daniela acapara mis pensamientos como una monomanía, como una obsesión ineluctable. Esta mañana, me surgieron, en varios golpes de inspiración, nuevos compases de mi sinfonía. Y esos compases se encuentran saturados de ella, son como el croquis musical de su cuerpo inasible. Me parece que, de alguna forma, se ha apoderado de mi partitura al modo de la sombra de una nube al extenderse por el suelo. Tengo, sí, la mente preñada de sonidos asombrosos, innovadores, pero esos sonidos pertenecen a ella tanto como a mí. Al acostarme, en la noche, doy vueltas y más vueltas en la cama, con la mente puesta en ella. Quisiera verla manifestarse otra vez, en todo momento si fuera posible. Sé que hay un hilo impalpable que la une conmigo y que ahora me obliga a hacer algo para consolarla, para liberarla, para salvarla. Es curioso, pero me invade el temor de que Marilyn, en cambio, a quien desde hace dos años creo adorar por encima de todo, pudiera llegar a inspirarme menos amor que el espectro. Me he sorprendido, a veces, llenándome de irritación por su falta de discernimiento acerca de la misión que debo cumplir en esta casa. ¿Por qué no querrá adoptar un ademán de indulgencia hacia esta necesidad imperiosa que avanza en mí?

19

Empiezo a experimentar una pasión progresiva por el tema de los aparecidos, que antes, por mi descreimiento, me dejaba indiferente. En la biblioteca arrumada en el entresuelo, he encontrado algunas referencias incitantes. Una de ellas alude a fantasmas de la realeza británica, que frecuentan ciertos lugares históricos de Inglaterra.

El primero de ellos, el de Eduardo II, que fuera obligado a casar con Isabel de Francia. El rey era homosexual y sostenía relaciones con varios jóvenes. La reina, hastiada de tal situación, se unió a caballeros alzados contra él, devino amante de uno de ellos —Roger de Mortimer— y, con su ayuda, logró reclutar en su patria un ejército. Así derrotó a su esposo, a quien encerró en el castillo de Berkeley y luego mandó ejecutar con unos hierros al rojo vivo que le destruyeron las entrañas. Cronistas de la época aseguran que sus gritos de agonía fueron escuchados a muchas leguas de distancia. Hoy, los guardianes del castillo afirman que, todavía, aquellos alaridos pueden oírse en noches muy profundas.

No podrían las esposas asesinadas por el cruel Enrique VIII escapar a ese sino fantasmal. Ana Bolena, a quien encerró en la Torre de Londres, bajo acusación de incesto y de adulterio, para luego hacerla decapitar, deambula todavía emitiendo gemidos por los pasadizos de la prisión. Ha sido posible, incluso, registrar su imagen en películas. Su sucesora, Jane Seymour, que murió envenenada, merodea portando una vela encendida por las salas de Hampton Court. La cuarta esposa del monarca, Catherine Howard, aún deja oír asimismo los alaridos que lanzaba en el momento de ser ajusticiada. Se dice también que la hija de Enrique VIII, la impasible Isabel I, agobia la biblioteca del castillo de Windsor y que la princesa Margarita, hermana de la reina Isabel II, pudo verla en varias ocasiones.

En el momento de morir, Jorge II, vástago de la casa germánica de Hannover, esperaba el arribo de su familia. Ahora, su espectro altera la tranquilidad del palacio de Kensington indagando en alemán (jamás aprendió el inglés) por qué sus parientes no acaban de llegar. Otra referencia afirma que la princesa Andrea, madre del príncipe consorte Felipe de Edimburgo y suegra de la reina Isabel II, se manifiesta, en Jerusalén, en la iglesia rusa blanca de Santa Magdalena, donde su cuerpo fue llevado no bien falleció. Todo ello se podría adobar más, si se quiere, con una reseña criolla, ya que el escritor Ángel Cuervo, hermano del filólogo Rufino José, afirma en una de sus crónicas que, durante una tarde de domingo, en la casa que habitaba en Bogotá, oyó los pasos de alguien que ascendía por las escaleras. Al ir a investigar, tropezó con un individuo de casaca verde, calzas a las rodillas, medias de seda, zapatos de alto tacón y peluca blanca, que luego desapareció atravesando una pared. Posteriores investigaciones señalan que, en la casa habitada por don Ángel, había vivido en tiempos coloniales el virrey Ezpeleta, cuyos retratos coinciden con la imagen del fantasma.

Cartagena de Indias —puerto de comercio esclavista, de espadachines impenitentes y sede por mucho tiempo del Tribunal de la Santa Inquisición— ha sido, desde luego, un vivero de estas leyendas. Existen numerosos libros que las recogen, entre ellos el del poeta Sebastián Corredor, que ya cité. Pero nunca quise prestar atención a tales historietas, que más se me antojaban un cebo para deslumbrar a turistas desorientados. Jamás imaginé que terminaría convirtiéndome en testigo de uno de esos fenómenos, y mucho menos que llegaría a interesarme del modo en que lo estoy en tal manifestación ultramundana.

Ahora caigo en la cuenta, por ejemplo, de que no he reparado antes en un aspecto significativo de las apariciones de Daniela Morán. Cuando Marilyn puede verla, su rostro es ceñudo, reprobador y despectivo. En cambio, cuando soy yo únicamente quien la percibe, su expresión es de angustia, de tribulación, de súplica. Ello se erige en una prueba más de que al espectro le infunde celos mi relación con la estadounidense. Acaso Marilyn esté en lo cierto cuando afirma que la mujer es su enemiga. Todo, por supuesto, proviene de una ambigüedad: Daniela Morán cree que soy Arturo Rimbaldi e implora mi absolución. Por lo demás, mi amante y yo no hemos dejado de hacer el amor desde el día en que Desdémona von der Becke hizo el rastreo en la casa. Ahora bien, el espectro no ha intervenido de nuevo, pero es seguro que la carga electromagnética y termoiónica ha sufrido, en esos momentos, cambios sensibles. No se trata, pues, de que Daniela Morán apruebe nuestros acercamientos sexuales. Más bien, me parece que ha desistido de interferirlos y que pone en ejecución tácticas más sutiles.

Me desespera pensar que, de alguna manera, al espectro su equivocación acerca de mi identidad lo hace padecer tormentos sin cuento. Ignoro cuál será el modo más adecuado de hacerle ver que no soy quien cree que soy. Tal vez ello amerite una nueva consulta con la parapsicóloga, a quien me gustaría dejarle conocer las cinco crónicas de Norberto Méndez.

Enero 31, viernes

Cuando nos mudamos Marilyn y yo a esta casa, sus considerables dimensiones nos obligaron a pactar una labor común para su limpieza semanal, ya que no contábamos con una doméstica. En las últimas dos semanas, esa labor he debido realizarla yo solo, pues mi amante se resiste a hacer nada por una edificación a la cual dice aborrecer. No pone, lo reconozco, obstáculo alguno en lavar la vajilla de las comidas, oficio que se encuentra, creo que por razones de costumbre, fuera de mis límites. Pero la aspiradora y el trapo limpión debo esgrimirlos ahora como emblemas de mi celo higiénico. A ella le importa un rábano que los muebles y el piano de cola se llenen de polvo. Tampoco que los pisos vayan perdiendo su hermoso brillo jaquelado, que devuelve la casa a los esplendores vividos en los días en que la habitaba su constructor, el comerciante de ultramarinos.

Febrero 1, sábado

Gracias al correo electrónico, he recibido a través de Pablo Morales y de sus adjuntos, copia de la demanda interpuesta por Celeste Rimbaldi de Bustillo contra Norberto Méndez por difamación —tal como reposa en el Hall of Records de Nueva York—, así como del correspondiente proceso. La pérfida hermana del músico y poeta no toma para nada en consideración las infidencias del periodista puertorriqueño relativas a las confesiones privadas que aquél le hizo. Únicamente las detracciones referentes a ella y a su madre.

El fallo, como hubiera sido de esperarse, resultó adverso al periodista, el cual se vio obligado a cubrir una suma elevadísima en compensación por el daño hecho a la familia. Conforme a averiguaciones realizadas en San Juan, Norberto Méndez tuvo que vender su casa del barrio de Santurce para así poder satisfacer la obligación. Su profesión, que desempeñaba con brillo indudable, le permitió resarcirse con el tiempo. Durante la Segunda Guerra Mundial, ya mayor de setenta años, fue tal la maestría con que redactó sus crónicas desde el frente, que obtuvo los premios más vistosos del periodismo de la época. Agregan los corresponsales que vivió sus últimos años en Los Ángeles, donde mucho se preocupó por divulgar la música de Arturo Rimbaldi, al punto que la *Sinfonía de la amada suprimida* fue utilizada como fondo para una película sobre *fenómenos psi* rodada en 1954. Asimismo, intentó vender sus cinco crónicas a un productor de Hollywood, con miras a su filmación —cambiando los nombres de los personajes— como cine de ficción pura. El productor, puesto al corriente del pleito de treinta años atrás, prefirió abstenerse.

Norberto Méndez falleció el día veintidós de noviembre de 1963 —fecha del asesinato del presidente Kennedy en Dallas y también de la muerte de

Aldous Huxley en la misma ciudad de Los Ángeles—, a la edad de noventa y tres años.

La caprichosa fascinación que, como ya tuve ocasión de apuntarlo, sentimos mi mujer y yo por las ceremonias religiosas, nos empujó, esta mañana, a acudir a las liturgias celebradas en la iglesia del convento agustino situado en lo alto de la colina de la Popa en honor de la Virgen de la Candelaria. Es ésta la patrona de Cartagena de Indias y las fiestas del dos de febrero se asientan en una tradición secular. En esta fecha, los devotos peregrinan hasta la cima del cerro, a fin de orar ante la imagen que fray Alonso de la Cruz Paredes halló, sin que se tenga noticia de su autor, en una casa de la calle de las Damas.

Hoy en día, la mayoría de creyentes se transporta en lujosos automóviles, que ascienden por el camino pavimentado. Pero Marilyn y yo elegimos hacerlo a pie, por observar las costumbres pintorescas que el bajo pueblo despliega a lo largo de él, y también por probar algunas de las viandas autóctonas ofrecidas al paladar del caminante. Desde muy temprano, gentes de las barriadas pobres se reúnen en la base de la colina y forman cumbiambas, en las cuales danzan —sin tocarse— hombres y mujeres una danza hierática en torno a un centro imaginario, mientras portan en alto paquetes de velas encendidas, a manera de antorchas.

El hecho fue que iríamos a mitad de la peregrinación cuando de pronto vi el escenario —de personas trajeadas con excentricidades folklóricas, bajo

el tibio sol matutino— mudarse en otro palmaria-
mente sombrío y hostigado por una llovizna triste.
Me supe niño y, a mi lado, percibí dos figuras que,
por segundos, *sentí* familiares. Fue una visión muy
fugaz, de apenas lo que dura un parpadeo, pero puedo asegurar que quienes iban conmigo eran Ottorino Rimbaldi y Celeste Goldwin, a quienes yo *sentía*
como mis padres. La última, cargaba a una niña en
sus brazos. Junto a nosotros, se desplazaban hileras
de negros, vestidos de blanco, portando velas encendidas en las manos y musitando oraciones. Sí, señor.
En ese espejismo *yo era* Arturo Rimbaldi, a la probable edad de cuatro o cinco años, realizando con mis
progenitores la clásica procesión de ascenso a la colina.

   Marilyn se dio cuenta de mi instantáneo desconcierto. Cuando me preguntó lo que me ocurría,
ya me hallaba de vuelta en la realidad.

20

Febrero 3, lunes

Marilyn me comunicó esta mañana que anoche, antes de dormirse, habló un rato con su padre difunto. Éste le aconsejó, según asegura, abandonar cuanto antes esta casa maligna.

He tratado de hacerle comprender que no existe malignidad alguna en lo que sucede entre estas cuatro paredes. Daniela Morán frunce el ceño cuando sabe que ella puede verla, no porque guarde ningún rencor en su contra, sino porque piensa que soy Arturo Rimbaldi, anhela recuperar mi amor y a Marilyn la ve como el gran obstáculo. De alguna manera, el siguiente paso para mí debe consistir en hallar el modo de sacar a la muerta de ese error y, asimismo, el de liberarla de la casa, en la cual, según Desdémona von der Becke, se encuentra prisionera.

Esta última circunstancia es la que, a su vez, genera la equivocación. Si el espíritu de Daniela hubiese podido partir libremente hacia la esfera adonde van los difuntos, allá se hubiese reunido con Rimbaldi y no andaría buscándolo en el estrecho reducto de la casa. También esta mañana hablé por teléfono con la parapsicóloga e indagué la probable razón de esa cautividad. Me hizo mucho hincapié en que cualquier cosa que sobre el particular se aventure es tan sólo una tentativa por explicarse fenómenos impenetrables por nuestra mente, pero se atrevió a opinar que aquellas personas injustamente castigadas deben permanecer en el lugar en donde se perpetró la injusticia, hasta lograr una reparación. Ello explica la presencia inveterada de espectros en ciertos ámbitos, que el vulgo atribuye muy a menudo a tesoros escondidos o a castigos por pecados atroces.

No necesariamente, por supuesto, estas «almas en pena», como muchos las llaman, han muerto en forma violenta. Basta que algo hayan dejado pendiente en este mundo para que no puedan realizar el tránsito que a los demás espíritus les resulta expedito. Me pregunto por qué, en cambio, Arturo Rimbaldi sí pudo realizarlo, si se piensa que dejó pendiente la consumación de una injusticia. La doctora me asegura que, al perpetrarla, él creía obrar en rectitud y, por tanto, voló libre de trabas hacia donde tuviera que volar. Pero, ¿y los remordimientos que en la cárcel lo hostigaban? ¿No se encontraba convencido él, en el momento de su postrera entrevista con Norberto Méndez, de haber cometido un acto injusto? ¿Hay, pues, fisuras en esta especie de justicia cósmica?

Febrero 4, martes

En un periódico, he leído hoy que el cardenal Paul Paupard, presidente del Consejo Pontificio para la Cultura, ha presentado ante la prensa un documento titulado *Una reflexión cristiana sobre la Nueva Era*. En él, asegura que la práctica de esa confesión no sólo constituye grave desacierto, sino que es incompatible con la fe cristiana. Acepta, sin embargo, que los creyentes en el Movimiento del Potencial Humano poseen un sentido religioso que va en pos de la armonía y de la experiencia de lo divino. Me pregunto: ¿en qué sentido pueden reñir con la enseñanza de Jesús tanto esa búsqueda, harto ligada con la ansiedad que incuba el mundo contemporáneo, como el creer en el biorritmo, en la terapia de los aromas, en el *feng shui* o en el I Ching? Me respondo, en cambio, que si algo peligroso existe en la doctrina de la Nueva Era es el aconsejar la liberación psicofísica mediante el empleo de estupefacientes. Nadie puede predecir el desastre que el uso, así sea moderado, de drogas psicodélicas puede causar en una persona. Es esto lo que me desvela en la aparente decisión de Marilyn de abandonarme a mi suerte en una casa encantada. Si volviera a caer bajo la seducción de Freddy Prescott, su catástrofe sería muy vaticinable. Mi situación se resume en el dilema: permanecer en esta casa para tratar de liberar a Daniela, o abandonar al espectro —en su trágico sufrimiento— para salvar a Marilyn.

Debo buscar, pues, un punto aristotélico de conciliación.

Febrero 5, miércoles

Ahora me preocupa saber si ese punto será, todavía, factible. En la pasada noche, sobrevino algo que, al tiempo, puede juzgarse risible y ruinoso. Soñé con un ser asaz desapacible, un personaje ambiguo, a todas luces andrógino, de una androginia fastidiosa y, por muchas razones, sobrecogedora, que desde un recodo de la misma recámara en la cual dormía, atraía mi atención con señas disparatadas y grotescas.

Una vez la obtenía, abría la boca en algo así como un rabelesiano gesto de risa, barbotaba una carcajada, me señalaba con el dedo índice y, con una voz aguda e irritante, me increpaba: «Inepto, torpe, necio, incompetente: se te pide que entiendas». Desperté con un nuevo corcovo en el lecho y allí estaba, frente a mí, mucho más lógico y verdadero que esa especie de *baladin* de mi pesadilla, el espectro. Me repasaba con esa mirada de súplica que, en mi conciencia, se ha tornado obsesiva; y de sus labios volvían a brotar las palabras, oídas como si procedieran de una lontananza inabarcable: «Por Dios te lo juro. Jamás te fui infiel».

Experimenté, de inmediato, idéntica compulsión que durante la aparición anterior. Me acerqué a la aparecida y traté de transmitirle mi calor vital rodeándola con mis brazos y depositando un beso en su mejilla elusiva. Y hete que, en aquel momento, Marilyn despertó y me sorprendió entregado a esa delicada ceremonia. Al rompe, dio un salto en la cama y gritó:

—¿Qué haces? ¿Qué haces, Dios mío?

Daniela Morán desapareció de entre mis brazos y yo me precipité al piso, alarmado y falto de equilibrio. Ahora, Marilyn me miraba con ojos horrorizados y me acriminaba:

—¡Abrazabas y besabas a esa mujer demoníaca! ¡Hacías el amor con el espectro!

No hallé qué responderle. Desde el suelo, me limitaba a mirarla repleto de congoja.

—¡Es abominable! ¡Te has enamorado del espectro!

Finalmente, las palabras germinaron de mi boca como en una eclosión de pánico y de vergüenza.

—¡Ella no es un demonio! —exclamé—. ¡Es Daniela Morán, la dama asesinada por Arturo Rimbaldi! Pena en esta casa y me siento en el deber de prodigarle consuelo.

Marilyn, desde luego, no se encontraba en ánimo de escuchar razones. Con gesto de aversión y de desprecio, volvió a gritar:

—¡Te has enamorado del espectro! ¡Es lo más ruin que cabe imaginar! Lo más vituperable, lo más nauseabundo… ¡Hoy mismo me iré de esta casa maldita!

Con ésas, se abalanzó sobre mí y la emprendió a puños con mi humanidad llena de confusión y de susto. Con un esfuerzo, logré sujetar sus brazos y entonces, revuelta en una impotencia trágica, lanzó a mi rostro un escupitajo infamante. Nada más se me ocurrió, sino soltarla con un ligero empujón, incorporarme a toda prisa y emprender la huida hacia la sala. Vi entonces cómo cerraba la puerta y se clausuraba en la recámara. Con un pañuelo limpié la saliva que aún afrentaba mi cara. Bajé después las escaleras y me interné en el estudio, donde —sin saber qué hacer— me entregué solitario al solfeo de esas notas inspiradas por el espectro, el *Largo* de mi sinfonía. Una y otra vez oí sonar la composición en el orbe afligido, consternado de mi mente. Así me sorprendió el alba, en la que el jardín, abierto más allá de la ventana, se iluminó como si quisiera protegerme del desconcierto y de la agonía en que forcejeaban todas mis potencias vitales, todo mi ser. Dios mío, qué patético y qué ridículo puede llegar a hacerme sentir esta situación.

Prosigo la relación de los sucesos, que ya tomaron el giro inicuo que era de preverse. Porque... ¡dicho y hecho! Me hallaba citado ayer (es decir, el cinco de febrero) en las oficinas de la Dirección de Impuestos y Aduanas Nacionales, para el trámite de un trivial y sórdido problema de tributación, del cual juzgo innecesario dar noticia en estas páginas. Debía acudir a eso de las once de la mañana. Mi ropa se encontraba, claro, en el armario de la recámara, de suerte que fue preciso implorar en todas las lenguas del mundo a Marilyn que me dejase entrar para vestirme. Cuando lo hizo, se trasladó de inmediato a una de las habitaciones que dan al corredor y allí, se clausuró por igual.

Hecha la enfadosa diligencia, volví a casa con la noción confusa de no hallar almuerzo, pues Marilyn no iba a condescender a prepararlo para este andrajo de ser humano en que, a su vista, me había convertido: un ser capaz de cortejar en secreto a una difunta. Pero el asunto era aun más espinoso. Sencillamente, Marilyn no estaba allí y tampoco su ropa en nuestro armario, ni sus cosméticos, ni sus pantuflas, ni sus peines, ni su cepillo de dientes...: ni un rastro suyo quedaba en la casa del escudo. Se había ido. Me había abandonado.

No quería creerlo: ¡me había abandonado!

Hasta muy entrada la noche, vagué por todos los hoteles de la ciudad, lleno de una angustia vandálica, por ver en cuál habría recalado. Fue una búsqueda inútil. Su nombre no figuraba en ningún libro de registro de huéspedes. Indagué en el aeropuerto y me informaron que ayer no partió ningún avión hacia los

Estados Unidos. A lo mejor, ha tomado la vía de Bogotá para viajar a su patria.

Daniela no se manifestó anoche, como —no sé por qué— pensé que lo haría. Di vueltas toda la velada, por cierto, en esa cama doble donde Marilyn hacía una falta lancinante. Escribo estas líneas muy temprano en la mañana. Me pregunto a quién dirigirme hoy para saber de ella.

De pronto, una sospecha ha irrumpido en mi cabeza. Es posible que, en efecto, no haya salido de la ciudad y ahora barrunto el por qué no figura registrada en ningún hotel.

21

He vuelto a realizar el recorrido por los hoteles de tres a cinco estrellas, esta vez no indagando en el registro por Marilyn, sino por Freddy Prescott. Algo me decía, desde cuando ayer redactaba la página correspondiente de este diario, que ese maldito californiano se encontraba en Cartagena de Indias. De no ser así, mi amante no hubiera abandonado con tanta facilidad la casa. Con sus parvos ahorros, no le habría resultado expedito inscribirse en un hotel digno de ella ni tomar un vuelo hacia los Estados Unidos.

En efecto, Freddy Prescott se hallaba registrado en el Hotel Caribe. Inquirí si lo acompañaba alguna persona más y, ahora sí, salió a resplandecer el nombre de Marilyn *Prescott*, «su mujer», según afirmó con timbre inconcuso el hombre de la recepción. Como un vídeo en reversa, pasaron por mi mente las probables circunstancias de aquel reencuentro. Parecía obvio que Marilyn, a mis espaldas, se comunicó por teléfono, en días recientes, con el californiano, para pedirle venir y sacarla del probable infierno en que piensa que se ha convertido la casa del escudo. Quizás lo hizo aquel día en que me dijo haber hablado mentalmente con su padre. El maldito drogadicto no tardó, pues, en trasladarse a esta ciudad, e ignoro en qué forma le hizo saber que residía en el lujoso hotel bocagrandeño. A menudo, era ella quien respondía al teléfono en casa y luego, si inquiría yo por la llamada, estaba en posibilidad de asegurar que había sido una equivocación.

Manifesté al recepcionista mi deseo de entrevistarme con el señor Prescott, pero me dijo que él y su mujer habían salido de excursión por las inmediaciones de la ciudad. Me sorprendió que se animasen con tanto desenfado a tal aventura: las goteras de Cartagena son ya territorio de guerrillas, y éstas viven al acecho de extranjeros para exigir por ellos muy pingües rescates a las embajadas de sus países. Sólo cuando esos extranjeros poseen alguna jerarquía por ser investigadores de universidades o periodistas, los jefes guerrilleros arman un espectáculo cosmopolita para devolverlos a través de la Cruz Roja Internacional. Con ello, logran enorme publicidad en el exterior y ratifican a los europeos y a las Naciones Unidas en su creencia de que las guerrillas colombianas están conformadas por patriotas idealistas y no por extorsionistas, secuestradores, traficantes de alucinógenos y, sobre todo, por terroristas sin un ápice de piedad por la población civil.

Tendré, pues, que aguardar un poco antes de encarar al gringo nefasto, cuya influencia conducirá a Marilyn, sin remedio, al desastre. Según la gente del hotel, la pareja podría regresar mañana o pasado. ¿Qué diablos han ido a hacer o qué se les habrá perdido en áreas circunvecinas de la ciudad? Me envenena pensar que la mujer a quien presenté a mi madre y a mi hermana como la compañera de mi vida, ahora haya regresado al lecho marital de ese drogómano impenitente. Por instantes, pienso que debí librar a Daniela Morán a su suerte y preocuparme más por Marilyn, que al fin y al cabo me ofertaba un amor limpio y franco. Pero viene a mi mente otra vez el rostro acongojado del espectro y siento que mi inclinación hacia esa alma sufriente es muchísimo mayor. De algún modo, Daniela Morán mueve las fibras más ocultas de mi espíritu. ¿A qué puede deberse? He aquí una pregunta que, antes, no me había formulado y que, de repente, incuba en mí una duda punzante. Recuerdo al personaje andrógino con el que soñé la otra noche y que me pedía entender. ¿Entender qué? La duda me trabaja como una barrena.

Febrero 8, sábado

Como, en estos últimos tres días, he debido alimentarme —solo como un cenobita— en restaurantes vulgares y gregarios, hoy aproveché un encuentro casual con el poeta Sebastián Corredor y lo invité a almorzar. Al fin y al cabo —pensé—, fue buen amigo de mi padre y sus exhibiciones alcohólicas podían muy bien olvidarse cuando, sobrio, seducía con su conversación culta y casi siempre sorprendente. Acudimos, pues, a un restaurante napolitano de Bocagrande, en pos de unos espaguetis que han hecho renombre. Con cierto temor, acepté su insinuación de que, como mero aperitivo, bebiéramos unos whiskies.

Recayó la conversación sobre una noticia que, en los últimos días, han venido trajinando los periódicos: el Movimiento Raeliano Internacional, que asegura haber clonado al primer humano —una niña bautizada Eva—, se propone hacerlo ahora con nadie menos que con el cantante Carlos Gardel, fallecido en un accidente aéreo en 1935. Esta secta de los raelianos considera a los hombres fruto de un experimento biológico realizado por extraterrestres. La tesis envuelve una divagación —por así llamarla— inadmisible, pero he aquí que estos adeptos han creado una entidad de carácter biogénico que pretende especializarse en la clonación de personas.

Corredor insistió, mientras paladeábamos el whisky, en que sería mucho más enaltecedor clonar a los grandes genios del pasado. Parece bastar, para lograrlo, que el difunto en cuestión tenga menos de trescientos años de fallecido, en cuyo caso su ácido desoxirribonucleico aún puede prestarse para esa duplicación conmovedora. Le opuse, sólo por llevar la conversación, idénticos argumentos que el día en que nos ocupamos por primera vez del tema: el clon puede traer consigo todo el deterioro acopiado por su prototipo en el instante de morir. Su vida, pues, sería muy fugaz. Me dijo que, tal vez, la ciencia podría pronto obviar ese inconveniente, pero agregó a continuación que, en cambio, detectaba un impedimento serio para copiar por entero a un individuo, en el cual ni los biólogos tradicionales ni los raelianos parecían haber reparado. Éste se relacionaba con la transmigración de las almas.

Mi sorpresa ante aquella expresión fue grande, pues ignoraba que el poeta creyese en la metempsícosis. En dos platos, estimaba improbable que, al reproducir a un difunto, penetrase en él la misma alma que lo animaba en vida; cosa imposible, por lo demás, si el clonado era un individuo viviente. Ello implicaba, como resultaba palmario, que el duplicado viniese al mundo con características harto diferentes de aquéllas del original, o en fin que, a despecho del enorme parecido físico, informara una persona totalmente distinta. Resultaría así imposible clonar, como él lo querría, no sólo a Gardel —a quien parece admirar—, sino a Bach, a Hugo, a van Gogh, a Einstein. El facsímil no acusaría las dotes geniales de su modelo. El intento se hallaba condenado al fracaso y, entretanto, Einstein, van Gogh, Hugo y Bach seguirían reencarnando en otros ejemplares humanos cuyo genio tendría que encarar, por la endémica incomprensión de la sociedad, luchas análogas a aquéllas que debieron emprender en otras vidas.

La conversación exhumó en mi espíritu el fragmento de las crónicas de Norberto Méndez en que éste expone las teorías transmigracionistas de Filipo Mastriani. ¿Existiría en el mundo de hoy, me pregunté, alguien que poseyera iguales dotes que aquel milanés para develar las encarnaciones pasadas? Recordé entonces cómo Desdémona von der Becke aseguraba haber trabajado largo tiempo con el doctor Ian Stevenson, cuyo cometido era justamente el de desenmascarar vidas anteriores de niños del mundo entero. Incluso, mi parapsicóloga decía haber escrito una memoria científica para resumir las características de casos típicos de reencarnación, a fin de convertir tales estudios en soportes de la ciencia genética y de los análisis del carácter. Al parecer, ni los raelianos ni otras muchas personas que anhelan ver clonados seres humanos habían avistado el inconveniente que Corredor planteaba con indudable talento. De improviso, me hice consciente de que, por primera vez en mi vida, meditaba con cierta formalidad en el posible fenómeno de la transmigración de las almas.

Cuando, a eso de las cuatro de la tarde, decidí marcharme a casa, estuve a punto de no poder abandonar la mesa, pues el poeta quería seguir libando whisky. Logré, al fin, desembarazarme de él, que porfió en permanecer en el restaurante. Ignoro si, ido yo, representó alguno de sus espectáculos fachosos, si atacó al mesero o si se desnudó en pleno Bocagrande. Espero que nada de eso haya ocurrido, pues me agradaron los espaguetis y quisiera poder volver al establecimiento.

Febrero 9, domingo

Di una vuelta hoy domingo por el Hotel Caribe, a fin de averiguar sobre el paradero de Prescott y de Marilyn. Al parecer, prosiguen su excursión por el azaroso agro bolivarense.

Daniela Morán volvió anoche y, aunque cierta persistente inquietud ha surgido en mí, con relación a sus reclamos, desde la conversación con Sebastián Corredor, me limité a estrecharla y a besar su rostro evanescente. Esta vez, duramos largos minutos unidos en un abrazo que se me antojó intemporal, desasido de los límites del mundo racional y del tiempo y del espacio.

En las horas vespertinas, trabajé con ahínco en mi sinfonía, que no llevará ya un mero numeral por título, sino que evocará, en él, a la asesinada esposa de Arturo Rimbaldi, cuyo espíritu no consigue reencarnar porque se halla prisionero en la casa del escudo.

Ya en la noche, pasé por el restaurante donde ayer almorcé con el poeta, por ver qué podía haber sucedido. En efecto, un mesero risoteado me indicó que nada muy grave, pero que Corredor —movido acaso por su admiración hacia Gardel— se había trepado a la mesa y desde allí había entonado, con una voz deplorable, el tango *Caminito*.

22

Marilyn y Freddy Prescott regresaron al hotel en la noche de ayer. Esta mañana, logré entrevistarme con el californiano, mas no con mi ex amante, la cual, según palabras de aquél, no desea verme por el resto de su vida. Hablamos en el vestíbulo, donde el hombre condescendió a acudir con un aire de superioridad colindante con el desprecio. Si bien podía suponer que ella lo hubiese puesto al corriente de las apariciones y de mi aparente relación amorosa con el espectro, preferí hacer de lado ese tema y concretarme en el aspecto práctico de su relación.

No dudaba, por una parte —le manifesté—, de la preeminencia del amor de Marilyn por él sobre el que podía haber experimentado hacia mí. No de otro modo podía explicarse aquel abandono precipitado y el probable pedido de auxilio que le había dirigido. No obstante, tal como ya se lo había señalado en Nueva York, el renuevo de su trato con él sólo desdichas podía acarrear a la pobre joven.

—Usted, Prescott —le recalqué—, no sólo la haría recaer en el uso de alucinógenos, sino que la sometería al peligro permanente de su cercanía. No ignoro que tiene usted pactos o compromisos con el crimen organizado, y ello nada bueno puede significar para Marilyn.

Me dirigió una mirada altanera y replicó:

—Eso a usted no tiene por qué importarle. Dedíquese a cultivar el amor de su fantasma y déjenos a nosotros con el nuestro. Fui siempre el verdadero hombre de Marilyn. Si se fugó con usted por ese tiempo, largo o corto, fue por su ausencia de experiencia y porque usted le halagó los oídos hablándole de un amor que jamás existió.

—No sabe usted cuánto la he amado —medio susurré, seguro de que aquella conversación no conduciría a ninguna parte—. Ella me ha abandonado por un simple equívoco. No sostengo amores de ningún género con ningún fantasma.

Esta última frase me sonó muy ridícula.

—La sometía usted —adujo Prescott— a la crueldad psicológica de vivir en una casa en donde ocurrían, por decirlo de alguna manera, cosas extrañas. No está ella habituada a ese culto por los muertos que, al parecer, profesan ustedes los descendientes de indios y de españoles.

—Uno de mis abuelos fue estadounidense —traté de rebatirlo y, de nuevo, el sonido de mi voz se me antojó caricaturesco e irrisorio.

—Procede usted como esos mexicanos montaraces que elevan altares a los difuntos —me imputó, sin hacerme caso—. Los gringos somos distintos, somos de otra greda, levantamos altares a la vida.

Pensé en las muchas veces que había oficiado ante el tabernáculo del vitalismo, pero al tiempo comprendí que, frente a las acusaciones contra mí proferidas por Marilyn, alegarlo carecía de valor.

—Me he resignado —preferí decir— a perderla. Pero no quisiera que usted la condujera a arrastrarse por arrabales de vicio y de crimen.

—Eso ya no es asunto suyo, señor —cortó él, irguiéndose de la poltrona en donde se había sumido—. Pasado mañana volaremos con rumbo a Miami. Ahora, prefiero que se vaya. Adiós.

—Permítame hablar con Marilyn —supliqué.

Me respondió tan sólo su espalda atlética, alejándose.

Febrero 11, martes

No he conseguido conciliar el sueño más de una o dos horas en los últimos días. Anoche, la opresión fue doble. Por una parte, siento el alma lacerada por el triste destino que espera a Marilyn en poder de esa ave rapaz que es Prescott. Por la otra, la idea que empezó a martillarme durante el almuerzo con Sebastián Corredor no se aparta de mi cerebro. Me he preguntado con insistencia qué quiso significar ese sueño con un ser cuasi hermafrodita, cuya voz chillona me instaba a entender. ¿Entender qué? Ahora me parece verlo con cierta claridad.

Por largo tiempo, he venido pensando que el fantasma de Daniela Morán, por ser yo en estos días el habitante de la casa, me confunde con Arturo Rimbaldi. Pero, me pregunto: ¿por qué no se equivocó de idéntica manera con los señores Fandiño Arteaga, que vivieron aquí por cinco años? En aquellos tiempos, era posible —conforme ellos me informaron— percibir fenómenos inquietantes, mas no del vigor ni de la nitidez de los actuales. Veían, sí, una blancura volátil atravesar la sala, oían ruidos en la cocina… Jamás, en cambio, escucharon los gemidos ni mucho menos vieron a Daniela de forma tan precisa como se manifiesta a partir del momento en que vine a vivir aquí.

Otros indicios me perturban. Según las crónicas de Norberto Méndez, el vidente Filipo Mastriani entrevió en las encarnaciones anteriores de Rimbaldi a por lo menos tres músicos: el primero de ellos, un teólogo y jurista que abjuró de esas disciplinas en aras del pentagrama; el segundo, un monje de alguna escolanía barcelonesa, que compuso antífonas para la liturgia; el tercero, una especie de obispo músico, de tiempos de la guerra de los Cien Años... Por lo que a mí concierne, fui un ejecutante de piano en extremo precoz. En ciertos medios musicales, se me concedió el incierto rango de niño prodigio. Gracias a los caudales y luego a la herencia de mi padre, me ha sido posible consagrar todos mis esfuerzos a la música. ¿No seré, Dios de los cielos, la más reciente de las encarnaciones del obispo, del maestro de capilla, del autor de oratorios y cantatas, del compositor de la *Sonata de los arquetipos*? ¿No será, de algún modo, usual que reencarnen las personas en individuos de su mismo linaje familiar?

¿No seré, pues, yo el equivocado, en vez de Daniela Morán?

Febrero 12, miércoles

A eso del mediodía de hoy, una llamada telefónica vino a trastornarme de un modo arrollador. Había pasado la mañana trabajando en mi sinfonía, y me aprestaba a salir en busca de almuerzo, cuando entró ese telefonema, procedente del aeropuerto «Rafael Núñez». Un compasivo agente de policía accedió a llamar para informarme que Freddy Prescott y Marilyn Shanley se hallaban detenidos allí bajo el cargo de acarreo de droga heroica.

Me personé tan pronto como pude en aquel lugar, donde un funcionario descortés y arrogante me comunicó que la ciudadana estadounidense Marilyn Shanley había sido atrapada en la mañana, cuando se proponía abordar un vuelo para Miami, con una buena porción de cocaína —en cápsulas selladas por las reconsabidas tres capas de caucho— dentro de su estómago. La acompañaba un sujeto, también americano, llamado Freddy Prescott, quien, de acuerdo con la Drugs Enforcement Agency, poseía antecedentes fuliginosos en el tráfico de narcóticos. Según el delegado, dado el historial de este último, la pareja había sido rastreada durante un reciente itinerario por territorios de guerrillas, cuyo propósito era, probablemente, ponerse en contacto con traficantes, que operan en connivencia con aquéllas, recibir la droga y sacarla hacia los Estados Unidos. Ambos habían solicitado la presencia mía, alegando que podría aportar referencias sobre ellos.

Me hice, por supuesto, la composición de lugar. Freddy Prescott sabía de sobra lo mucho que me afectaría saber a Marilyn envuelta en esta complicación demoníaca. Deducía, en consecuencia, que era yo la persona indicada para pasarme el balón y dejar a mi buen juicio la siguiente jugada. Esto me inundó de escozor. Después de tratarme, dos días antes, con tanta altanería, ahora se refugiaba en mí, colocando como señuelo a la pobre Marilyn, a quien no había tenido escrúpulo en acordar, además, el papel de «mula» en su arreglo con los traficantes. Desde luego, conocía él de antemano cuál sería mi reacción —una reacción de asco— frente a este movimiento de sus fichas, pero también que, hallándose ella de por medio, algo estaría siempre dispuesto a hacer. En pocas palabras, me colocaba en la situación de lograr un milagro o de desamparar a una mujer —a quien mucho quería— ante los embates forzosos de la justicia.

El funcionario, viéndome debatido en la perplejidad, abandonó por un instante su insolencia y, aproximándose, me deslizó al oído:

—No tiene facha usted de andar metido en estos berenjenales. Más bien, hágase el de la vista gorda y vuelva a casita.

No le presté oídos y solicité —era lo menos que podía hacer— una entrevista con los detenidos. El hombre reasumió de inmediato su porte arrogante y me informó, con sequedad casi afrentosa, que Prescott en estos momentos era sometido a interrogatorio, mientras Marilyn permanecía en un dispensario de la policía, donde se efectuaban los procedimientos rutinarios para que expulsara las bolsas de cocaína. Una vez cumplidos tales trámites, de inmediato serían puestos a órdenes de la fiscalía, que dispondría de veinticuatro horas para dictar en su contra medida de aseguramiento. Si acaso en uno o dos días sería posible verlos. Por lo demás, me recordaba que lo único hacedero en estos casos era colocar el asunto en manos de un abogado, con vistas a una condena más ventajosa, pues los acusados habían sido sorprendidos con las manos en la masa y no habría para ellos beneficio de excarcelación. Ya que Marilyn era o había sido mi compañera, mi visita sólo reforzaría la ya existente sospecha policial sobre probable complicidad de mi parte.

—Porque créame, señor: en adelante, usted será vigilado las veinticuatro horas del día —concluyó, con una sonrisa pendenciera.

Abandoné las instalaciones policiales lleno de una cólera ahogada, que por partida triple comprendía a Prescott, a Marilyn y a las autoridades. Ya en casa, llamé por teléfono a Pablo Morales. Le planteé sin eufemismos la situación e indagué lo que pudiera recomendarme. Me dijo que, en caso similar, él se limitaría a hacer mutis por el foro, pero sin darlas de actor dramático. La pareja había sido atrapada en flagrante y no habría abogado que pudiera hacer mucho por ella, salvo obtener que les asignaran una prisión decorosa y tratar, más tarde, de reducir en lo posible la inevitable condena. De observar los convictos buena conducta, ésta, según me indicó, podría llegar a menguarse hasta en un treinta por ciento. Agregó, claro está, que lo lamentaba en forma superlativa por Marilyn, a quien había tomado cariño durante el tiempo que permaneció a mi lado. Mas no dejó de opinar que todo narcotraficante merece penas muy rígidas. Por lo demás, no sabía de abogado alguno, entre sus relaciones, que se interesara en este género de casos. (Esto, naturalmente, lo interpreté como: «No estoy en condiciones de comprometerme, dirigiéndome a ningún amigo, así sea un abogado criminalista, para proponerle que defienda a un par de pájaros de cuenta».)

Consultándolo con la almohada, me veo de repente a mí mismo como un músico ascético que carece de amistades profundas y, por supuesto, de influencias poderosas en este mundo. Si se exceptúa a Morales —hoy tan reticente—, me parece que a nadie puedo llamar amigo. En ello, no armonizo con la imagen que Norberto Méndez ofrece de Arturo Rimbaldi. Éste poseía amistades a granel, era un ser profundamente sociable. Yo, en cambio, no cuento con un solo abogado entre mis relacionados. ¿Puedo ser la reencarnación de aquel simpático personaje, cuya tragedia lo torna todavía más atractivo? Estas consideraciones acendran en mi cerebro la actitud de días atrás, según la cual se equivoca el espectro al creer que, al dirigirse a mí, lo hace a Rimbaldi. Pero… Si he de ser franco por completo, me debato otra vez en el *embarras du choix*, en la incapacidad de elegir. Si en verdad soy el autor de la *Sonata de los arquetipos*, mi responsabilidad para con Daniela es enorme. Y no puedo rehuirla alegando tan sólo la diferencia de caracteres entre Rimbaldi y yo. Ya muy dilúcido está en las crónicas de Méndez: el inspirado Mastriani aseveraba que, en cada encarnación, nos aguarda una personalidad distinta.

Dios mío, ¿qué puedo hacer por Marilyn? ¿Qué, por Daniela?

23

Me puse hoy en comunicación con un bufete de abogados, cuyas oficinas se encuentran en el edificio del Banco Popular, en el sector de La Matuna. No sin mostrar cierta reserva, aceptaron por fin hacerse cargo del caso de Marilyn. Sin tardanza, efectuaron la pertinente averiguación, de acuerdo con la cual los dos reos habían sido puestos a órdenes de la fiscalía, la cual se proponía dictar en su contra y en el término de la distancia, medida de aseguramiento sin beneficio de excarcelación. De momento, se les había separado para que, conforme a los reglamentos, mi ex amante quedara recluida en la Cárcel de Mujeres de San Diego y su cómplice, en la de varones de Ternera.

La defensa me costará, qué le vamos a hacer, una suma colosal. Todo sea por Marilyn. He instruido al bufete para que, de ser posible, nada haga por su compinche californiano, mas es lo cierto que ha sido en ella —en su cuerpo— donde fue hallada la evidencia maestra; así, la suerte de Prescott va de la mano con la suya.

Con Marilyn logré, gracias a los legisperitos, entrevistarme en horas de la tarde. Separados por una vidriera y una rejilla, nos observamos largamente, antes de animarnos a la palabra. Luego, el diálogo fue tenso y melancólico. Me reprochó la forma como la había hecho de lado (¿cuándo ocurriría semejante cosa?) por galantear al espectro; y la *aventura* —fue esa la palabra que usó— en que la había obligado a hundirse por aquella dejación. Traté de explicarle que jamás le había vuelto la cara y que, si había querido regresar con Prescott, era porque sin duda lo amaba más que a mí. Lo cual, añadí, no explicaba ni mucho menos disculpaba el que hubiese accedido a transportar droga en su estómago, como cualquier mujerzuela del desecho social.

Adoptó entonces un aire abstraído y, al cabo de unos segundos, me aseguró haberlo hecho por su ingénito amor a la *aventura*. Aquí regresaba, pues, la palabreja a la cual sería preciso aplicar un procedimiento de hermenéutica. La forma como lo dijo revolvió en mí la exasperación y sólo atiné a replicarle que, en ese caso, ¿por qué no había elegido mejor atravesar a nado el Canal de la Mancha u organizar una expedición al Amazonas? Una cosa era la aventura y otra el delito.

—Esta aventura envolvía mayor emoción —adujo.

—Qué adorable —ironicé—. Ahora vas a pasar un emocionante número de años en prisión. Me repartiré así entre dos cautivas: una en la casa del escudo y otra en la Cárcel de Mujeres.

—Eso congeniaría mucho con tu modo de ser —opinó, llena de una suerte de cinismo defensivo—. Se compadecería a las maravillas con esa especie de cartujo macabro que has escogido representar. A tu lado, Fernando, la vida se me hacía cada vez más desesperante. Lo único que te faltaba, para completar ese paisaje de misantropía, era enamorarte de un fantasma, como me has dicho que acostumbraba hacerlo tu tío tatarabuelo Arturo Rimbaldi.

—Es decir —colegí—, que no me abandonaste porque, según tu convicción arbitraria, galanteara al espectro, sino porque conmigo te aburría incluso la presencia nada tópica de esa alma en pena.

Hizo tan sólo un gesto de tristeza o, acaso, de aridez.

—En fin —le aconsejé—, ahora deberás revestirte de valor. Las cárceles de tu país son un picnic al lado de las colombianas.

—Sólo que aquí son más viables el soborno y la fuga —afirmó, con una sonrisa provocadora.

—Aplausos, por tu fe radiante —le dije; e hice el ademán de irme.

—Eres un maestro del estímulo —zahirió entonces, con un mohín de desilusión, mientras se incorporaba de su asiento.

Febrero 14, viernes

Tal vez para exonerarse de su furtiva negativa a socorrerme en la búsqueda de un abogado, Pablo Morales me hizo llegar hoy, en las horas primerizas, las partituras de Arturo Rimbaldi que sus corresponsales escudriñaron en los archivos de conservatorios y orquestas sinfónicas de los Estados Unidos, y que recibió por vía del fax. He podido, así, disfrutar mentalmente de esa *Sinfonía de la amada suprimida*, a la cual tanta primacía otorgó Norberto Méndez. En realidad, es esplendorosa.

La obertura posee forma de sonata, con un robusto primer tema en los violines. Hay un segun-

do, expuesto por el clarinete, que transmite una —
no apaciguadora, sino paradójicamente sobresalta-
da— impresión de desnudez. Supongo que, en ellos,
se compendian los dos personajes del asunto, que son
sin duda Rimbaldi (clarinete) y Daniela (violines), en
momentos en que aún se arrullan, por aquellas exalta-
das vísperas de la Gran Guerra, en París. El movimiento siguiente está formado por cuatro Danzas,
cuyos temas suelen entrelazarse a manera de fugas, y
representan, de modo evidente, los nerviosos días a
bordo del «Donizetti». Sobreviene un movimiento
lento, titulado *Canto variado*, que retrocede indudablemente al año 1907 en que Rimbaldi se alojó en
Buenos Aires en casa de los Morán o, lo que es lo mismo, en que se inició el enamoramiento, por así llamarlo, con la niña de doce años. En éste, los violines
tornan a exponer un tema, muy matizado, al cabo del
cual se suceden tres espléndidas variaciones. El movimiento final, con ritmo *alla breve*, ostenta una or-
questación dramática, que simboliza los infortunios
que tuvieron por escenario a Cartagena, y la cual es
rematada con un *fortissimo* enunciado al unísono por
la totalidad de la orquesta. Es tal mi entusiasmo ante
su decisiva sugestión, que pienso que Daniela, si no
era todavía un arquetipo —como el autor lo deseaba— antes de su escritura, lo es de lleno ahora, al
modo mismo de la infanta difunta.

La lectura de la totalidad de las piezas me ha
persuadido, sin atisbo ya de duda, del singular talento desarrollado por Rimbaldi como compositor. ¿Podré compararlo con el mío, que aún parece estrellarse
contra una primera sinfonía? ¿Podré considerarme su
avatar? En fin, dejemos tanto rigor: Rimbaldi compuso casi toda su obra después de los cuarenta años.

De no haber sido por el gatuperio que Marilyn y Prescott crearon con su intento de llevar cocaína a los Estados Unidos, haría rato hubiese hablado con Desdémona von der Becke, para que me ayude a dirimir si soy o no la reencarnación de Rimbaldi y, caso de serlo, qué debo hacer para liberar a Daniela Morán de la cautividad que sufre en esta casa del escudo. Casa cuya atracción, que sentí desde niño, pudo deberse al hecho de haberla habitado en otra vida y haberse presentado en ella los sucesos que dieron en la cárcel con un músico y poeta realmente excelso.

Febrero 15, sábado

Poco después de escribir lo anterior, hablé por teléfono con la parapsicóloga. Me informó que es el fumador impenitente, esto es, Edgar Gándara, quien realiza para ella las sesiones de hipnotismo.

Indagué en qué podía ayudarme el hipnotismo y me explicó que la sola forma de pesquisar en previas encarnaciones consiste, para la ciencia por ella practicada, en realizar las llamadas *hipnosis regresivas*, mediante las cuales obligamos a la mente a retroceder en el tiempo hasta dar con las vidas anteriores. El experimento, según afirmó, posee ya una larga trayectoria, iniciada en 1952 por Morey Bernstein, al hipnotizar a una joven llamada Ruth Simmons y descubrir, en su pasado, la existencia de un avatar, cuyo nombre era Bridey Murphy. Justamente el doctor Rhine, en prosecución de cuyos experimentos Desdémona laboró en el Pentágono de Washington, avaló aquellas comprobaciones.

Gándara, según me dice, sólo estará disponible el lunes, es decir, dentro de dos días. Aunque es-

to vuelva a olerme a pócimas con tripas de renacua-
jos y alas de murciélago pulverizadas, me zambulliré
en ese albur. Y a propósito de colaciones, Sebastián
Corredor se comunicó hoy conmigo para hacerme
una propuesta gastronómica. Como residió algunos
años en España —y en estos días anda en idilio con
ese país, por haber quedado finalista en un concurso—, conoce según dice la fórmula auténtica de la
paella, muy desemejante de aquélla que nos sirven en
los restaurantes, y le gustaría prepararla en la casa del
escudo, a fin de que Marilyn la aprenda. Le informo,
con voz triste, que no está ya Marilyn conmigo, lo
cual lo asombra y dice deplorar. Pero le propongo
que la hagamos de todos modos mañana domingo,
con la posible presencia de mi amigo Pablo Morales,
con quien estoy en deuda por sus muchos servicios,
y de su esposa. Le he puesto, sí, como condición, no
beber ni una sola copa, a lo cual se ha acomedido sin
chistar.

Un poco después, Morales me responde que
acepta encantado, y añade que vendrá con Estefanía
y con los niños. La presencia de estos últimos no se
encontraba entre mis cálculos, pero en fin, prefiero
el alboroto que armarán —de fijo—, a esta soledad
despótica.

Febrero 16, domingo

De modo sorpresivo, por ser domingo, recibí muy de mañana una llamada del joven abogado a
quien el bufete encomendó el asunto de mi ex amante y de su compinche californiano. Me informó que
Marilyn se ha metido en embrollos en la Cárcel de
San Diego. En algún momento de la noche del vier-

nes, empezó a dar gritos intemperantes y a asestar puntapiés a la puerta blindada de la celda. Al acudir los guardianes, la hallaron en un estado que harto conocen, por su larga experiencia en el penal. Decía columbrar ángeles agitando sus alas en los muros y, al mismo tiempo, emitía hipidos de llanto y risotadas.

La enfermera que la atendió opinó que se encontraba bajo el efecto de la silocibina, que es el constituyente que da carácter alucinógeno al *silocibe cubensis*, o sea, el hongo que había ingerido sin que fuese difícil establecer cómo lo consiguió. En la prisión hay un tráfago intenso de narcóticos y sus autoridades no han logrado descifrar el modo como estos hongos, amén de la marihuana y de otros estupefacientes, son introducidos. Ello me fuerza a pensar que, durante los días vividos en el Hotel Caribe con Prescott y, por supuesto, durante aquéllos en que se entrevistaron con la guerrilla y con los traficantes, Marilyn volvió a sus viejos hábitos neoyorquinos. Al mismo tiempo, concluyo que no se encuentra en verdad feliz al lado de su corruptor. A lo largo de los meses que permaneció a mi lado, jamás expresó la necesidad de este tipo de drogas. ¿Por qué las necesita ahora? En el trasluz de su *aventura* en el frustrado vuelo a Miami, se perfila una alta dosis de infelicidad.

Pasando a algo mucho más crucial, Daniela Morán tornó a dejarse ver anoche. Lo hizo sentada al piano, interpretando el consabido *Lied* de Schubert. Escuché nota por nota, instalado en una poltrona de la sala. Cuando lo concluyó, antes de diluirse en el aire, me dirigió una sonrisa que, no sé por qué, interpreté como de agradecimiento. ¿Qué clase de agradecimiento? ¿Acaso porque me he decidido a investigar mi posible identidad con Rimbaldi? Lo ignoro. Sé en cambio que, durante las horas pasadas en casa por Sebastián Corredor y por la familia Morales, el fantasma osó producir un gesto galante.

Corredor llegó poco después del mediodía, cargado con todos los ingredientes indispensables para su plato valenciano. Pablo y los suyos, quiero decir, Estefanía y el tropel de los chiquillos, lo hicieron a eso de la una. A la pareja obsequié con los whiskies que rehusaba al poeta, y hasta me animé a catar uno que otro. El poeta, a su turno, luego de las presentaciones, se mantuvo en su coto de la cocina y apenas si de tiempo en tiempo asomaba por la sala y participaba en la conversación, que versó —tras las preguntas inevitables acerca de la deserción y posterior prendimiento de Marilyn— sobre trivialidades y temas del día. Entretanto, los chiquillos revoloteaban por la casa y, a cada instante, alzaban la tapa del piano para golpear las teclas y producir acordes desapacibles.

Por apropiarme un poco de la ciencia de Corredor, rondé a mi turno la cocina en forma esporádica. Puedo afirmar que el poeta colocó primero la sartén redonda, que él mismo había llevado, sobre un fuego de leña —que pude proporcionarle—; luego cubrió su fondo con aceite de oliva, no sin agregar un puñado de sal. Una vez propicia la temperatura del aceite, incorporó porciones de conejo y de pollo, previamente sazonadas, para sofreírlas. Diez minutos más tarde, sofrió también unas habichuelas verdes; acto continuo, sumó al conjunto higaditos también de conejo y de pollo, e incorporó una ración de fríjoles blancos que, según me explicó, no eran, por la imposibilidad de conseguirlos, los mismos grandes y planos que se emplean en la albufera de Valencia. El paso siguiente consistió en la añadidura de tomate rallado, que precedió en cinco minutos a la de agua fría. Arrojó después —reemplazando ciertos caracolillos aromados por el romero— unas hebras secas de azafrán. Dejó hervir el agua cerca de un cuarto de hora y fue llegado el momento de incorporar el arroz. Al cabo de diez minutos, la paella era un hecho.

Debo proclamar que la hallamos delicada y muy apetitosa, pese a la ausencia de mariscos y de pimientos rojos. Durante el almuerzo, no tuve corazón para evitar que Corredor apurase unas copas de jerez. De allí, claro, pasó al whisky en menos de lo que se exhala un suspiro. Los niños, entretanto, habían ido, por insinuación de Estefanía, a jugar al patio trasero, repleto de árboles frutales y con una hierba muy crecida. Cuando, a eso de las cinco de la tarde, Pablo y Estefanía decidieron despedirse, fuimos por ellos y la pareja no dejó de mirarme con desconcierto cuando afirmaron haber tenido por compañera de juegos a una señora muy linda. Para salir del trance, inventé que podía tratarse de una vecina. Pero comprendí, sin mucho esfuerzo, que no había sido otra que Daniela Morán, llena acaso de añoranzas de niñez.

En cuanto al poeta, siguió libando en la sala, sin que pudiera deshacerme de él. Muy pronto, entusiasmado con su ancestro hispánico, empezó a delirar con ideas patrióticas. A eso de las ocho de la noche, se envolvió en una bandera que, mezclada por ahí con otros bártulos, conservaba de los tiempos en que mi madre la fijaba en el pórtico de la casa de Manga los días de festividades patrias, y entonó con fervor el Himno Nacional.

24

Febrero 17, lunes

A las diez de la mañana, según lo convenido, comparecí en el (por llamarlo de algún modo) consultorio de la doctora von der Becke, listo a colocarme bajo el poder de la hipnosis. La parapsicóloga me informó que la sesión se verificaría en su propio despacho, el cual, como ya dije, constituye una especie de caos ecuménico. En éste, Edgar Gándara, arrojando humo como una caldera, y Ángel Zeledón se atareaban en la puesta a punto de un equipo de grabación y de otro de vídeo, que deberían registrar los progresos del interrogatorio al cual, bajo la guía del magnetizador, sería sometido.

Lanzándome el humo sin piedad al rostro, Gándara me preguntó si antes había sido hipnotizado. Respondí que no y que, por el contrario, siempre experimenté temor ante tal posibilidad. Me explicó cuán necesario resultaba el que no opusiera resistencia, pues no se puede hipnotizar a quien se niega a serlo. Le prometí conducirme como un cordero en el redil. Pronto, sin dejar de fumar, se plantó frente a mi humanidad, que reposaba en la silla giratoria de la doctora, y comenzó a enviarme sugerencias de completo sosiego y de adormecimiento. Creo que no tardé mucho en sumirme en la hipnosis. Como, antes de ser despertado, recibí de Gándara la orden poshipnótica de conservar en la memoria todas las incidencias de la sesión, ahora me es posible reconstruirla en líneas generales.

Las preguntas fueron encaminadas, al principio, a hacerme retroceder en el tiempo dentro de los límites de mi propia vida, es decir, exclusivamente de mi existencia como Fernando Ayer. Se me hizo discurrir por mis años adolescentes, por mis primeras experiencias eróticas y por la época en que mi padre sintió decepción ante mi determinación de abandonar los escenarios donde tantos triunfos había cosechado como pianista precoz. Esta decisión, que en mí fue irrevocable, se debió a mi convencimiento de haberme transformado día a día en una máquina de hacer dinero y de estar convirtiendo la música, cuya principal condición ha de ser artística y creadora, en un ejercicio rutinario y banal. Recuerdo haber resucitado en mi mente, tal como además quedó registrado en la grabación y en los vídeos, los reproches desolados que mi padre me dirigía poco antes de morir. No entendía él, y debo confesar que aquello engendró en mí algún rencor, esa chifladura de preferir la ardua carrera de un compositor, que si acaso obtendrá reconocimiento en su vejez, a la gloria en vida de los reflectores y de las candilejas.

Retrocediendo aun más, vi también aquellos reflectores y aquellas candilejas, cuando el entusiasmo de mi padre por mis dotes portentosas me condujo a desplegarlas en teatros del mundo entero y ante personajes de cascabel gordo como el Papa o como el presidente de Francia. Luego, los días en que un profesor judío alemán, que había recalado en Cartagena atraído por los cimbeles del clima tropical, iniciaba mis manitas aún novicias en las calistenias proemiales del arte de Euterpe. Revivió en mí entonces, para asombro de este adulto autónomo y alejado en que me convertí, la enorme necesidad que en esos tiempos sentía de tener cerca a mi madre, de poder recibir sus mimos y ofrendarle mis besos como frutos de un huerto al tiempo candoroso y sensual. Sentía hacia ella una especie de reconocimiento instintivo, no por la circunstancia —creo— de haberme traído al mundo, sino por la virtud con que gobernaba y adornaba nuestro hogar. Nótese que, en ese sentido, venía a ser algo así como la contrafaz de la madre de Arturo Rimbaldi. Memorando la ternura de mis sentimientos filiales durante la hipnosis, he experimentado cierta tristeza al constatar lo lejanos que entre nosotros somos ahora Emma Rosales y yo: tan lejanos como dos invitados al mismo banquete que, sin embargo, poco tienen en común.

En ese período de mi existencia, acaso para no precipitar en exceso el viaje que habría de realizar hacia la región incógnita de mi pretérito, el hipnotizador, atendiendo consejos de la doctora, me interrogó acerca de mis juguetes favoritos, con lo cual sacó a primer plano una serie de cacharros y de animalitos de felpa que no creí volver a evocar nunca más. Juzgó conveniente, de resto, demorar en mis percepciones de recién nacido, momento en que —claro quedó en las constancias audiovisuales— emití los vagidos consiguientes y alcé piernas y manos, sosteniéndome en la silla, como debí hacerlo en la cuna. Me desplazó entonces hacia ese interregno misterioso en el cual nos debatimos entre una vida y otra, pero sin detenerse en él, me pidió ir más atrás, más atrás, hasta encontrar en mi memoria otra escena de un tiempo muy remoto. De pronto, la luz volvió a hacerse en mí. Lo primero que vi fue una sala con muchas camas, probablemente en una casa de enfermos. Todo era blanco como solía serlo en los hospitales de otras épocas. Aquello me resultó asaz desapacible, porque me hallaba en extremo grado de postración, en una de las camas, mientras oía los quejidos de otros ocupantes de la sala, afligidos sin duda por sufrimientos insondables.

Interrogado por las voces de la doctora y de Zeledón, afirmé hallarme en un pabellón de tuberculosos. Aunque purgaba una pena en cierta prisión de la ciudad, mi precaria salud había convencido a mis carceleros de la necesidad de recluirme en un sanatorio. Respiraba con ansiedad y aguardaba la llegada de un cura, que me confesaría y me ofrecería la extremaunción, pues me encontraba *in articulo mortis*. Los parapsicólogos se apresuraron, para librarme de aquella agonía, a hacerme retroceder todavía más. Resurgieron en mí, inevitablemente, las escenas del asesinato de Daniela Morán y la de mi huida en un caballo alazán siguiendo hacia el norte la línea de la costa. Tampoco desearon demorarme allí, para así evitar que la extrema congoja me despertase. Me pidieron ir mucho, mucho más lejos. De improviso, brotó en mi mente la ciudad de París, con su tráfago lento pero numeroso y sus luces en el atardecer. Había junto a mí, reunidas todas en torno a una mesa de café, varias personas que hablaban en francés. Una de ellas, según dije, era Oscar Wilde. Interrogado sobre mi propio nombre, respondí sin un pestañeo llamarme Arturo Rimbaldi, proceder de la América del Sur y vivir en la capital francesa hacía muchos años. Por momentos, la imagen se envolvió en brumas y vi ante mí al mismísimo Wilde, con quien to-

maba un camino bordeado por árboles esqueléticos
—se trataba, a todas luces, de un día invernal—, más
allá del portal de la abadía de Vaulx de Cernay, en
proximidades de París. Gándara y la doctora se en-
tretuvieron un poco recabando detalles de la muy antigua construcción, con lo cual les ofrecí un *tour* por
la fuente de saint Thibault —cuyas aguas permitie-
ron al antes infértil san Luis engendrar once hijos
en su esposa Marguerite—, por el salón de los tro-
feos, donde fuimos agasajados por el abad, y por el
salón gótico.

La sesión hipnótica se prolongó, en uno u
otro sentido, hasta reconstruir con rápidas imágenes
mi matrimonio en Nôtre-Dame y la travesía en el
«Donizetti». Contrariamente a lo que me proponía,
jamás tuve ocasión, ahora que recuerdo, de suminis-
trar a Desdémona las crónicas de Norberto Méndez,
de suerte que todo lo revelado constituía para ella y
para sus ayudantes una novedad. Ello descartaba toda presunción de que estuviesen proyectando sobre
mi cerebro un influjo particular, para inducirme a declarar esta o aquella remembranza. Las derivaciones
del experimento coincidían con lo relatado por Méndez en sus crónicas. Parecía superfluo, por lo demás,
rastrear la vida de Rimbaldi hasta su niñez, razón por
la cual la doctora ordenó a Gándara suspender la sesión. Éste me lanzó la orden de conservar todo lo percibido en la memoria. Ahora, pues, albergo en mi
mente recuerdos muy vívidos de la peripecia vital de
Rimbaldi, de quien no puedo ya dudar que soy la
reencarnación. Me hubiera gustado, por supuesto,
que los interrogadores explorasen mucho más allá, en
las encarnaciones más añejas, por ver si ello armoni-
zaba también con los pálpitos de Filipo Mastriani.

Mas, al parecer, la hipnosis no debe prolongarse demasiado, so pena de extenuar al sujeto y de poner en peligro su salud y su equilibrio psíquico. Cuando, tras apurar alguna bebida reconfortante, comentaba con el equipo las asombrosas revelaciones (de las cuales, según me aseguraban, no debería dudar ni un ápice), todos se manifestaron satisfechos y asombrados por los resultados óptimos del experimento que, al parecer, no en todas las gentes es posible. Al abandonar el laboratorio, llamé un instante aparte a Desdémona e inquirí sobre la forma en que consideraba hacedero librar a Daniela Morán de la prisión de la casa del escudo. La doctora me miró con perplejidad y me recordó, no sin un gesto de agotamiento, que era parapsicóloga y no espiritista.

Febrero 18, martes

Al arrojar sobre mi recuerdo imágenes de mi infancia, la hipnosis regresiva me ha forzado a preguntarme, en forma intranquila, si continúo siendo aquel niño de los cacharros, de los perritos de felpa, ansioso de los mimos de su madre, o si informo tan sólo una continuidad de él, una metamorfosis que supone un ser diferente. Esto último es lo único verosímil; y equivale a afirmar que acontecemos en una sucesión de individuos, a veces muy lejanos y hasta opuestos entre sí, los cuales van superponiéndose hasta integrar esa vaga síntesis que legaremos a nuestro próximo avatar. Tenemos la inclinación a creer que, en toda persona, palpita de algún modo el niño que fue una vez. No hay tal. Y el caso es aún peor: en el humano de aspecto más inocente que podamos tropezar en la calle, suele ocurrir que aliente un monstruo cuyos abismos interiores, de poder conocerlos, nos causarían horror.

Ahora bien, si constituyo un ser en alto grado disímil del niño que fui, ¿no es dado suponer que lo soy aún más de mi encarnación anterior, o sea, de Arturo Rimbaldi? La pregunta me colma de confusión. En principio, el hombre que soy ahora jamás habría asesinado a Daniela Morán, aunque hospedase la certidumbre de que le fue infiel. Además, cada día compruebo con mayor intensidad que conservo hacia aquella muchacha argentina el mismo amor que Rimbaldi le profesó en tiempos en que eran felices en París. He allí una faceta muy peculiar del sentimiento que me inspira: la siento como una amada muy antigua, como una mujer con quien me atan vínculos irrompibles que brotaron hace mucho tiempo. Sí; Daniela es para mí la misma chiquilla que entró desnuda a mi alcoba, en 1907, en una mansión cercana al parque Lezama, en Buenos Aires.

Todo lo anterior me ha hecho clausurarme con los libros que hay en el entresuelo, en pos de una fórmula furtiva que me permita liberarla.

Febrero 19, miércoles

¿Leerá la aparecida mis pensamientos? Me formulo esta duda porque anoche, luego de no haber vuelto a manifestarse desde la tarde en que traveseó con los niños de Pablo Morales en el patio, desperté luego de un sueño confuso y la vi enhiesta ante mí, como una estatua antigua. Pero, ahora, no era eso lo sorprendente; así acostumbra aparecérseme en los últimos días, en busca de mis consuelos y caricias. Lo asombroso es que, esta vez, estaba totalmente desnuda, sin esa especie de túnica que, aunque transparentara su cuerpo, imponía cierto ademán púdico. Totalmente desnuda, en su calidad casi de efluvio, como si deseara indicarme que sigue siendo tan mía como lo fue cuando era yo Arturo Rimbaldi.

Me incorporé, gateé hasta los pies de la cama y me puse a acariciar ese cuerpo (ignoro si es lícito llamarlo así) que más semeja una evanescencia, como esas lejanías de los paisajistas que van evaporándose hacia un añil difuso. Es igual que cuando tratamos de palpar en sueños a una mujer. Ésta se nos escapa como si se apartara hasta la línea del horizonte. Así sucede con Daniela, pero ello no inhibe mis ansias de abarcarla con mis brazos. Seguro como ahora estoy de ser la persona de quien ella espera la manumisión, le repetí: «Sí, sí, fui Arturo Rimbaldi y soy yo quien te pide el indulto». Lo articulé una vez tras otra. No duró mucho aquel arrebato. Pronto, vi que trataba de ceñir y de acariciar únicamente el aire. Entonces me he preguntado: «¿Conseguí liberarla?» No; no lo creo. Simplemente, se evaporó como lo ha hecho tantas veces, acaso porque el erotismo le suscita pérdida de su fuerza ectoplasmática.

25

Recibí, cuando apenas daban las campanadas de las nueve en el reloj del vestíbulo, una llamada de los abogados, con la solicitud de presentarme tan pronto fuera posible en sus oficinas. No sé por qué, comprendí que algo había asumido un giro perentorio, que exigía mi atención inmediata. Antes de una hora me hallaba, pues, frente al escritorio del joven jurisperito a quien el bufete encargó del caso de Marilyn.

Se excusó por el apremio con que me había requerido, pero aclaró que se trataba de algo en extremo delicado surgido el día anterior, sobre lo cual era preciso informarme cuanto antes, por ver si era posible extraer de ello alguna ventaja para nuestra defendida. Se trataba, en síntesis (y esto el bufete lo sabía de buena tinta, mas no por un conducto oficial), de que Freddy Prescott había propuesto a la fiscalía, mientras era interrogado, revelar, a cambio de ser puesto en libertad, los nombres de los traficantes que, en alianza con la guerrilla, le habían suministrado la cocaína oculta en el estómago de Marilyn. Al parecer, los fiscales que lo interrogaban prometieron transmitir la oferta a sus superiores. Cierto es que una ley muy reciente prohíbe a los tribunales otorgar rebaja de penas a trueco de delaciones, pero se trata de una disposición fácilmente eludible por la fiscalía, mediante el expediente simplísimo de abstenerse de formular cargos. El bufete conocía (siempre por el correo de las brujas) que el alto despacho se encontraba en disposición de aceptar la propuesta, lo cual esperaba comunicar al gringo durante su siguiente interrogatorio. Ahora bien: nuestro asunto radicaba en que Marilyn no había sido incluida en el trato.

Era tal la premura sugerida por las palabras del abogado, en el sentido de actuar de inmediato, que me sumergí sin poder evitarlo en el desconcierto. Mis gestos debieron impresionar en ese sentido al doctor en leyes, pues sin dejarme reaccionar, declaró que, en su opinión, un paso inminente debería consistir en parlamentar con Prescott y ofrecerle algo a trueco de extender a la joven los beneficios del arreglo. Respondí que, conociendo como, en efecto, conocía al californiano, estaba seguro de que sus exigencias serían desmedidas. El abogado me observó de hito en hito y recordó que había siempre forma de regatear y que, en cualquier caso, era una oportunidad en modo alguno desechable. Lo que a mí no acababa de gustarme era la necesidad, para tratar de cristalizar aquella gestión, de humillarse un poco ante Prescott, tal vez de suplicarle. Así se lo manifesté a mi interlocutor y él, comprendiendo mi posición, me indicó que no sería yo, en ningún caso, quien habría de conducir esa negociación, sino el bufete o, en otras palabras, él mismo. Para el efecto, se emplearía la mayor circunspección y objetividad en la posible transacción. Necesitaba, por supuesto, conocer hasta qué punto podía llegar mi generosidad o, en otras palabras, cuánto me hallaba dispuesto a ofrecerle al gringo por incluir a mi ex amante en el trato con los fiscales.

A mí me repugnaba tener que negociar con aquella sabandija que había llevado a Marilyn a extremos tan execrables. Me preguntaba, por lo demás, si Marilyn no podría ofrecer análogo convenio. Esto, claro está, lo rechazaba de inmediato mi discernimiento: no se precisaba ser un zahorí para presumir que ella desconocía de parte a parte el nombre de aquellos sujetos cuyos designios oscuros la habían conducido a la cárcel. Entré en una especie de irresolución pesimista, que hubiera deseado no dejar traslucir ante el joven abogado. Prescott, ante los requerimientos de este último, habría de juzgarse con la sartén por el mango, se subiría a un trono de superioridad y plantearía las pretensiones más audaces. Penetrando mis pensamientos, sin embargo, el legisperito me aconsejó meramente hacer el ensayo: si las exigencias del gringo nos resultaban excesivas, nada habríamos perdido con probar.

—Está bien —acepté por fin—. Hagamos la gestión, sin anticiparnos a un ofrecimiento concreto. Que exponga primero él sus condiciones. Le confieso que no soy nada optimista. Prescott es un individuo transversal e impredecible. Caso de lograrse un trato, no es cuestión de confiar tampoco en su palabra. Sus promesas son tan equívocas como las del diablo mismo.

—Déjelo todo en mis manos —programó el muchacho, con un aire de certidumbre que no parecía compaginar con su juventud—. Por ahora, abstengámonos de una oferta concreta. Oigámoslo simplemente. De cualquier resultado le daré noticia inmediata.

Era mi esperanza que esta misma tarde esa noticia me llegara, pero cayó la noche y el bufete no volvió a comunicarse. Mientras más pienso en el probable éxito o fracaso de la misión, crece más mi repugnancia por tener que negociar con alguien a quien desprecio y temo a la vez. Pero, la verdad, resultaría imperdonable dejar pasar la ocasión de hacer algo por Marilyn, por esa pobre mujer que quiso ver un infierno en la casa del escudo y cuya deserción la introdujo en un infierno real. Pensando en todo esto, se me ocurre que en la vida no hay premios ni castigos, sino consecuencias.

Febrero 21, viernes

Sin recibir aún noticia del abogado, he gastado la primera parte del día en visitar el viejo cementerio de Manga, en pos de la tumba de Arturo Rimbaldi. El padre del poeta y músico no adquirió jamás un panteón, pero lo hay de la familia Bustillo, y allí fui a explorar. En efecto, en un recodo que ofrece cierta sensación de modestia, hallo lo que busco. El sepulcro de mi avatar se encuentra muy alejado del de su hermana, circunstancia que —ignoro la razón— parece aportarme cierta íntima alegría. En la lápida, con el nombre y las dos fechas, hay a modo de epitafio una leyenda que reza:

> *Due cose belle ha il mondo:*
> *Amore e morte.*

Son versos, creo, de Leopardi. ¿Pediría este hijo de italiano que ataviaran su tumba con esas italianas palabras? Así lo creo, pues no veo a Celeste o a Efrén Bustillo trajinando jamás la obra del poeta deforme que, alguna vez, intuyó a la muerte no como un mal, sino como liberadora de los deseos, frase completamente digna del Buda. Amor y muerte: dos polos evidentes, el primero de los cuales nunca deparó ventura a Rimbaldi.

Ya en las horas de la tarde, me telefoneó mi joven abogado para transmitirme un mensaje de Freddy Prescott: el maldito se niega a negociar con él y exige que el trato sea directamente conmigo. Añade el legisperito que, si deseamos tener éxito en la gestión, me apresure a reunirme con el presidiario, pues muy pronto su oferta a la fiscalía hallará respuesta, y entonces nada podremos hacer ya por Marilyn.

Febrero 22, sábado

Enfrenté a Freddy Prescott no bien sonó la hora de las visitas. El gringo compareció con cierta sonrisa sardónica, con la cual quería significarme que me tenía en sus garras. Sin ningún género de circunloquios, le pregunté cuánto cobraba por incluir a mi ex amante en su trato con los fiscales. Soltó una pujante carcajada y, sin decir nada, con un lápiz que ignoro de dónde sacó, escribió sobre la pared blanca, con números enormes, la suma de un millón de dólares. Absteniéndome todavía de opinar acerca de la petición, le demandé si no abrigaba al menos un ripio de piedad por esa mujer a quien él mismo había llevado a prisión. Sin abandonar la sonrisa aborrecible, hizo un gesto negativo con la cabeza. Luego, se sentó frente a la rejilla y declaró:

—*Business are business. Les affaires sont les affaires.* Y acuérdese que demasiados expedientes pue-

den echar a perder un negocio. No dilate el asunto.
Diga sí o no.

Desde luego, no existía la más remota posibilidad de que pudiese erogar yo aquella suma. Me
hubiera satisfecho mucho poder responderle con un
redondo *no*. Pero Marilyn estaba de por medio. Mirándolo a los ojos, dije:

—Comuníqueme de una vez qué suma quiere de verdad.

Dejó escapar otra risotada.

—¿Cree que estoy jugando? —replicó—. Ni
un centavo menos de un millón de dólares.

Me alcé de mi asiento y le di la espalda, en
ademán de largarme. Pensé que, con ello, activaría
su codicia y lo obligaría a enunciar una suma juicio-
sa. Mas no fue así. Cuando casi ganaba la puerta, sentí una desesperación que era como si un camión fuera a arrollarme. ¡El hombre me dejaba ir! ¡Prefería
regodearse con mi aturdimiento, antes que asegurar
un dinero que podría ser muy opíparo! Crucé el um-
bral conteniendo el deseo que sentía de lanzarme al
suelo a berrear o a emitir aullidos. ¡No había esperanza para Marilyn! ¡Freddy Prescott encontraba placer
en dejarla reclusa, afrentándome de paso! A mis espaldas oí la carcajada perversa con que me despidió.

26

Febrero 23, domingo

Daniela volvió anoche. No ha sido, pues, liberada. De nuevo, lo hizo en total estado de desnudez. La vi allí, sensual en la muerte como una semidiosa, espléndida en la condición arquetípica que Rimbaldi le confirió con su *Sinfonía de la amada suprimida*. Torné a acariciarla y a ofrendarle mis besos, que esta vez me devolvió rozando mis labios y mis mejillas con una tenue succión, tan liviana como tiene que serlo el beso de las sombras. Insistí en repetirle que, en efecto, yo había sido en una encarnación anterior Arturo Rimbaldi y que ahora la eximía de toda culpa. Me miró con tristeza, como diciéndome que no era ésa la forma apropiada de liberarla. Sentí como si la impotencia me recorriera los músculos de los brazos, de las piernas, del cuello. En un arrebato de inspiración, le pregunté si ella y Celeste Goldwin eran la misma persona. Contestó con movimientos negativos de cabeza.

He pasado todo el domingo explorando en la biblioteca, tratando de hallar un texto que me indique cómo debo proceder. La *Relación de muertos* nada enseña sobre el particular. He leído tratados sobre el culto mortuorio en Egipto y nada he sacado tampoco en claro. Me empapé en algunos ritos célticos, sin que la luz se hiciera. ¿Qué debo hacer para manumitir a esta víctima inocente de las leyes cósmicas? Sin cortapisas debo declarar aquí que amo tanto a Daniela como en los tiempos en que, recién casados, vivíamos en París y era ella la flor y la esencia de nuestro hogar. Su indefensión, su desamparo, el crimen imperdonable que en ella perpetré, me han conducido, otra vez, a amarla con furor.

Febrero 24, lunes

Por teléfono se comunicó esta mañana el doctor Juan Ramón Navarro y, en sus palabras, advertí una leve alarma. Me informó haberse enterado por Desdémona von der Becke de la sesión hipnótica en la cual se pretendió determinar que era yo la reencarnación de un individuo fallecido en 1920, y al respecto deseaba conversar conmigo. Me prometió exponerme buen número de razones para dudar del experimento.

Me reuní con él, en su consultorio, a las tres de la tarde. Me miró con rostro circunspecto, surcado por la preocupación. Sus primeras palabras fueron, desde luego, para preguntarme por Marilyn. Le respondí que, a raíz de las apariciones, me había abandonado. Como era de esperarse, me expresó su pesar, pues había percibido entre nosotros los rasgos de un amor egregio. Indagó si el fantasma seguía manifestándose en casa y me sentí en el deber de informarle que, en efecto, lo hacía, pero que había logrado identificarlo y que se trataba de un ser sufriente e inofensivo. Asombrosamente, pues no esperamos ese género de comentarios en un hombre doctorado en medicina —a quien suponemos más bien saturado de materialismo—, me pidió desconfiar en alto grado de tales visitantes, muchos de los cuales no son otra cosa que demonios hábiles para engañarnos. Este consejo me infundió un poco de desagrado. Ya expliqué la forma como Daniela ha recobrado mi amor, y la altísima intensidad de éste. Ella compendia en este momento mi solo acto de fe, mi único asidero en medio de la perversidad del universo.

Juan Ramón Navarro se aprestó, a continuación, a exponerme la diversidad de argumentos existentes en detrimento de los experimentos de hipnosis regresiva para evidenciar encarnaciones anteriores. Ante todo, inquirió qué referencias poseía yo acerca de la vida de ese personaje cuyo avatar suponía ser. Le hablé de las crónicas de Norberto Méndez y él se limitó a un «anjá» muy meditativo. Su enumeración, pues, principió con el llamado engaño inconsciente, consistente en una convicción subjetiva fundada sobre falsas premisas y presuntas existencias construidas sobre ideas absorbidas en la niñez. En éste, al parecer, tienen mucha injerencia los padres, al bombear en la mente del infante numerosos conceptos del pasado, que le permitirán elevar una construcción fantástica.

No pensaba que fuera mi caso, sobre todo al conocer la existencia de las mencionadas crónicas. En segundo lugar, estaba la criptomnesia o memoria oculta, brotada de lecturas olvidadas. Aliada con fantasías incubadas en el subconsciente, creaba escenarios en apariencia muy realistas, surgidos de fuentes innumerables. Bajo hipnosis, el sujeto muy bien podía hacer pasar tales escenarios por vivencias del pasado, ya que los había interiorizado de una manera intensa. Seguía la paramnesia o falsa memoria, en cuyo caso son mal interpretadas las memorias de la vida presente, escamoteo que, pincelado por otros factores, crea la ilusión de una existencia en un pasado histórico y persuade al sujeto de haber vivido una vida anterior. Añadió que ciertos estados alterados de conciencia, inducidos en forma natural o artificial, pueden dar la impresión del recuerdo de vidas pasadas.

Había que considerar por igual el peligro de hallarnos ante un individuo con personalidad disociada. Suponía que no ignoraba yo la posibilidad de este achaque psicológico, en el cual dentro de una persona conviven varias naturalezas. En este tipo de pacientes, no es extraño que se efectúe una dramatización de los conflictos del presente, disfrazándolos tras las máscaras de vidas vividas mucho tiempo atrás. Estaba, en otro orden de complejidad, el riesgo de recuerdos heredados. No es desconocida de los médicos la presencia, en la mente, de esta herencia a menudo manifestada en la capacidad para realizar en forma muy rápida ciertos aprendizajes e incluso ciertas maestrías, como en el caso de Mozart, cuyo padre era músico. De igual manera, la memoria genética nos hace sentir, como propias, experiencias de nuestros antepasados, y éstas pueden ser erróneamente asimiladas a remembranzas de otros avatares.

Un fenómeno paralelo sería el del subconsciente universal de que habló Jung. Numerosas mentes humanas poseen la capacidad de extraer información de ese depósito colectivo y, por una distorsión psicológica, hacerla propia e imaginar una vida anterior e, incluso, una serie de otras vidas. Con bastante frecuencia, la famosa impresión de *déjà vu* procede de tal fuente. Otra explicación, no ya muy científica, pero sí muy probable según el psiquiatra, se basa en una posesión por algún espíritu del pasado o incluso por un demonio, que infiltra falsos recuerdos en la mente del sujeto. En fin, concluyó, había que ponerse en guardia y, ante todo, no creer con fe de carbonero en los resultados de una hipnosis regresiva, sobre todo si era presidida por ese joven salvaje, según lo calificó, llamado Edgar Gándara, a quien los tres paquetes de cigarrillos que fumaba al día incapacitaban para conducir una sesión hipnótica.

—No dudo de las capacidades de la doctora von der Becke, a quien por lo demás recomendé a usted, pero sus ayudantes me ponen los pelos de punta. Si bien laboró ella al lado de Ian Stevenson, el mayor investigador sobre reencarnacionismo, Gándara y Zeledón frecuentaron, durante su estancia en los Estados Unidos, cuevas de espiritistas y de mistificadores. Le ruego practicar, con ellos, un cuidado extremo. Me da, por lo demás, la impresión de que no les han sido ajenas experiencias fundadas en el consumo de alucinógenos.

Luego, dejando errar la mirada por el cielo raso:

—Me temo que la lectura de las crónicas del señor Méndez ha influido más de lo que usted puede suponer en la reconstrucción que, bajo hipnosis, hizo de un pasado hipotético. No se fíe, amigo. Descreer de estos fenómenos es la primera condición para bien conocerlos.

Para mi sayo, pensé que podría llamarme a engaño la sesión de hipnosis regresiva, mas no la serie de sueños que resucitaron vivencias de Arturo Rimbaldi, acerca de la cual no había hablado al doctor Navarro. Es curioso, pero salí del consultorio más convencido que nunca de que el experimento realizado en el laboratorio de Desdémona von der Becke era valedero al máximo. En mi fuero interno, me repetía que la verosimilitud es el mayor enemigo que tiene la verdad.

En definitiva, mi sinfonía, como la de Rimbaldi, estará consagrada a Daniela o, mejor, a su fantasma. Con ello, su categoría de arquetipo crecerá y le permitirá romper para siempre las barreras del tiempo. Será un personaje de la estatura de Helena de Troya o de Olympia, la madre de Alejandro Magno, ejecutada por Casandro. En consecuencia, y aunque suene un poco macabro, mi pieza para orquesta habrá de llamarse, a secas, *Sinfonía del espectro*. En el *Largo* final se hallarán resumidas todas mis experiencias sensibles con las apariciones.

Si encontrara la fórmula para liberar a Daniela, ¿cómo habría de paliar la espantosa soledad y la ausencia de amor a las cuales quedaría condenado?

27

Febrero 27, jueves

La noticia la recibí al mediodía de labios de mi joven abogado: esta mañana, cuando Freddy Prescott era conducido a un despacho de la fiscalía para proseguir su interrogatorio, un comando de milicias urbanas de la guerrilla asaltó el carro policial en el que viajaba, lo sacó a él a la calzada y lo ejecutó de dos tiros en la cabeza. Sus despojos ensangrentados fueron expuestos durante largo rato a la curiosidad de los fotógrafos de prensa. Es el destino que, por obra de guerrilleros y traficantes, espera en este país a todos los delatores o «sapos».

Tal como la información acerca de su posible trato con los fiscales se filtró hacia el bufete de jurisconsultos, de igual modo llegó a oídos de los negociantes de cocaína. No iban éstos a tolerar una delación, y he allí una minucia que el gringo aborrecible pasó por alto. Estas ejecuciones no son nada raras en el mundo del comercio de drogas. Hará unas dos semanas, unas mujeres fueron asimismo asesinadas por sicarios en la céntrica Puerta del Reloj. En el caso de Prescott, la policía intentó encarar a los ejecutores, mas ello arrojó por único resultado un agente herido de gravedad.

Ahora veo cómo, de haber entregado a ese personaje cualquier suma de dinero, ésta se hubiera perdido. No puedo afirmar que me alegra su muerte, pero no dejo de pensar que, como todos los castigos, éste es tan sólo una consecuencia. ¿Qué reacción tendrá Marilyn ante el hecho? Me propongo visitarla mañana, para prodigarle (pues veía en Prescott a un amigo) un poco de consuelo. Habrá que obrar con cautela. Si intuyese ahora que ese individuo no llegó a Colombia atendiendo su reclamo, sino el de los traficantes, se derrumbaría aún más.

El cadáver del corruptor será devuelto mañana mismo, por vía aérea, a los Estados Unidos.

Febrero 28, viernes

Otra vez me vi cara a cara con Marilyn a través de la rejilla. Ahora es una mujer demacrada, ojerosa, con signos de la droga que consume en el interior de la prisión y también del desastre espiritual en el cual se encuentra sumida. Del ajusticiamiento de Prescott se enteró más o menos a la misma hora en que me fue revelado a mí, pues vio la información en los noticieros de televisión de ayer al mediodía. Me parece que, anoche, su dosis de hongos (o de lo que sea) se acrecentó en forma ostensible. Ahora, es una mujer devastada que en nada recuerda a aquélla que llegó conmigo, hará apenas poco más de dos meses, a la casa de la calle del Escudo.

Verla me ha desequilibrado, me ha asolado también a mí. El amor irrecusable que siento por Daniela no apaga los rescoldos de esa llama que, alguna vez, ondeó al viento por la estadounidense. Con palabras que trataban de ser persuasivas, le he suplicado echar atrás esa decisión de tornar al uso de los estupefacientes, que no necesitó durante todo el tiempo a mi lado. Marilyn me ha mirado con ojos rencorosos y me ha dicho:

—Has sido mi gran desilusión, Fernando. Sorprenderte en brazos de ese espectro repulsivo ha constituido la impresión más antipática y vituperable que he recibido en mi vida. Comprendí entonces que mi hombre verdadero era Freddy... Le pedí venir y acudió sin tardanza.

No quise decirle que Prescott jamás había atendido su reclamo, que sólo había venido para convertirse en transporte de narcóticos. Ello hubiera agravado su congoja.

—Ahora Freddy está muerto —continuó—. No me queda nadie en el mundo. En Tennessee, mis padres ha tiempos renegaron de mí. No creas que mis días en esta cárcel van a ser prolongados.

—Me tienes a mí —le dije—. He hablado con un bufete de abogados para que te defienda. Se alegará tu sometimiento psicológico a Prescott. Es posible que ello rebaje de modo considerable la sentencia.

—No es así —replicó, llena de una especie de soberbia que la humildad con que le hablaba parecía acicatear—. Introduje la cocaína en mi estómago en el uso de mis cinco sentidos. Era algo que debía a Freddy, por su desinterés. De haber vuelto a los Estados Unidos, él me habría conducido a California, para morar en el seno de la hermandad.

—Eso hubiera habido que verlo —opiné—. Prescott tenía demasiados compromisos con la mafia. Era la ficha de una organización criminal. Era un delincuente redomado.

Ignoro por qué dejé ir de esa manera las palabras. Me había prometido no tratar de disminuir para nada, ante ella, la imagen del californiano. Ahora, dos lágrimas brillaban en las comisuras de sus párpados. En medio de un sollozo espasmódico, dijo:

—Freddy era un místico, un ser lleno de recogimiento. Lo que contra él afirmes, es sólo producto del rencor. Vete, no quiero saber de ti. No necesito tus abogados ni tu dinero.

De repente, se crispó toda ella y empezó a vociferar:

—¡Vete, maldito, vete! ¡Vete a hacerle el amor a tu espectro!

Y, llamando a los guardias:

—¡Saquen de aquí a este hombre! ¡Profana la memoria de mi marido! ¡Es un mal parido, una rata de basureros! ¡Llévenselo!

Traté de sosegarla, pero la guardia vino y me obligó a salir, mientras a Marilyn la conducían a su celda.

Marzo 1, sábado

No conseguí dormir en toda la noche. El recuerdo de Marilyn lanzándome como a una criatura nauseabunda me rondó del mismo modo que una maldición. Hubiera deseado que Daniela acudiera y, con su presencia lenitiva, curase esta llaga brotada en mi espíritu. Pero sólo me acompañó la soledad. Serían las siete, y hacía esfuerzos por ingerir el parvo desayuno que me preparé, cuando sonó el teléfono. Se trataba otra vez del joven abogado que, lleno de azoramiento, me informó que Marilyn se hallaba hospitalizada, desde la noche de ayer, debido a una sobredosis.

Me vestí aprisa y me presenté con la mayor diligencia en el roñoso hospital de caridad donde la habían internado. Los sucios pasillos, las batas emporcadas de médicos y enfermeras, los recipientes abandonados con restos de sangre y de vómitos, todo proclamaba allí el despotismo de la incuria y del deterioro. A mi ex amante la habían recluido en el pabellón de cuidados intensivos, al cual no se me permitió ingresar. Finalmente, logré llamar la atención de un médico joven, pero sórdido en su enorme desaliño, que a mis preguntas respondió de esta manera:

—Todo indica que la señora —dijo— mezcló la ingestión de hongos enteógenos con altas dosis de alcohol y de marihuana. Por regla general, el cuerpo lucha con éxito contra este abuso escandaloso; pero en otros casos, como en el que nos ocupa, a las insuficiencias respiratorias se van sumando algunas alteraciones cardiovasculares. En síntesis, la intoxicación la ha llevado al extremo de no lograr que la circulación de la sangre sea normal. El corazón, incapaz de producir el trabajo adecuado, acorta el período de reposo y el pulso se hace más rápido. Le estamos suministrando oxígeno y glucósidos digitálicos, pero el pronóstico, para hablarle con absoluta franqueza, es muy reservado.

Luego me pidió el número de mi teléfono y me indicó que mejor regresara a casa, que él me haría llamar tan pronto se presentara alguna novedad. Es lo que quieren siempre los médicos: que les despejemos los hospitales. Visto que no me dejaban entrar al pabellón de cuidados intensivos, opté por obedecer. Me interné en el entresuelo donde tengo los libros y devoré páginas y páginas de obras herméticas en busca de un ritual apropiado para liberar a Daniela Morán de la prisión de la casa del escudo. Todo parecía inútil. A eso de las siete de la noche, recordé que no había almorzado y me fui a un restaurante vecino a cenar un pescado seco que, a la postre, me causó desgana. Cuando regresé a casa, vi que había un recado en el contestador del teléfono. Activé la grabación y oí la voz apática de una enfermera comunicándome que Marilyn acababa de fallecer.

28

Marzo 2, domingo

He reclamado ante las autoridades el cuerpo de Marilyn para darle sepultura en la ciudad. Al fin y al cabo, tengo una tumba deshabitada en el cementerio de Tesca, que pensé iba a ser la de mi madre. Enviarla a Nueva York, donde la conocí, no tendría sentido, pues carece de deudos en esa urbe. Sus padres, en Tennessee, no parecen interesarse por ella. A la postre, soy —como traté de hacérselo ver— lo único que le quedaba en el mundo. Su suicidio indirecto, llamémoslo así, fue una manera de decirme que no me aceptaba como ese postrer refugio.

Quiero dejar claro en mi discernimiento que el amor en mí brotado hacia Daniela no canceló jamás el que sentía por la estadounidense. Los poco más de dos años que viví con ella supieron granjearme un buen número de felicidades cotidianas. En algún momento, como parece que lo advirtió el psiquiatra Juan Ramón Navarro, era tal el modo como lo compartíamos todo, que vivíamos en trance de exhumar los idilios más bellos de la literatura. No quiso ella, sin embargo, comprender el sentimiento que me movía hacia Daniela Morán, una joven a quien con injusticia quité la vida en la flor de la edad y a quien, por consiguiente, debía una reparación incondicional.

No es infrecuente creer que la presencia de un amor nuevo rescinde el amor viejo. No lo creo así. El ser humano está en capacidad de amar en forma múltiple. No se trata, por supuesto, de cohonestar ciertas promiscuidades detestables. Sí de permitirle a un espíritu repartirse entre amores sinceros. No se me escapa que a Marilyn lo que más la ofendió fue sentirse desplazada por lo que juzgaba un espantajo. Tampoco quiso aceptar al fantasma de la casa del escudo como el genuino de Daniela Morán, la joven esposa de Rimbaldi. Lo creía un ser malévolo y pernicioso. Amarlo era, para ella, como amar a un demonio, a una criatura repelente, a algo así como un engendro de las tinieblas. Nada habría más opuesto a lo que Daniela, como fantasma, es. Trasciende ella dulzura, bondad, delicadeza.

Jamás pensé que la situación planteada por el amor legítimo que alenté hacia el espectro fuese a desembocar en la muerte de Marilyn. Sin poder evitarlo, mi cabeza hierve de remordimientos. Hace apenas un mes, el día de la Candelaria, nuestra mutua afición a las ceremonias nos impulsó a concurrir juntos a la colina de la Popa, donde disfrutamos las cumbiambas y las viandas populares. Aquel día, mi amor por el espectro se hallaba definitivamente incubado y, no obstante, el que sentía por Marilyn seguía vivo como una erecta rosa. Escrita la oración anterior, he vuelto sobre este diario y veo que, con fecha veintinueve de enero, es decir, cuatro días antes del ascenso a la colina, consigné mi temor por que esa pasión llegase a ser, en algún momento, inferior a la experimentada hacia el espectro. Me perturbaba, claro, la ambivalencia, la duplicación de mi afecto. Pero no. El amor por la estadounidense no decayó jamás en mi espíritu. ¡Marilyn, Marilyn! ¡Estás muerta y quisiera devolverte a la vida y al amor que nos profesábamos! Ahora veo de qué modo el destino trazó su curso y la elipse descrita por tu estrella cerró su curva sin que pudiera preverlo.

Mañana, serás sepultada. Y mi despedida tendrá que constituir un adiós irrevocable. Una fuerza interior me indica que me debo a Daniela Morán, a esa criatura prisionera como resultado de una injusticia. Me pregunto de nuevo: ¿por qué no quedó prisionero también, en aquel hospital donde exhaló el último aliento, mi avatar Arturo Rimbaldi, en castigo por su iniquidad? Y ahora lo veo con nitidez: fue liberado para que, encarnando en mí, pudiese a su vez liberar a Daniela. Me debo, pues, a esa misión. Acaso en otra vida, Marilyn, volvamos a encontrarnos. Entonces podré resarcir también el posible daño que te hice.

Marzo 3, lunes

Pablo Morales, Estefanía, Sebastián Corredor, Desdémona von der Becke y yo, amén de algunas amistades de mi familia, condujimos hoy a Marilyn a su morada final, en el cementerio de Tesca. Bajo el sol fervoroso, la ceremonia, a ella que tanto las amaba, debió infundir —si pudo contemplarla desde la muerte— esa impresión denigrante de que, pese a nuestra ausencia, nada ha cambiado en el mundo y el mecanismo de la vida va a seguir moviéndose, aceitado y perverso, como si hubiéramos sido no más una hoja seca que el viento deshace.

Lo peor en este caso, para los deudos, suele ser el regreso a esa casa que otrora alegró el difunto y que, de repente, se advierte hueca y sin sentido, como un carapacho vacío. A mí, la sensación que me sobrecogió, por la serie de sucesos encadenados para urdir esta muerte tan inconcebible hacía apenas unos días, fue la de pertenecer a una sociedad cada vez más cruel, en la cual la persecución del dinero margina todo otro cuidado. A Marilyn la mató la obsesión de Prescott por ese «estiércol del diablo», el deseo de cuya posesión es mayor en la medida en que más lo poseemos. De pronto, pienso que a mi generación le ha correspondido vivir en una época utilitaria y grosera, a la cual no ama. Algo muy diferente ocurrió a Arturo Rimbaldi: podía él, colmado de razones, amar sus tiempos, esos años dorados de las primeras vanguardias artísticas, de la bohemia intelectual, de promisorias revoluciones en gestación. Estoy lejos yo, su avatar, de amar los míos de improbidad, de fanatismo, de terrorismo. Pero quizás todos han pensado igual del período que les correspondió vivir. La felicidad nos simula siempre iluminar sólo la casa de al lado.

Esta tarde, llamé a mi madre y a mi hermana a Nueva York, para transmitirles la noticia funesta. Les ahorré los detalles de la dejación de que Marilyn me hizo objeto, de su prisión, de la sobredosis. Les dije que su fallecimiento había sobrevenido de súbito. Se resistían a creerlo. Emma Rosales me propuso enviar a Águeda a Cartagena a hacerme compañía por un tiempo. Le respondí que no era necesario. Ahora necesito soledad, acaso como una preparación para la muerte.

El cansancio me derrumbó antes de las nueve de la noche y me zambulló en un sueño pesado, cuyas visiones se borraron de mi mente. A eso de las cuatro de la madrugada, di comienzo a un despertar lento y legañoso, sin mucha certidumbre sobre mi ubicación en el universo. Por instantes, creí encontrarme en la mansión de Manga donde transcurrió parte de mi niñez, en el apartamento neoyorquino de mi madre, en alguno de los muchos hoteles del mundo en los cuales recalé en mis años de niño prodigio… Por último, cuando logré situarme, percibí una presencia a mi lado. Con asombro, comprobé que Daniela Morán se hallaba tendida en el lecho, junto a mí, completamente desnuda.

Inicié esas mismas caricias que había practicado en noches anteriores. No fueron suficientes, esta vez, para satisfacerla. De repente, me atrajo sobre su morfología ectoplasmática (es una manera de decir) y me obligó a treparme sobre ese hálito sutil que es toda ella. Me afinqué, pues, en las rodillas e hice el ademán de penetrarla. Para mi sorpresa, sentí el miembro viril contra sus muslos y el acceso se efectuó como si, en vez de un fantasma, fuese un ser de carne y hueso.

Muy trabajoso resulta describir aquellas circunstancias. Nuestras anatomías adquirieron el ritmo característico del concúbito y, al cabo de unos segundos, vi cómo entraba ella en ese mismo frenesí que sobreviene a cualquier mujer bajo el peso del varón. También yo disfrutaba a plenitud aquella tenencia. Pude sentir los brazos de Daniela rodearme como brazos de verdad y su aliento junto a mi cara. Cuando advinieron los jadeos finales y sincrónicos, comprendí que habíamos disfrutado un acto sexual más allá de la vida o que, en fin, ¡había poseído a la difunta en el reino de la muerte, había poseído a mi amada Daniela Morán!

Como en los tiempos de Arturo Rimbaldi, he hecho mío a un arquetipo, he copulado con una criatura abstracta. Tras el enlace, mi amada, en vez de disolverse en el aire, huyó hacia el fondo de la casa cual si se sintiera apremiada por cierto recato de muerta o se hubiese reavivado —porque los difuntos permanecen simultáneamente en todas las etapas de su antigua vida— el de la doncella que fue alguna vez.

29

Marzo 5, miércoles

A partir de ayer, y en la paz de mi entresuelo, me he enfrascado en textos sobre budismo tántrico, en busca de esa fórmula evasiva que habrá de permitirme liberar a Daniela y hundirme aun en una soledad más profunda. Tras varias horas de lectura, di con un posible apócrifo, cuyas revelaciones son atribuidas a Vajravarahi. En él, veo representado el universo en forma de mandala y leo que quienes obtengan los indispensables niveles de concentración, podrán construir diversos mandalas en sus mentes. Se trata, como muchos lo saben, de un dibujo geométrico que debe constituir, al tiempo, vigoroso centro de energía psíquica, razón por la cual durante su construcción deben celebrarse ritos muy cuidadosos, que incluyen el famoso canto de mantras. Recitar esos cánticos exige un rigor extremo, una absoluta corrección, sin los cuales su eficacia podría decaer. Quien los entone, por lo demás, deberá haber encarnado un mínimo de cuatro veces.

Pero son los mandalas los que más han reclamado mi atención, en particular al enterarme de que uno de ellos, según los autores del posible apócrifo —no incluido, al parecer, en ningún canon—, puede servir para que un difunto prisionero en este mundo logre la absorción en una realidad más grande. Es el llamado *yantra*. A fin de conquistar la anhelada liberación, este yantra, o sea, este modelo del cosmos, debe ser trazado en el lugar más alto de la casa. Llevará un punto en el centro, que represente el absoluto inefable a partir del cual todo se manifiesta. El dibujo puede hacerse con tiza y habrá de contener nueve triángulos entrecruzados dentro de un cuadrado rodeado por seis círculos concéntricos. Los triángulos con el vértice hacia arriba aludirán al aspecto masculino del cosmos; los que apuntan hacia abajo, a la fuerza femenina. El espíritu opreso deberá colocarse en la mitad del círculo y quien oficie pronunciará, a manera de mantras, las palabras que indiquen su inocencia y el deseo de que sea liberado. El texto trae en un sistema de notación occidental la música que debe entonarse.

Ignoro si este procedimiento será efectivo en verdad. No quisiera que Daniela se llevase una desilusión. Habrá que ensayarlo, en cualquier caso. Al intentarlo, soy consciente de que conspiro contra mi propia felicidad, ya que ésta no será posible sin ella a mi lado. Pero el verme exonerado de esta culpa que arrastro por dos de mis encarnaciones resulta más imperativo que cualquier otro cálculo. Si me atengo a las revelaciones hechas en el vapor «Donizetti» por Filipo Mastriani, he pasado ya por los cuatro avatares indispensables para construir el mandala y oficiar el rito. Ascenderé, pues, al lugar más alto de la casa, que es la azotea, y allí dibujaré con tiza el yantra, mientras vocalizo lo prescrito en el texto. Luego deberé conducir a Daniela a ese lugar y concluir la ceremonia. Al comenzar este diario, afirmé que mi gusto por las ceremonias era caprichoso, improcedente; quizás fue sólo un dislate de mi parte. La que ahora intentaré deberá ser sobria, angelical, imperiosa. Una ceremonia cuya celebración se ha postergado ya por ochenta y ocho años y que no sólo liberará a mi amada: me liberará a mí.

Marzo 6, jueves

El yantra está trazado en la azotea, conforme a todo el precepto. Ahora, sólo queda esperar que Daniela acuda al llamado que, con impaciencia, le dirijo a toda hora.

Marzo 7, viernes

Serían las ocho de la noche cuando escuché las notas del piano de cola instalado en la sala. Allí me personé a toda prisa y hallé a Daniela, con su larga y blonda cabellera suelta sobre la espalda, interpretando el consabido *Lied* de Schubert, llena esta vez de un sentimiento de aflicción que me penetró como un perfume. La dejé concluir la pieza, inmóvil a unos pasos de ella. Cuando lo hizo, le hablé en un susurro:
—Todo está listo para tu liberación —le dije—. Pero será preciso que subamos los dos a la azotea.
—Los tres —respondió asombrosamente, con acento lejano y casi inaudible.
—¿Los tres? —inquirí sin comprender.
Extendió la mano en el aire y a su lado fue surgiendo un segundo ectoplasma muy difuso, algo embrionario, simple y tan titubeante que parecía disgregarse al modo de una tela rasgada cuyas hilachas se esparcieran hacia todas partes en largas hebras.

—¿Qué es? —pregunté, aterrado.

Sus palabras me llegaron como articuladas desde una perspectiva cuyo punto de vista se hallara en el infinito.

—Nuestro hijo —declaró para mi pasmo.

Con horror y una súbita náusea, lo comprendí todo. Aunque la autopsia no se hubiese preocupado en investigarlo, Daniela se hallaba embarazada de mí, es decir, de Rimbaldi en el momento de morir. Ese ectoplasma diseminado por el aire era la formación (acaso de sólo días) que alentaba en su seno, un organismo aún rudimentario, preparatorio, cuyo espíritu no había penetrado en él por completo. Constituía, pues, algo mútilo, recortado, estropeado, no acabado jamás de desarrollarse. Quien hubiese tratado de reencarnar en él, padecía en otro lugar del universo idénticas disminuciones, era un muñón espiritual incapaz de manifestarse, a menos que se reuniera con sus jirones faltantes. De él procedían las auras luminosas —diferentes de la masa fantasmal propiamente dicha— que, gracias a los rayos infrarrojos, Desdémona von der Becke había captado en la casa aquella noche en que rastreó al espectro. Ahíto de espanto y de consternación, apresuré a la amada con un azorado:

—Vamos pronto. Vamos a la azotea.

Emprendimos el trayecto, hasta tomar la escalera de caracol que partía del comedor. Daniela vaciló antes de atreverse a salir al alto descampado del mirador. Era el lugar más encumbrado al que había subido en ochenta y ocho años. A ella las alturas le habían estado prohibidas y ahora temía desafiar las ordenanzas cósmicas.

La brisa soplaba muy fuerte del mar, pero la noche era diáfana al modo de un ventanal abierto hacia la inmensidad. En el firmamento, se amontonaban nubes blanquecinas como guedejas de taumaturgos tántricos que nos observaran. De alguna parte nos llegaba, muy agudo, el grito de un pájaro. Daniela y esos vestigios ectoplasmáticos a los cuales llamaba su hijo, se colocaron en el centro del yantra. Me apresté a vocalizar los mantras, equivalentes sonoros de los mandalas, pese a no haber recibido la necesaria iniciación. De este modo, vencería la ignorancia y adquiriría conocimiento acerca de la verdadera naturaleza del universo, vedada al individuo por el engaño. Iba, pues, a celebrar como un elegido. Ésta sería la ceremonia por excelencia, la que trascendería todas aquéllas que antes había visto con meros ojos de esteta. Pronto, las energías y cualidades del diagrama trazado en el piso pasarían a nosotros y se incorporarían por momentos a nuestra sustancia.

Entoné el cántico, reproduciendo con fidelidad, gracias a mis conocimientos de solfeo, las músicas preceptuadas por el texto hindú. Durante algunos minutos, nada ocurrió. El pájaro seguía emitiendo alaridos desde quién sabe dónde y el rumor de la ciudad parecía confundirse con el de la brisa que estremecía el techo de zinc de la caseta por donde se accedía a la azotea. Allá lejos, el mar y la noche formaban un solo elemento compacto, brotado del misterio. Ahora, Daniela tendía la vista hacia el infinito y comenzaba a elevarse. Pasaron unos segundos durante los cuales flotó sobre el yantra, antes que su masa y aquélla que la acompañaba adquiriesen la fuerza de un proyectil e irrumpieran hacia la altitud, al tiempo que se escuchaba un estruendo horrísono, indicio de que habían roto las barreras de su prisión y se lanzaban hacia lo ignoto.

30

Marzo 8, sábado

Muscherif-Ed-din-Saadi, ese incansable viajero y poeta erudito que tomó parte en la expedición contra la quinta cruzada, nos presentaba, en su famosa colección de versos llamada *La rosaleda*, un terrón de arcilla que preservaba el aroma de los pétalos desprendidos de un rosal. Hablaba el terrón y decía:

Yo no soy una rosa, pero viví con ella.

¿Podría yo —ahora que Daniela se ha marchado— afirmar una cosa idéntica? Porque no soy la exquisitez, no soy la perfección; pero ellas me impregnaron con su esencia.

Todas estas horas que han sucedido a la liberación de Daniela me han mostrado, en forma descarnada, las dimensiones de mi soledad. Puedo aceptar que Marilyn me dejara por la vía de la muerte; pero a la muchacha que, en Buenos Aires, entró una vez desnuda a mi alcoba y a quien amé en los días más hermosos de mi vida, a ella no me es posible renunciar. No; Daniela Morán y yo informamos una misma sustancia, una misma existencia, un ser inseparable.

No me queda, pues, sino un camino posible: el de reunirme con ella. Anoche, al pensar que no volvería a verla a los pies de mi cama, mirándome con aquella limpidez de alma que heredó de su fuerte ancestro gallego, lloré tanto que pensé que los sauces podrían venir a inclinarse sobre mis lágrimas. Nada tiene ahora sentido sin ese amado fantasma que me seducía con su piano, que me aprisionaba en sus ojos azules... Después de haberla recobrado, no podré resistir sin ella el fastidio cotidiano de tener que encarar a la sociedad de los hombres, a ese monstruo amorfo que ineluctablemente nos condena a seguir la ley de la masa, de esa turba siempre compuesta de ineptos o de criminales. De prolongarse, mi vida en adelante discurriría como entre hileras de esos álamos negros, consagrados a los dioses infernales, que Homero hacía crecer a orillas del Aqueronte.

La decisión está ahora tomada. Esta tarde, he remitido por correo a la Orquesta Filarmónica de Bogotá las partituras de Arturo Rimbaldi y la mía de la *Sinfonía del espectro*. Mientras caía la noche, he llamado a Nueva York y he repetido a Emma Rosales lo mucho que la he adorado. También a mi hermana Águeda expresé un amor que siempre se mantuvo en el hermetismo, y que ella, con un poco de ansiedad, me ha preguntado por qué me decidí hoy a declararle. Le he respondido que ello es, tal vez, lucro de la tristeza, pero que ahora estoy por encima de cualquier tristeza. Creyendo que con esas palabras hacía una especie de reafirmación vitalista, se ha tranquilizado y hasta se ha animado a referirme el chiste de moda en la isla de Manhattan. Era tan bueno que reí, reí de florido talante y aún reía cuando me comuniqué con Pablo Morales y le dije que lo llamaba para despedirme, pues emprendería un viaje largo. Indagó hacia dónde me dirigía y me limité a contestar que pensaba pasar una temporada en el país donde Homero situaba los álamos negros.

—Tú siempre tan crucigramático —me reprochó, y eso fue todo.

Luego, he caminado hasta el estudio y he sentido que no era Daniela la que recordaba el largo fantasma que cruzaba la habitación en tinieblas en el poema de Emiliano Pérez Bonfante, sino yo el que, como en el verso que prosigue:

...cruza triste y encorvado por el páramo del
alma...

Voy a apagar el computador. *Finis operis.* Una vez lo haya hecho, abriré la gaveta superior del escritorio. Allí reposa el revólver que traje del ático habitado por mi tío Lope de Ayer.

No se crea que me olvidé: el revólver está cargado.

EPÍLOGO

*Carta de Desdémona von
der Becke a Águeda Ayer*

Junio 9, 2003

Estimada amiga:

En respuesta a la suya de hace dos semanas, en la cual me interroga sobre los fenómenos que siguen presentándose en la casa de la calle del Escudo y a la cual se sirvió adjuntarme el diario de su malogrado hermano, me permito manifestarle lo siguiente:

Ya expresé alguna vez a su hermano, cuando me consultó sobre el particular, que cualquier afirmación aventurada en estas intrincadas materias, no debe considerarse otra cosa que una hipótesis. Por lo demás, mi disciplina es la parapsicología y no el espiritismo, de suerte que, aunque me es posible comprobar la presencia de entidades paranormales en un lugar dado, poco puedo aportar acerca del destino de esos seres ni de las probables leyes cósmicas por las cuales han sido premiados o castigados.

Llamo su atención sobre la apostilla, en el diario de Fernando Ayer, correspondiente al día tres de febrero, en la cual cita una opinión de esta servidora relacionada con los espíritus que padecen cautividad en el ámbito en que murieron. Coloca él en labios míos palabras según las cuales existen almas que, por haber dejado pendiente algo en este mundo, no logran realizar el tránsito expedito a los demás espíritus. Al parecer, su hermano no escuchó o, al redactar, omitió un caso más que le expuse, y que puede causar idéntica situación de aprisionamiento.

Es, como debe usted comprenderlo, el caso de los suicidas. En relación con ello, sabrá usted que, por lo menos en un noventa por ciento, los eventos de espíritus cautivos en que, como parapsicóloga, he debido intervenir, se referían a suicidas que permanecían prisioneros en la casa donde realizaron la autoeliminación. El suicidio es, al parecer, una traición a las leyes cósmicas y quienes lo cometen deben purgar su culpa hasta tanto una acción, que no estoy en capacidad de indicar cuál pueda ser, venga a liberarlos para que consigan volver a encarnar.

No me extrañaría, pues, aunque insisto en que no es posible aventurar sobre estos particulares sino meras hipótesis, que el espectro percibido durante estos días en la casa de la calle del Escudo sea, como todo parece indicarlo, el de su hermano Fernando. Es muy posible que su acción suicida, mediante la cual creía poder reunirse en el más allá con Daniela Morán, en cambio lo haya condenado a permanecer cautivo en esa morada. Acerca de la forma como sería factible liberarlo, no soy una experta en tales temas. Él mismo, en su diario, expone un ritual del budismo tántrico mediante el cual, según lo asevera, liberó a la antigua mujer de Arturo Rimbaldi. Ahora bien, de acuerdo con las conclusiones de su hermano, sólo él podía liberar a Daniela. Imagino que, de modo análogo, habrá una sola persona en el mundo capaz de liberarlo a él. Esa persona podría ser la mismísima Daniela, razón directa del suicidio, en cuyo caso será necesario aguardar una nueva encarnación suya y rogar por que los acontecimientos le permitan conocer la prisión que padece su amado.

Espero que las razones anteriores logren ayudarla, querida amiga, y arrojen un poco de luz sobre el fenómeno que los preocupa a usted y al señor Gutiérrez de Piñeres, y que prolonga la historia fantasmal de la casa de la calle del Escudo.

Sin otro particular, atentamente,

DESDÉMONA VON DER BECKE

Bogotá, Diciembre, 2002 / Febrero, 2003

Este libro
se terminó de imprimir en los
talleres gráficos de Cargraphics S. A.
Red de Impresión Digital,
en el mes de agosto de 2006,
Bogotá, Colombia.